Alexander Pelkim

Schwarzfahrt

Tatort: Hohenfeld

Alexander Pelkim

Schwarzfahrt
Tatort: Hohenfeld

echter

Die Handlung und die handelnden Personen dieses Romans sind frei erfunden. Jede Ähnlichkeit mit toten oder lebenden Personen ist nicht beabsichtigt und wäre rein zufällig.

Bibliografische Information der Deutschen Nationalbibliothek

Die Deutsche Nationalbibliothek verzeichnet diese Publikation in der Deutschen Nationalbibliografie; detaillierte bibliografische Daten sind im Internet über ‹http://dnb.d-nb.de› abrufbar.

1. Auflage 2019
© 2019 Echter Verlag GmbH, Würzburg
www.echter.de

Umschlag: Tobias Klose – Büro 71a, Würzburg
Satz: Crossmediabureau – http://xmediabureau.de
Druck und Bindung: CPIbooks – Clausen & Bosse, Leck

ISBN
978-3-429-05358-1 (Print)
978-3-429-05022-1 (PDF)
978-3-429-06432-7 (ePub)

Inhalt

Auf der Jagd	7
Altlasten	14
Fragen über Fragen	28
In der Güllegrube	41
Ein zweiter Fall	54
Überraschungsbesuch	69
Gewissheit	90
Wendungen	112
Zeugen oder Verdächtige	131
Ortskenntnisse	149
Fernweh	161
Neue Hinweise	179
Taxi, Taxi	196
Späte Reue	208
Nachteinsatz	221
Entscheidungen	238
Nachwort	260

Auf der Jagd

Ganz gemächlich rollte der Wagen durch die nächtlichen Straßen von Kitzingen. An jeder Kreuzung oder Abzweigung hielt das Fahrzeug für einige Sekunden an. Dabei schaute der Mann hinter dem Lenkrad nach links oder rechts, scheinbar unschlüssig, wohin er sich als Nächstes wenden sollte. Andere Verkehrsteilnehmer waren zu der Zeit kaum unterwegs. Die Uhr zeigte auf kurz nach fünf Uhr in der Frühe, aber noch waren am Himmel keine Anzeichen für den anbrechenden Morgen zu erkennen. Das Oktoberwetter präsentierte sich wolkenverhangen und pechschwarz.

Der Fahrer schien kein bestimmtes Ziel zu haben. Sein Augenmerk war auf Straßenränder und Gehsteige gerichtet. Kamen menschliche Gestalten in sein Blickfeld, so wurde er noch langsamer und musterte die Personen intensiv, so als suche er jemand. Meist waren es junge Leute in kleinen Gruppen, die er zu Gesicht bekam. Vielleicht waren sie auf dem Heimweg, vielleicht zu einem frühen Vergnügen unterwegs oder zu einem Unfug, den man tags danach in der Zeitung lesen konnte. Vereinzelt wankte eine männliche Person heimwärts, den Blick starr geradeaus gerichtet, dabei nach links und rechts schwankend, als ob er die Breite des Bürgersteiges ausmessen wollte.

Gelegentlich wurde die Aufmerksamkeit des Fahrers durch eine weibliche Stimme abgelenkt, die von irgendwoher kam. Dann stieg seine Anspannung.

Da war die Stimme wieder. Dieses Mal wirkten die Worte elektrisierend auf ihn und er gab Gas. Sollte er heute Glück haben? Irgendwann musste es doch klappen. Viel zu lange war er schon auf der Suche, nein, regelrecht auf der Jagd. Er fieberte dem Erfolg entgegen. Ohne Rücksicht auf Verkehrszeichen und Geschwindigkeitsbegrenzungen preschte er los. Zwei Minuten später hatte er sein Ziel erreicht. Eine weibliche Gestalt am Straßenrand winkte und er hielt an. Kaum dass sie eingestiegen war, fuhr er los. Endlich, endlich, jubelte er innerlich. Das, was die junge Frau ihm sagte, registrierte er nur am Rande. Es war sowieso egal, sein Ziel stand fest.

Wenige Augenblicke später wurde seine Aufmerksamkeit auf die Lichter eines weiteren Fahrzeuges in seinem Rückspiegel gelenkt. Er hatte das Gefühl, der Wagen würde ihnen in einigem Abstand folgen. Immer wieder beobachtete er die Scheinwerfer. Dann kam ihm die unerklärlich orthodoxe nächtliche Ampelschaltung im Kitzinger Stadtgebiet zugute. Er näherte sich einer Kreuzung, deren Ampel in seiner Fahrtrichtung grundlos – es war weit und breit kein anderes Auto zu sehen – von Grün auf Gelb und schließlich auf Rot schaltete. Der Mann hinter dem Steuer gab Gas und brauste noch bei Gelb über die Kreuzung. Der nachfolgende Wagen musste bremsen und anhalten. Hatte der überhaupt mit ihm zu tun oder war es Paranoia, die ihn befiel? Vermutlich ein harmloser später Heimkehrer oder jemand, der sonst irgendein Ziel hatte und gar nichts von ihm wollte. Die Lichter im Rückspiegel waren verschwunden und die Gedanken daran auch. Gleich darauf verließ der Wagen mit den zwei Insassen Kitzingen in Richtung Dettelbach. Wenige Kilometer weiter – mitten in Mainstockheim – wurde das Fahrzeug langsamer, bog von der Hauptstraße ab und kam schließlich in einer Seitenstraße zum Stehen, der Fahrer stellte den Motor ab.

»Was ist? Warum halten wir?«, fragte die junge Dame auf dem Beifahrersitz irritiert.

»Der Wagen hat irgendein Problem. Vermutlich fehlt Öl«, antwortete der Mann hinter dem Steuer kurz angebunden. »Ich muss mal schnell nachschauen. Geht gleich weiter.«

Über einen Hebel im Fußraum des Wagens betätigte er die Entriegelung der Motorhaube. Mit einem metallischen Geräusch sprang sie auf. Im Licht der Innenbeleuchtung musterte die junge Frau ihren Chauffeur, als der die Fahrertür öffnete und ausstieg, gleich darauf wurde es im Inneren des Wagens wieder dunkel. Auch keines der Fenster der umliegenden Häuser war erleuchtet. In der Straße war es zu der nächtlichen Stunde totenstill. Zuerst hob der Mann die Motorhaube an, dann ging er nach hinten und öffnete den Kofferraum. Scheinbar gelangweilt beobachtete die Beifahrerin das Treiben des Mannes. Plötzlich wurde die Beifahrertür geöffnet.

»Ich könnte mal Hilfe gebrauchen, jemand, der mir die Taschenlampe hält.«

Die junge Frau stieg aus. Ein seltsamer süßlicher Geruch drang ihr in die Nase, als sie die Tür schloss. Sie kam aber nicht dazu, weiter darüber nachzudenken. Im gleichen Moment legte sich von hinten ein mit Chloroform getränktes Tuch auf Mund und Nase. Schreck und Überraschung ließen sie im ersten Moment erstarren. Dann erwachte ihr Überlebenswille und sie begann sich zu wehren, aber es war vergebens. Letztendlich musste sie erkennen, dass sie der Kraft des Mannes nichts entgegenzusetzen hatte. Sie hielt die Luft an, um das Betäubungsmittel nicht einzuatmen. Auch diese Bemühungen waren umsonst. Ihr wurde der Sauerstoff knapp. Schwindelgefühl stellte sich ein. Schließlich musste sie einatmen, um nicht zu ersticken, und kurz darauf begann das Mittel zu wirken. Ohnmächtig sackte sie zusammen und wäre auf den Boden gefallen, wenn sie der Mann mit seinen kräftigen Armen nicht gehalten hätte. Blitzschnell packte er die junge Frau und verfrachtete sie in den Kofferraum. Er schloss die Heckklappe und während er die schwarzen Handschuhe auszog, sah er sich einen Moment lang um, ob von irgendwoher eine Reaktion kam oder sich jemand zeigte, der den Zwischenfall beobachtet haben könnte. Doch rundherum war alles ruhig geblieben. Niemand schien aufmerksam geworden zu sein. Vorsichtig und bemüht, geräuschlos zu bleiben, verschloss er die Motorhaube wieder. Die ganze Aktion hatte höchstens zwei Minuten gedauert. Sein Herz pochte bis zum Hals, so erregt war er. Der Nervenkitzel begann ihn anzutörnen und verursachte ein angenehmes Kribbeln auf der Haut. Ohne Hast stieg er in sein Fahrzeug und wendete den Wagen. Äußerlich gelassen fuhr er den Weg zurück nach Kitzingen. Seine Gedanken waren woanders, daher schenkte er diesmal weder dem entgegenkommenden Auto noch den kurz darauf auftauchenden Lichtern im Rückspiegel Beachtung.

Einige Minuten danach bog der Wagen von einer asphaltierten Straße auf einen unbefestigten Feldweg ab. Nur wenige Meter später erreichte er ein eingezäuntes Grundstück und hielt an. Im Scheinwerferlicht tauchte ein Tor auf. Es bestand aus einem zweiflügeligen Holzrahmen mit Maschendraht. Der Mann hinter dem Steuer stieg aus, öffnete beide Flügel und fuhr aufs Grundstück, direkt vor die Feldscheune, die dort, umringt von Obstbäumen, mitten auf dem Gelände stand. Ein weiteres Mal öffnete er ein hölzernes Tor und ließ den Wagen in dem Gebäude verschwinden. Kurz darauf wanderte der Strahl einer Taschenlampe durchs Innere der Scheune. Der Mann fand den Lichtschalter. Mehrere Lampen begannen zu flackern und verbreiteten gedämpfte Helligkeit, bedingt durch Staub und Dreck, der auf der Beleuchtung hafteten. Holzgebälk und eine gemauerte Wand wurden sichtbar, an der eine hölzerne Werkzeugbank und ein Metallspind standen.

Er öffnete den Kofferraum des Wagens. Traurig und fast mitleidig blickte der Mann auf die ohnmächtige junge Frau und in das von blonden Haaren umrahmte blasse Gesicht. »Keine kann mir entkommen«, murmelte er und zog aus der Jackentasche seine schwarzen Handschuhe und einen dunkelblauen Seidenschal. Mit unbewegter Miene zog er die Handschuhe an und beugte sich in den Kofferraum. Den Seidenschal band er der jungen Frau fast liebevoll um den Hals. Anschließend nahm er von der Werkbank mehrere Kabelbinder und fesselte seinem Opfer Hände und Füße. Plötzlich verharrte er in der Bewegung und lauschte. Ihm war es, als wenn er ein Motorengeräusch gehört hätte. Regungslos stand er da, aber alles blieb still. Die Sache mit dem eingebildeten Verfolger ließ ihn erneut misstrauisch werden. Er verschob sein Vorhaben auf später. Eilig verschloss er der Frau mit einem Klebeband den Mund, dann klappte er leise den Kofferraum zu und schaltete das Licht aus. Es wurde stockdunkel in der Scheune. Trotzdem fand sich der Mann blindlings zurecht. Von der Werkbank nahm er einen schweren Schraubenschlüssel. Vorsichtig öffnete er das Tor einen Spalt und spähte hinaus. Mit unruhigen Blicken starrte er hinaus in die Nacht, bis er glaubte etwas gesehen zu haben. Eine Bewegung, einen huschenden Schatten hinter dem Zaun auf dem Feldweg. Vielleicht spielten ihm auch die Fantasie und der aufkommende Herbstnebel einen Streich? Verursachten die dichter werdenden Nebelschwaden diese verdächtigen Erscheinungen? Um sicher zu gehen, musste er nachsehen. Geräuschlos schob er das schwere Holztor weiter auf die Seite und trat nach draußen. Seine Gestalt verschmolz mit der Dunkelheit. Angespannt lauschend verharrte er an der

Scheunenwand. Mit den Augen versuchte er die Nacht und ihre tiefe Schwärze zu durchdringen. Zwischendurch hielt er immer wieder kurzzeitig den Atem an und lauschte. Jedes noch so kleine Geräusch ließ ihn aufschrecken. Sein Herz pochte bis zum Hals. Trotz der nächtlichen Kühle bildeten sich kleine Schweißperlen auf seiner Stirn. Verdammt, war heute etwas schiefgelaufen? überlegte er angestrengt. Dabei fixierte er weiterhin die Umgebung, bereit, auf jeden Laut und jede Bewegung zu reagieren. Dann vernahm er schleifende Schritte im feuchten Gras. Es raschelte leise. Füße berührten Laubblätter. Der Mann war sich nicht sicher, von welcher Seite die Geräusche kamen, hier gab es überall Bäume und Blätter. Er entschied sich weiter bewegungslos stehen zu bleiben und der Dinge zu harren, die da kommen würden. Auf jeden Fall wollte er sich nicht bloß stellen lassen. Der unbekannte Neugierige war dabei, sein Geheimnis zu entdecken, das durfte nicht sein. Jetzt hatte er seinen Verfolger lokalisiert. Ganz vorsichtig ging er drei Schritte in die andere Richtung vom Tor weg. Dann tauchte plötzlich eine dunkle Silhouette auf, die sich zögernd der Scheune näherte. Dicht vor dem Gebäude verharrte die Gestalt. Sie schien zu überlegen, vielleicht auch nur zu zögern oder zu horchen. Bevor der Herangeschlichene das Herannahen / das Näherkommen des anderen bemerkte, machte dieser zwei, drei schnelle Schritte und schlug mit dem Schraubenschlüssel zu. Ein dumpfes Geräusch, ein kurzes Stöhnen, ein zweites Geräusch, die Gestalt sank zu Boden, dann war es wieder Totenstille, als wenn die Natur ringsherum den Atem anhalten würde.

Einen gehörigen Schreck in der Morgenstunde erlebte am Montagmorgen eine Spaziergängerin in Hohenfeld. Wie jeden Morgen wollte sie mit ihrem Vierbeiner an dem kleinen Teich vorbei in die Felder Richtung Sickershausen. Die Hände tief in den Jackentaschen vergraben spazierte sie durch den kühlen Frühnebel, der zusammen mit dem fallenden Laub den Herbst ankündigte. Nur mühsam setzte sich das aufkommende Tageslicht gegen die feuchten Dunstschwaden durch. Trotz der eingeschränkten Sicht sah sie durchs Geäst an dem Pavillon in der Nähe des Wassers etwas Helles leuchten. Neugierig näherte sie sich, den Hund an der Leine haltend, der genauso interessiert schien und kräftig zog. Beim Näherkommen erkannte sie schließlich einen menschlichen Körper in sitzender Stellung, der mit dem Rücken an dem Pavillon lehnte. Zuerst sah es so aus, als wenn sich dort jemand vor Erschöpfung niedergelassen hätte. Einige zögernde Schritte später blickte sie in das fahle, totenbleiche Gesicht einer jungen Frau. Sie war nur mit Bluse und Jeans bekleidet. Um den Hals trug sie einen dunkelblauen Seidenschal. Es dauerte einige Sekunden, bis die Spaziergängerin begriff, dass sie vor einer Toten stand. Ihr lief ein gehöriger Schauer über die Haut, sie schlug die Jacke noch enger um sich. Eilig kramte sie ihr Handy aus der Jackentasche und wählte den Notruf.

Altlasten

Die beiden jungen Kommissare Blume und Rautner betraten gleichzeitig das Büro. Ihr Chef, Hauptkommissar Theo Habich, war schon anwesend und telefonierte. Gerade als sie ihre Jacken über die Lehnen ihrer Bürostühle hängen wollten, gestikulierte Habich, mit dem Telefon am Ohr, energisch. Die beiden hielten in ihrer Bewegung inne und schauten fragend auf ihren Chef.

»Ihr braucht euch nicht auszuziehen und hinzusetzen, wir haben eine Tote in Hohenfeld bei Kitzingen«, erklärte der Hauptkommissar, während er das Telefon auf die Anlage legte.

»Nicht mal einen Kaffee bekommt man gegönnt«, maulte Rautner und klemmte sich seine Jacke unter den Arm.

»Dafür hattest du ein freies Wochenende ohne Störung. Das ist doch auch etwas wert. Es sei denn, du bist anderweitig gestört worden«, grinste Habich amüsiert. »Aber das ist dein privates Problem.«

»Es war ein perfektes Wochenende, ich hatte alles im Griff.«

»Nach viel Schlaf siehst du trotzdem nicht aus«, stichelte Jasmin Blume.

»Schlafen kann ich immer noch, wenn ich mal in Theos Alter komme und sonst nichts mehr mit meiner Freizeit anzufangen weiß«, konterte Rautner.

Der fünfzigjährige stämmige Hauptkommissar klopfte Rautner beim Hinausgehen auf die Schulter und entgegnete locker: »Das wird auch dann dringend notwendig sein.«

»So viel fehlenden Schlaf kann Chris gar nicht nachholen, selbst wenn er sich zwei Wochen in Tiefschlaf legen ließe«, stellte Jasmin lachend fest.

Die drei pflegten untereinander einen lockeren, freundschaftlichen Umgangston und duzten sich mittlerweile untereinander. Auch das »Nesthäkchen« Jasmin – die Jüngste im Team – war inzwischen voll integriert. Seit ihrem Abenteuer auf dem Schwanberg, wo man sie in einer Höhle gefangen gehalten hatte, waren die Kollegen noch fürsorglicher ihr gegenüber, obwohl sie es zu verbergen suchten.

»Okay, okay! Das war euer Wort zum Montag, das ich über mich ergehen lassen musste«, gab sich Rautner geschlagen, »aber ein *Coffee to go* muss doch drin sein, oder?«

»Aber beeilt euch. Ich nehme meinen Wagen und fahr vor«, nickte der Hauptkommissar und beschrieb den beiden den Weg zum Fundort der Leiche.

Habich rauschte in seinem BMW X3 davon, während Rautner und Blume einen kleinen Umweg zu einem Kaffeeshop machten.

Zwanzig Minuten später traf der Hauptkommissar am Weiher in Hohenfeld ein. Nur fünf Minuten danach erschien Kommissarin Blume mit einem fluchenden Kollegen auf dem Beifahrersitz, dessen Hosen durch Jasmins Fahrweise von Kaffeeflecken gezeichnet waren.

»Theo, dieses Weib ist verrückt. Sie fährt wie eine Irre. Und dazu in dieser Hasenkiste von Mini Cooper. Das ist Gemeingefährlich. Schau dir meine Klamotten an«, beschwerte Rautner sich lautstark.

»Ich habe dir gesagt, du sollst den Deckel auf deinen Becher machen«, verteidigte sich Jasmin achselzuckend und wand sich an Habich. »Er wollte nicht hören.«

Ohne auf eine Antwort zu warten, ließ sie die beiden stehen, innerlich musste sie schmunzeln.

Mit den Worten »Wer nicht hören will, muss fühlen« zeigte auch Habich wenig Mitleid mit dem jammernden Kollegen.

Jasmin hatte sich derweil dem neuen Fall gewidmet und sprach mit den Kollegen der Kriminaltechnik, die schon an der Arbeit waren und mögliche Spuren sicherten.

»Was haben wir hier?«, erkundigte sich Habich. Er war währenddessen an ein paar Neugierigen vorbei in den von einem Polizeiband abgesperrten Bereich getreten.

»Eine tote junge Frau ... zirka Ende Zwanzig ... Name und Herkunft bisher unbekannt.«, informierte ihn Jasmin.

»Was sagt unsere neue Gerichtsmedizinerin dazu?«

»Das Opfer ist seit Stunden tot. Fundort ist nicht gleich Tatort, behaupten die Kollegen. Sie wurde vermutlich irgendwann in der Nacht hier abgelegt.«

»Wer hat sie gefunden?«

»Die Dame dort drüben mit dem Hund.« Jasmin zeigte mit dem Kopf in Richtung einer Frau, die dort nervös rauchend stand und frierend der Dinge harrte. Der Vierbeiner neben ihr beobachtete aufmerksam das Geschehen und die Menschen, die sich am und um den Pavillon bewegten.

»Hat schon jemand mit ihr gesprochen?«

»Nein, noch nicht ... Ja, doch, die Kollegen der Streife, aber nur flüchtig.«

Die Unterhaltung zwischen den beiden wurde unterbrochen. Rautner trat hinzu, immer noch mit den schwächer werdenden Kaffeeflecken auf seiner Jeans hadernd.

Intensiv musterte Rautner einen Moment die Tote. »Denkst du auch, was ich denke?«, fragte der Kommissar danach seinen Chef. Der nickte zustimmend.

»Weihen die Herren mich in ihre Gedanken ein?«, erkundigte sich Jasmin Blume, die dritte Kommissarin im Team.

»Es erinnert uns an einen älteren ungeklärten Fall«, brummte Habich nachdenklich und winkte ab. »Wir reden später im Büro darüber.« Dann stampfte er durch das feuchte

Gras davon, um sich nach mehreren Schritten noch mal umzudrehen.

»Befragt die Frau, die die Leiche gefunden hat, die Gaffer dort und geht zu den letzten Häusern am Ortsende.« Dabei zeigte er mit dem Kopf in die entsprechende Richtung. »Vielleicht hat einer etwas gesehen oder gehört.«

Während Blume und Rautner sich in verschiedene Richtungen entfernten, um ihren Aufgaben nachzugehen, trat Habich noch näher an die Leiche heran. Die Frau, die vor der Toten auf der Erde kniete, hob den Kopf. Theo schaute in zwei blaue Augen, die ihn sofort faszinierten. Die dazugehörige Blondine mit dem schulterlangen gewellten Haar und den leicht hervorstehenden Wangenknochen lächelte ihn freundlich an.

»Hallo, Herr Hauptkommissar!« Theos Mund war ganz trocken und er bekam sekundenlang keinen Ton heraus. Die hübsche Frau vor ihm auf den Knien runzelte leicht die Stirn. »Sie sind doch Hauptkommissar Habich, oder?«

»Ja, ja!«, beeilte er sich zu sagen. »Woher kennen Sie mich? Wir sind uns noch nicht begegnet.«

»Oh, man hat mir schon von einem Schwergewichtsboxer und Hauptkommissar der Mordkommission mit dem Spitznamen ›Kojak‹ berichtet. Auf Grund dieser eindeutigen Beschreibung waren Sie nicht zu verwechseln«, antwortete sie schmunzelnd.

»Halbschwergewicht und ehemalig! Ist schon länger her«, murmelte er etwas verlegen. »Und Sie sind sicherlich die neue Gerichtsmedizinerin?«

Nickend erhob sich die Ärztin, zog ihre Gummihandschuhe aus und reichte ihm die Hand. »Dorothea Wollner«, stellte sie sich vor.

»Na dann, Frau Doktor Wollner, auf gute Zusammenarbeit.

Können Sie mir schon etwas über Todeszeit und Todesursache sagen?«, wurde Habich jetzt dienstlich.

»Todeszeit ist schwierig, da sie vermutlich die halbe Nacht hier draußen in der Feuchtigkeit lag. Jedoch müsste der Tod schon Stunden vorher, vielleicht irgendwann am gestrigen Abend, eingetreten sein. Als Todesursache vermute ich Strangulation mit diesem Seidenschal um ihren Hals. Andere sichtbare Verletzungen habe ich nicht gefunden. Aber Genaueres kann ich Ihnen erst nach der Obduktion sagen. Sie entschuldigen mich, ich muss mich um den Abtransport der Leiche kümmern.« Damit verabschiedete sich die Gerichtsmedizinerin.

Jasmin hatte währenddessen die Frau, die das Opfer gefunden hatte, eine Mittvierzigerin, erreicht. Der Hund erhob sich schwanzwedelnd, um den Ankömmling zu begrüßen.

»Schönes Tier«, eröffnete Jasmin das Gespräch. »Was für eine Rasse?«

»Ein Beagle.«

»Darf man ihn streicheln?«

»Ja, ja, Betsy ist lammfromm.«

»Aha, eine Hundedame also«, stellte die Kommissarin fest, beugte sich hinab und strich dem Hund übers Fell. Betsy ließ es, freudig wedelnd, anstandslos über sich ergehen.

»Erzählen Sie mir bitte noch mal, was Sie heute früh hier erlebt oder vielmehr vorgefunden haben«, bat Jasmin die Frau.

Diese wiederholte erneut, was sie schon den zuerst eingetroffenen Polizisten in Kurzform geschildert hatte. Außer dem Leichenfund habe sie keine Wahrnehmung gemacht und nichts Verdächtiges gesehen, erzählte die Frau. Kommissarin Blume war schnell klar, dass die Hundebesitzerin nichts zur Klärung des Falles beitragen konnte. Sie nahm ihre Personalien auf, entließ die Frau und marschierte auf die Häuser zu, um dort ihre Befragung fortzusetzen.

Sowohl sie als auch ihr Kollege Rautner bekamen keine wertvollen Aussagen oder Hinweise. Niemand hatte etwas gesehen oder gehört. Ergebnislos brachen sie ihre Ermittlungen ab.

Die Kollegen der Spurensicherung konnten ebenfalls mit wenig bis gar keinen nützlichen Anhaltspunkten aufwarten. Lediglich zwei Reifenabdrücke konnten sichergestellt werden. Aber ob einer oder alle beide vom Fahrzeug des Täters stammten, war völlig ungewiss. Die These erhärtete jedoch den Verdacht, dass die Leiche mit einem Wagen an die Fundstelle gebracht worden war.

»Was war eigentlich mit diesem alten Fall, von dem Theo vorhin sprach?«, fragte Jasmin auf der Rückfahrt.

»Eigentlich gibt es da noch zwei ungeklärte Morde, die dem von heute ähneln. Aber warte, bis wir im Büro sind, Theo kann dir sicherlich mehr dazu sagen.«

So war es dann auch. Hauptkommissar Habich hatte schon die fahrbare Tafel aus Plexiglas hervorgeholt und war gerade dabei, dort Tatortbilder und Fotos der Toten zu befestigen. Daneben hängte er Aufnahmen zweier fremder weiblicher Gesichter und Örtlichkeiten.

»Sehr gut, ihr kommt genau richtig«, wandte sich Habich an die beiden, als sie das Büro betraten. Den fragenden Blick Jasmins ignorierte er und fuhr mit seiner Arbeit fort. »Setzt euch, ich bin gleich fertig, außerdem erwarte ich unseren Chef.«

Kaum ausgesprochen, öffnete sich die Tür. Eine blasse und schmächtige Gestalt mit Anzug und Krawatte trat in den Raum: Hans Schössler, Kriminaloberrat und Leiter der Mordkommission. Immer piekfein und korrekt gekleidet, sah er trotzdem so aus, als wenn er gerade halbverhungert einem feuchten, dunklen Verlies ohne Licht und Sonne entkommen wäre. Unaufgefordert setzte er sich auf einen der freien Bürostühle, schlug die Beine übereinander und lehnte sich zurück.

»So, dann lassen Sie mal hören, was Sie schon haben«, sagte er in seiner ruhigen, gelassenen Art. Seine Aufforderung galt allerdings Rautner und nicht dem Hauptkommissar. Dieser kam seinem jungen Kommissar aber zu Hilfe, nachdem er dessen betroffenen Blick aufgefangen hatte.

»Chef, lassen Sie mich das machen. Die beiden Kollegen sind gerade erst von ihren Befragungen zurückgekommen. Ich habe den vorläufigen KTU-Bericht schon gelesen, die zwei noch nicht. Außerdem ...,« er zögerte den Satz fortzuführen, »außerdem glaube ich an einen Zusammenhang mit einem alten ungeklärten Fall. Darüber wissen die beiden Youngster sowieso wenig bis nichts.«

»Von was für einem ungeklärten Fall reden Sie?« Man merkte es Schösslers Tonfall an, dass das Wort *ungeklärt* ihm ein Dorn im Auge war. Unter seiner Leitung hatte er die Abteilung zu einer vorzeigbaren Aufklärungsrate geführt. Dank seiner intensiven Bemühungen konnten seine Beamten mit jeglicher Unterstützung rechnen, die Schössler ermöglichen konnte.

Habich räusperte sich. »Eigentlich sind es sogar zwei alte Fälle, aber ich habe so eine Vermutung, dass sie alle zusammengehören könnten.«

»Ah ja, ich weiß, wovon Sie sprechen.« Der Kriminaloberrat nickte, während er die Bilder auf dem Plexiglas betrachtete. Sein Gedächtnis war phänomenal. Was er mal gehört oder gesehen hatte, vergaß er nicht mehr. »Sie meinen den Mord vor etwa acht Jahren in Würzburg und die Tote in Repperndorf.«

»Richtig!«, nickte Habich zustimmend. Er sah in die Gesichter seiner beiden Mitarbeiter. Rautner war die Sachlage halbwegs bekannt, aber aus Jasmins Mimik las er, dass sie nicht wusste, wovon Schössler und er sprachen. »Am besten ist es, ich gebe noch mal einen kurzen Überblick, damit wir alle auf dem gleichen Stand sind.« Er stellte sich an die Tafel und begann. »Am 19. Mai vor acht Jahren fand man auf der Würzburger Talavera die 23-jährige Studentin Monika Storke.« Mit einem ausziehbaren Zeigestab deutete er auf das Bild der Toten und die Fotos der Umgebung. »Sie lehnte an der Rückseite der dortigen Waldschenke Dornheim, mit einem Gürtel erdrosselt. Alle Ermittlungen liefen ins Leere. Ihr Mörder wurde bis heute nicht gefunden.« Habich deutete auf die Bilder rechts daneben. »Am 10. August vor drei Jahren dann die zweite Ermordete, Sylvia Harms, 24 Jahre alt, eine Verwaltungsangestellte aus dem Landkreis Kitzingen. Ihre Leiche wurde sitzend am Rande eines Gebüsches in der Nähe des Repperndorfer Sportplatzes gefunden. Sie hatte, so wie unser letztes Opfer, einen Seidenschal um den Hals, mit dem man sie laut Gerichtsmedizin erdrosselt hat.«

Habichs Chef nickte heftig. »In beiden Fällen läuft der Mörder noch frei herum. Diese zwei Morde sind ein schwarzer Fleck auf unserer sonst makellos weißen Statistikweste hinsichtlich erfolgreicher Verbrechensaufklärung«, erinnerte Kriminaloberrat Schössler. »Und Sie glauben, die drei Taten hängen zusammen?«

»Der Verdacht liegt nahe. Alle jungen Frauen wurden auf dieselbe Art und Weise umgebracht. Der Mord mit dem Gürtel war wahrscheinlich der Anfang, aber mit dem Seidentuch hat er jetzt sein Mordwerkzeug gefunden. Warum auch immer es so ein Schal sein muss.«

»Ein Serienmörder also! Das wäre fatal. Glauben Sie, er macht weiter?«

»Keine Ahnung! Dazu müssten wir wissen, was ihn antreibt.«

»Aber wieso diese zeitlichen Abstände? Zuerst fünf Jahre, jetzt drei Jahre dazwischen.«

»Vielleicht fehlten ihm die Gelegenheiten ... Vielleicht war er im Ausland oder im Gefängnis ... Vielleicht gibt es einen oder mehrere spezielle Auslöser für seine Taten.«

Schössler überlegte kurz und fragte dann: »Verrennen wir uns da nicht in eine Vermutung?«

»Nach den beiden ersten Morden wäre ich auch nicht auf diese Theorie gekommen, aber jetzt ...«

»Okay!« Kriminaloberrat Schössler erhob sich. »Ich möchte aber, dass Sie *alle* Möglichkeiten in Betracht ziehen, also in sämtliche Richtungen ermitteln. Meinetwegen beziehen Sie die beiden alten Fälle in Ihre Ermittlungen mit ein.« Er hob mahnend den Finger. »Aber versteifen Sie sich nicht zu sehr nur auf die eine Theorie.« Mit diesen Worten verließ er den Raum.

Einen Moment herrschte Schweigen im Büro. Jeder der drei hing seinen Gedanken nach und verarbeitete das Gehörte. Jasmin war die Erste, die ihre Sprache wiederfand. Sie wandt sich den beiden Kollegen zu.

»Habt ihr damals ...?«

»Nein! Nicht *ihr*, nur *ich*«, unterbrach sie Habich. »Ich kenne beide Fälle gut. Beim ersten Mord war mein Vorgänger, Hauptkommissar Pfaff, noch im Amt und leitete die Ermittlungen. Ich war auf Fortbildung und Chris war zu der Zeit noch nicht in unserer Abteilung. Als ich zurückkam, waren schon viereinhalb Monate vergangen. Trotzdem habe ich mich mit dem Fall vertraut gemacht. Leider gab es damals sehr wenig Hinweise und die brachten uns alle nicht weiter. Wenn die Spuren kalt werden und man keine Sonderkommission bildet, dann holt uns unser Alltagsgeschäft ein. Irgendwann haben aktuelle Dinge mehr Priorität und die Altfälle werden automatisch vernachlässigt. Vieles hängt dann von *Kommissar Zufall* ab.« Er zuckte mit den Schultern. »Es ist nun mal so. Deshalb müssen wir jetzt intensiv dranbleiben. Ähnlich war es vor drei Jahren. Die Spuren- und Hinweislage war genauso dürftig. Es soll keine Entschuldigung sein, aber dazu kam, dass ich damals etwas überfordert war, da ich in der Abteilung alleine Dienst schob. Der alte Hauptkommissar war gerade in Rente gegangen, mein langjähriger Kollege und Partner starb kurz zuvor durch einen Autounfall und unser Ersatz«, dabei deutete er auf Rautner, »Chris hier, war erst seit ein paar Tagen neu im Dienst. Also noch keine *sooooo* große Hilfe. Es war somit vielleicht auch etwas unserer Personalnot geschuldet. Obwohl wir uns intensiv in den Fall hineinknieten und uns die Nächte um die Ohren schlugen.« An Jasmin gerichtet meinte er: »Das ist auch der Grund, warum du da bist. Wir haben es unserem Kriminaloberrat zu verdanken, dass wir dich als dritte Kraft ins Team bekamen. Er hat sich für die Planstelle eingesetzt und sie durchgeboxt.«

»Das bedeutet, wir werden zusammen mit dem neuen Fall die beiden anderen Fälle noch mal akribisch durchleuchten«, stellte Jasmin sachlich fest.

Der Hauptkommissar nickte. »Ihr werdet beide nacheinander die alten Fallakten durchforsten, ob wir damals etwas übersehen haben. Sucht nach Übereinstimmungen, Querverbindungen oder sonstigen Ähnlichkeiten. Ich gewinne immer mehr die Überzeugung, dass wir es mit nur einem Täter zu tun haben. Alles junge Frauen …, die gleiche Mordmethode …, die öffentliche Präsentation der Leichen. Diese Gemeinsamkeiten sind schon auffällig.

Habich wurde in seinen Anweisungen unterbrochen. Ein

uniformierter Kollege kam herein und schwenkte eine dünne Akte. »Wir haben die Identität der Toten. Hier ist die Vermisstenakte dazu.« Er übergab die Unterlagen dem Hauptkommissar und verschwand wieder.

»Die Ermordete heißt Tanja Böhmert, ist 25 Jahre alt und kommt aus Dettelbach. Sie wird seit über einer Woche vermisst«, las Habich laut vor. Er klappte den Aktendeckel zu und murmelte leicht frustriert: »Dann werde ich mich mal aufmachen, die schlimme Nachricht zu überbringen.«

Dies war für ihn immer noch eine der schwersten Aufgaben. Die Reaktionen der Angehörigen gingen ihm jedes Mal nahe: Von tiefster Betroffenheit über Wein- und Schreikrämpfe bis hin zu Ohnmachtsanfällen hatte er alles schon mitgemacht. Dann war viel Taktgefühl gefragt, um bei diesen Menschen, die gerade die Hiobsbotschaft bekommen hatten, dass eine oder einer ihrer Liebsten gestorben war, über den Toten und dessen Umfeld Informationen zu erhalten.

In Dettelbach traf Habich auf die verzweifelten Eltern, von denen die Vermissenanzeige stammte. Der Vater wirkte geschockt, die Mutter war nach der schrecklichen Gewissheit, dass ihre Tochter tot war, in Tränen aufgelöst. Erst nach endlos dauernden Minuten konnte Habich ein Gespräch mit Tanjas Vater führen. Darin erfuhr der Hauptkommissar, dass die Eltern ihre Tochter am Samstag vor acht Tagen zum letzten Mal gesehen hatten. Sie sei auf die Arbeit gegangen, um ihren Nachmittagsdienst anzutreten.

»Wo arbeitete Ihre Tochter?«

»Sie kellnerte in einer hiesigen Gaststätte.« Vater Böhmert nannte Namen und Adresse des Lokales, in dem Tanja bedient hatte.

»Hatte sie einen Freund?«

»Seitdem sie wieder zu uns gezogen war, nicht mehr.«

»Was ist vorgefallen?«

»Tanja ist gelernte Grafikerin. Sie hatte eine Anstellung in Würzburg, wurde aber dort zum Ende des letzten Jahres gekündigt. Personaleinsparung oder so. Na ja, wie das halt so ist. Mit der Arbeitslosigkeit kommt Unzufriedenheit auf. Tanjas Stimmungen waren schwankend, mal zuversichtlich, mal depressiv. Sie schrieb Bewerbungen, erhielt Absagen, ging zu Vorstellungsgesprächen und bekam wieder Absagen. Hinzu kamen die finanziellen Einbußen durch den fehlenden Job. Ihr damaliger Freund war im Elektrohandwerk tätig. Die schöne Wohnung in Würzburg wurde zu teuer. Daraufhin schlug Tanja vor … Nein, eigentlich haben wir vorgeschlagen, sie sollten beide zu uns ziehen. Wir haben oben noch eine kleine Wohnung frei. Die hätte fürs Erste mal gereicht. Ihr Freund wollte nicht, Tanja schon und so kam es zum Bruch.«

»Gab es seither Probleme mit dem Ex?«, erkundigte sich der Hauptkommissar. »Ich meine, ob er die Trennung anstandslos akzeptiert hat?«

»So etwas ist nie angenehm, aber nicht dass ich wüsste.«

»Wissen Sie denn jemand anderen, mit dem Ihre Tochter vielleicht Ärger hatte, von dem sie womöglich sogar bedroht wurde oder der ihr nachstellte?«

Zuerst wirkte der Vater bei der Frage ratlos, dann meinte er zögernd: »Ja gut, da gab es hin und wieder ein bisschen Belästigung in ihrem Job, durch alkoholisierte Gäste. Ich habe es nicht gerne gesehen, dass sie als Bedienung arbeitete. Aber sie wollte niemandem auf der Tasche liegen und meinte, ihr fiele die Decke auf den Kopf, wenn sie nichts zu tun habe, nur herumsäße und auf bessere Zeiten warten würde. Also haben wir es akzeptiert und sie gelassen. Nebenbei hat sie aber weiter versucht wieder in ihrem alten Beruf Fuß zu fassen.«

»Dieses gockelhafte Getue von eingebildeten oder alkoholisierten Gästen gegenüber Bedienungen meine ich nicht. Ich denke eher an jemand, der sie vielleicht massiver oder intensiver bedrängte.«

Böhmert überlegte und nickte dann. »Es gab da tatsächlich jemanden, der Tanja ein bisschen Stress bereitete. Ein ehemaliger Freund, mit dem sie mal vor Jahren zusammen war, fing wieder an ihr nachzustellen und machte sich nach Tanjas Trennung erneut Hoffnungen. Aber ich hielt es für harmlos«, er schüttelte den Kopf, »obwohl Tanja genervt war und eine lautstarke Auseinandersetzung mit ihm hatte. Wir haben es gehört, als er sie mal besuchte. Das alte Haus ist nicht sehr gut isoliert«, meinte er entschuldigend und deutete mit dem Zeigefinger zur Zimmerdecke.

»Wie heißt der junge Mann?«

»Peter Lackner.«

»Wissen Sie auch, wo ich ihn finden kann?«

»Glauben Sie wirklich, er hat etwas mit Tanjas Tod zu tun?«

»Nein, so weit sind wir noch lange nicht. Ich will nur mit ihm reden. Wenn er sich so um Ihre Tochter bemüht hat, hat er womöglich etwas mitbekommen, das für uns wichtig sein kann.«

»Ach so!« Böhmert schien nicht glauben zu können, dass jemand aus dem näheren Umfeld seiner Tochter ihr so etwas angetan haben könnte. Er wirkte weiterhin extrem fassungslos, während seine Frau immer noch schluchzend danebensaß.

Der Hauptkommissar hatte da ganz andere Erfahrungen. Er wusste, dass man in den meisten Fällen die Täter im Verwandten-, Bekannten- oder Freundeskreis zu suchen hatte. Diese Erkenntnisse behielt er aber lieber für sich, um bei den armen Eltern kein Kopfzerbrechen zu verursachen.

»Soweit ich weiß, arbeitet er bei einer Baufirma in Kitzingen.« Er beschrieb Habich den Weg dorthin.

Zuerst fuhr der Hauptkommissar in die Gaststätte, in der die Ermordete gearbeitet hatte. Dort konnte man ihm auch nicht weiterhelfen. Größeren Ärger oder Streit zwischen Tanja und Gästen habe es seines Wissens nach nie gegeben, berichtete ihr Chef. Der Wirt wusste nur, dass Tanja nach ihrem letzten Arbeitstag noch mit einer Freundin in eine Disco wollte, leider nicht mit wem und wohin.

Bei der Baufirma erfuhr Habich, dass Lackner seit letzter Woche Montag nicht zur Arbeit erschienen war und sich auch nicht krankgemeldet hatte. Zuhause traf er den Gesuchten nicht an. Zumindest öffnete ihm auf sein Läuten niemand die Tür. Weder Wohnungsnachbarn noch der Vermieter wussten, wo sich Lackner aufhielt. Er warf ihm eine Visitenkarte in den Briefkasten mit der Aufforderung, sich bei ihm auf der Dienststelle in Würzburg zu melden. Daraufhin kehrte Habich ins Büro zurück.

»Seid ihr beiden weitergekommen?«

»Nein! Bei den Altakten haben wir nichts Auffälliges gefunden, was eventuell übersehen worden wäre, und in unserem neuen Fall gibt es auch nichts Neues.«

»Dann möchte ich mehr über diesen Lackner und ihren letzten Freund, Dieter Ranko, erfahren«, sagte Habich an Jasmin gewandt. Den Namen hatte er ebenfalls von Tanjas Vater erfahren. »Außerdem müssen wir herausbekommen, wer die Freundin war, mit der Tanja nach ihrem Dienst noch ausgegangen ist«, überlegte er laut. »Vielleicht kennen Tanjas Eltern ihren Namen.«

Ein kurzer Anruf im Hause Böhmert brachte ihn nicht weiter. Dort ging jetzt niemand ans Telefon.

Fragen über Fragen

Trüb und grau wie der Novembertag war die Stimmung am nächsten Vormittag im Büro der drei Kommissare. Es gab keine neuen Erkenntnisse, weder im aktuellen Fall noch bei den alten Fällen. Auch der abschließende KTU-Bericht hinsichtlich der Reifenspuren am Tatort wies nicht viele neue Ergebnisse auf. Es waren Allerweltsreifen, wie man auf Grund des Profils festgestellt hatte, die auf keinen bestimmten Fahrzeugtyp hinwiesen. Zudem konnte man nicht sagen, ob sie tatsächlich vom Wagen des Täters stammten.

Hauptkommissar Habich machte einen erneuten Versuch, ein Elternteil Tanjas telefonisch zu erreichen. Während es klingelte, beobachtete er, wie Jasmin in der zweiten Altakte las. Chris versuchte derweil Informationen über den gesuchten Peter Lackner zu finden. Eine männliche Stimme am anderen Ende der Leitung holte ihn aus seinen Gedanken.

»Böhmert!«

»Hallo, Herr Böhmert, hier ist Hauptkommissar Habich. Ich habe noch eine Frage.« Er zögerte. »Nein! Eigentlich sind es mehrere Fragen. Wussten Sie oder Ihre Frau, dass Ihre Tochter nach der Arbeit noch ausgehen wollte?«

»Moment bitte.« Am anderen Ende der Leitung wurde miteinander gesprochen. »Ich wusste es nicht, aber meine Frau. Tanja hat es ihr gesagt. An dem Nachmittag war ich nicht zuhause.«

»Gut! Jetzt zu meiner zweiten Frage. Weiß einer von Ihnen, mit welcher Freundin Ihre Tochter unterwegs war?«

Wieder ließ Böhmert den Kommissar am Telefon alleine

und sprach mit seiner Frau, dann erfolgte die Antwort: »Sie hat meiner Frau nur gesagt, dass sie nach der Arbeit noch mal weggeht, aber nicht mit wem. Wir sind uns nicht sicher, aber es kann sich eigentlich nur um Valerie Rissek, ihr beste und langjährige Freundin, handeln.«

»Wo kann ich die junge Dame finden?«

»Ihre derzeitige Adresse kennen wir nicht …«

»Dann vielleicht, wo sie arbeitet.«

»Meine Frau sagt mir gerade, sie sei Krankenschwester im Klinikum Kitzinger Land.«

»Okay, das reicht mir fürs Erste. Danke für die Auskunft.« Habich legte auf und machte sich Notizen. Erneut griff er zum Hörer. Nach zwei Telefonaten, mit der Stadtverwaltung Dettelbach und dem Einwohnermeldeamt in Kitzingen, wusste er die Wohnadresse von Valerie Rissek. Plötzlich fiel ihm ein: »Haben wir eigentlich schon einen Bericht der Gerichtsmedizin?«

»Nein!«, kam die zweifache Antwort.

»Dann werde ich dort mal vorbeifahren und mich nach dem Stand der Dinge erkundigen. Anschließend versuche ich diese Freundin von Tanja ausfindig zu machen.«

»Ach, und wir haben weiterhin Innendienst?«, beschwerte sich Rautner.

»Hat sich dieser Lackner schon gemeldet oder hast du ihn gefunden?«

»Bisher noch kein Lebenszeichen.«

»Also was beschwerst du dich. Mach ihn ausfindig.«

»Soll ich ihn in die Fahndung geben.«

»Nein! Wir warten noch bis morgen.«

»Dann könnte ich mich doch bei den Arbeitskollegen näher über ihn erkundigen und fahr noch mal bei seiner Wohnung vorbei. Vielleicht ist er ja irgendwo aufgetaucht.«

»Gut, mach das. Aber vergiss auch nicht Tanjas letzten Freund, von dem sie sich am Jahresende getrennt hat, diesen Dieter Ranko. Wir müssen mehr über ihn wissen und ob er ein Alibi hat.«

»Das kann ich doch machen«, bot sich Jasmin an.

»Wenn du Zeit dazu findest, soll es mir recht sein.«

Habich grinste beim Hinausgehen. Er wusste, wie ungern Chris Schreibtischdienst verrichtete. Da ging es dem jungen Kommissar wie ihm selbst. Lieber war er draußen, um vor Ort zu ermitteln, Leute zu befragen, zu observieren oder Ähnliches. Nur kamen sie bei ihrer Arbeit nicht umhin sich auch mit Papierkram zu befassen. Gott sei Dank war Jasmin in dieser Hinsicht geduldiger und nahm den beiden vieles ab, was irgendwie mit Schreibtischarbeit zu tun hatte.

Mit seinem Wagen fuhr er in die Versbacher Straße, wo die Rechtsmedizin ihren Sitz hatte. Frau Doktor Wollner traf er in ihrem Büro an. Sie diktierte gerade Berichte.

»Oh, Herr Hauptkommissar, gerade habe ich an Sie gedacht«, sagte sie lächelnd, nachdem sie ihre Arbeit unterbrochen hatte. Habich wirkte im ersten Augenblick verlegen, was sein Blick auch deutlich ausdrückte. Ihr Lächeln wurde noch breiter. »Sie warten doch sicherlich auf meinen abschließenden Obduktionsbericht?«

»Oh, ja, ja! Das ... das war der Grund meines Besuches«, antwortete er mit belegter Stimme.

»Etwas anderes habe ich auch nicht erwartet«, antwortete sie schelmisch und reichte ihm einen Aktenordner.

»Gibt es neue Erkenntnisse?«

Sie blickte auf ihren Computer. »Nun ja! Wie schon vermutet wurde sie mit dem Seidenschal erdrosselt. Andere Anzeichen für eine tödliche Verletzung gibt es nicht. Auch der toxikologische Befund ist negativ, also keine Vergiftung oder Ähnliches. Die Todeszeit kann ich auf 18 bis 20 Uhr eingrenzen. Ich weiß nicht genau, wie lange sie der Witterung ausgesetzt war. Was ich außerdem definitiv sagen kann, ist, dass sie gefangen gehalten und misshandelt wurde. Das beweisen Hämatome an ihrem Körper, von denen die ältesten maximal fünf bis sechs Tage alt sind. In dieser Zeit wurde sie auch nicht regelmäßig ernährt. Das zeigt ihr körperlicher Gesamtzustand. Wollen Sie den ganzen Bericht noch in digitaler Form per E-Mail haben?«

»Wenn es Ihnen nichts ausmacht, können Sie es mir zusätzlich noch als PDF-Datei schicken. Also, dann danke, ich muss weiter«, verabschiedete sich Habich und wollte das Büro verlassen.

Die Stimme der Gerichtsmedizinerin hielt ihn zurück. »Sagen Sie mal, Herr Hauptkommissar, ich habe gehört, Sie sind ein Liebhaber des hiesigen Weines und der fränkischen Küche. Stimmt das?«

»Sooooo! Sie haben ja anscheinend schon viel über mich gehört«, stellte Habich fest. »Ich dagegen von Ihnen noch kein bisschen.«

»Das ließe sich ändern. Ich erzähle Ihnen etwas von mir, wenn Sie mir gastronomische Empfehlungen geben könnten und mir Gesellschaft leisten. Ich bin neu hier in Würzburg, kenne niemand und habe keine Ahnung, wo man gut essen und trinken kann. Zudem bin ich noch nicht ganz eingerichtet, die Küche fehlt noch, was das Kochen im Moment etwas schwierig macht«, erklärte die Pathologin freundlich lächelnd.

»Ich denke darüber nach und lass es Sie wissen«, sagte er beim Hinausgehen.

Was war denn das jetzt? fragte sich Habich verwundert im Flur des Gerichtsmedizinischen Institutes. Hatte Frau Doktor versucht ihn anzumachen oder war das eher harmlos zu sehen und die Fantasie ging mit ihm durch. Na ja, eigentlich hatte er sich nach mehreren Fehlschlägen geschworen die Finger von der holden Weiblichkeit zu lassen, aber diese Rechtsmedizinerin war schon verdammt hübsch, nein, sie war eine Wucht, korrigierte er sich selbst. Und nicht nur das, nett schien sie auch zu sein und sie wollte mit ihm ausgehen. »Alter Narr«, schimpfte er sich auf dem Weg zu seinem Wagen in Gedanken, »du hast doch selbst gehört, wie sie sagte, dass sie nur Empfehlungen braucht. Die Einladung war sicherlich nur eine Höflichkeit von ihr.« Obwohl, so ganz abgeneigt war er nicht, musste er sich eingestehen. »Vielleicht ... vielleicht könnte man ja einen Versuch wagen«, dachte er laut. Wie lange war das mit seinen Beziehungen zu Frauen her, überlegte Theo. Es musste eine gefühlte Ewigkeit sein. Gut, nach dem Ende seiner letzten festen Bindung hatte es noch drei flüchtige Abenteuer ohne den Erfolg auf Dauerhaftigkeit gegeben. Dazu hatte seine Enttäuschung zu tief gesessen. Tamara, seiner letzten Liebe, hatte es hier nicht gefallen. Sie bezeichnete Würzburg und die Region als Provinz und da sie ein Großstadtkind war, hatte es sie dorthin zurückgezogen. Sie hatte Trubel, Kurzweil und die Stadtluft gebraucht und war wieder zurück nach Frankfurt gegangen. Ihr Ultimatum an ihn, nach Frankfurt in seine Geburtsstadt mitzugehen, hatte er verstreichen lassen. So wie seine Liebe zu Tamara schwand, so entstand eine andere Liebe zu der neuen Heimat.

Er rangierte seinen X3 aus der Parklücke und fuhr los. Das schmale Gesicht der hübschen Rechtsmedizinerin mit der schlanken, ebenmäßigen Nase, den blauen Augen und dem blondgelockten Haar ging ihm nicht aus dem Sinn, bis er das Ortsschild von Kitzingen erreichte.

Zuerst suchte er Valerie Rissek in ihrer Wohnung. Auf sein Klingeln meldete sich niemand. Anschließend fuhr er zur Kitzinger Klinik. In der dortigen Abteilung der Inneren Medizin fand er die Gesuchte. Die Nachricht vom Tod ihrer Freundin wirkte wie ein Schock auf die junge Frau.

»Können wir nach draußen gehen? Ich brauch etwas zu rauchen«, bat sie ein wenig verstört. »Was ist passiert?«, fragte sie, als ihre Zigarette brannte.

Habich verriet ihr so viel, wie er für richtig hielt. »Erzählen Sie mir etwas über Ihren gemeinsamen Abend«, forderte er dann Tanjas Freundin auf.

Frierend schlug Valerie die dünne Strickjacke enger um ihren Körper. Mit hastigen Lungenzügen rauchte sie zwei Zigaretten hintereinander, während sie berichtete: »Ich habe Tanja nach der Arbeit mit meinem Wagen abgeholt und wir sind nach Würzburg in eine Diskothek gefahren. Dort haben wir noch drei Freunde getroffen. So gegen halb vier Uhr haben wir die Disco verlassen. Wir wollten noch nicht ins Bett, hatten alle Hunger, wussten aber nicht wohin. Fastfood ist nicht so unser Ding.« Sie lachte gequält. »Tanja kam dann auf die Idee, bei mir noch eine Flasche Rotwein zu trinken und ein oder zwei Dosen Ravioli heiß zu machen. Ich bin bekannt dafür, dass ich für alle Fälle immer ein paar Schnellgerichte im Haus habe. Der Vorschlag wurde angenommen und wir sind dann alle zu mir nach Kitzingen in die Wohnung gefahren. Na ja, wir haben dann noch an einer Tankstelle ein Sixpack Bier geholt, da die zwei Jungen, die dabei waren, keinen Wein wollten. Dann sind wir zu mir. Eigentlich bin ich zu der Zeit davon ausgegangen, dass Tanja bei mir schläft. Das hat sie öfters gemacht, wenn wir am Wochenende unterwegs waren …«

»Warum dieses Mal nicht?«

»Sie wollte plötzlich nachhause …«

»Aber sie wohnte doch in Dettelbach bei ihren Eltern. Wie wollte Sie da hinkommen?«

»Ja eben! Ich habe ihr auch gesagt, dass sie keiner mehr heimfahren kann. Wir hatten inzwischen alle Alkohol getrunken. Sie meinte nur, das wäre nicht schlimm, sie würde sich ein Taxi nehmen ...«

»Hat sie eins genommen?«

»Ich weiß es nicht hundertprozentig, gehe aber davon aus. Tanja hat von meinem Festnetzanschluss aus die Taxizentrale angerufen und einen Wagen bestellt. Sie meinte, die Dame am Telefon hätte ihr gesagt, es könne etwas dauern.«

»Wann war das etwa?«

Die junge Frau dachte kurz nach. »Das müsste so gegen fünf oder halb sechs Uhr gewesen sein. Genau kann ich es aber nicht sagen.«

»Sie haben sie aber nicht ins Taxi steigen sehen?«

»Nein! Sie hat einige Minuten nach dem Anruf meine Wohnung verlassen, obwohl noch kein Wagen da war. Ich habe ihr gesagt, sie soll warten, bis das Taxi kommt, aber sie meinte, sie bräuchte ein bisschen frische Luft und wolle vor dem Haus warten. Wenn sie das so wollte, war es für mich okay.«

»Könnte sie zu einem Fremden ins Auto gestiegen sein?«

»Nein, das halte ich für ausgeschlossen.«

»Was war mit den anderen drei Freunden, die dabei waren?«

»Die sind ungefähr noch eine halbe Stunde geblieben und dann gemeinsam gegangen. Als ich die drei verabschiedet habe, war auf jeden Fall von Tanja nichts mehr zu sehen.«

»Können Sie mir die Namen ihrer Freunde geben und mir sagen, wie ich sie erreichen kann?«

Valerie zog ihr Handy aus der Gesäßtasche, rief ihre Kontakte auf und nannte dem Hauptkommissar Namen und Telefonnummern der drei.

»Gut! Das war's fürs Erste«, bedankte sich Habich. »Ach ja, eine Frage habe ich doch noch. Hatten Sie danach noch mal

Kontakt mit Tanja Böhmert: Anruf, SMS, WhatsApp oder was auch immer es da noch alles gibt?«

»Nein!« Valerie schüttelte heftig den Kopf und Tränen kullerten ihr dabei über die Wangen. »Hätte ich doch darauf bestanden, dass sie die Nacht bei mir bleibt, dann würde sie jetzt noch leben.«

»Selbstvorwürfe helfen Ihnen nicht weiter. Damit konnte niemand rechnen«, versuchte Habich zu trösten. Er hatte sich gerade zum Gehen abgewandt, als ihm noch etwas einfiel. »Ach, was ich noch fragen wollte. Haben Sie Herrn Lackner gekannt?«

»Sie meinen Peter?«

»Ja genau, Peter Lackner, ihren Ex-Freund.«

»Nicht wirklich«, verneinte Valerie Rissek. »Er war zwei oder drei Mal dabei, als wir zusammen ausgegangen sind, aber damals hat sich Tanja sowieso mit dem Ausgehen ein bisschen zurückgehalten. Gut, sie war noch in Ausbildung, musste viel lernen und das Geld war knapp. Ich denke aber, es lag auch an Peter …«

»Warum?«

»Meiner Ansicht nach war er schwer eifersüchtig und hat es nicht gerne gesehen, wenn Tanja ausging. Er wollte sie nicht alleine weglassen und gemeinsam sind sie nicht oft weggegangen, weil er nebenbei am Wochenende noch gejobbt hat. Tanja war jung und wollte etwas erleben und da ist es immer wieder zu Reibereien gekommen. Erst später hat sich Tanja mir anvertraut und darüber gesprochen. Sie hat Knall auf Fall mit Lackner Schluss gemacht und ihn zum Teufel gejagt. Er hat ihr eine ganze Zeitlang noch nachgestellt.«

»Wie hat sich das bemerkbar gemacht?«

»Na ja, er ist öfters mal dort aufgetaucht, wo wir auch

waren. Es sollte zufällig wirken, das war es aber nicht.« Sie machte eine abfällige Handbewegung. »Er sah zwar gut aus, war aber charakterlich ein Arsch, wenn Sie meine Meinung hören wollen.«

»Wie lange ging das mit dem Nachstellen oder Stalken, wie man heute sagt?«

»Das war meines Wissens zu Ende, als Tanja mit ihrem neuen Freund zusammen war. Der hat Peter mal zur Rede gestellt und ein ernstes Wörtchen mit ihm gesprochen. Zumindest habe ich Lackner danach so gut wie nicht mehr gesehen.«

Nach dieser Auskunft verabschiedete sich Habich endgültig von der jungen Frau und machte sich auf den Weg zurück zur Dienststelle.

Rautners Mission war nur zum Teil von Erfolg gekrönt. Der Gesuchte blieb verschwunden. Weder in dessen Wohnung noch auf der Arbeitsstelle hatte er sich sehen lassen, aber die Kollegen konnten ihm einiges erzählen. Durch die Bank weg schilderten sie Lackner als arrogant und aggressiv.

»Wenn etwas nicht funktionierte, so wie er wollte, wurde er schnell impulsiv und hatte sich nicht mehr im Griff. Mit Alkohol ging es noch schneller«, wurde dem Kommissar berichtet.

»Wo könnte er jetzt sein?«, hatte sich Rautner bei Lackners Arbeitskameraden erkundigt. Die Antwort war einstimmiges Achselzucken.

»Peter hat privat nicht viel über sich verraten. Keiner von uns war näher mit ihm befreundet. Wir sind alle nicht so richtig mit ihm warm geworden. Er war ein bisschen ein Sonderling.«

Beide Kommissare kehrten am Nachmittag von ihren Nachforschungen zurück und erstatteten entsprechend Bericht.

Jasmin hatte aufmerksam zugehört, und gerade bei Habichs Ausführungen über die Aussage von Valerie Rissek wurde sie hellhörig.

»Moment mal! Taxi, Taxi, Taxi …«, murmelte sie und holte die Akten der beiden Altfälle hervor.

»Was hat dein Gemurmel zu bedeuten?«, fragte Habich.

Ohne sofort zu antworten, blätterte sie die erste Akte durch und überflog im Schnellverfahren Protokolle von Aussagen. Gespannt schauten ihr die beiden Kollegen zu. »Hier«, sagte sie plötzlich, fuhr mit dem Zeigefinger über einen Satz und nickte. Gleich darauf hatte sie die zweite alte Akte in der Hand und nahm die gleiche Prozedur vor. Wieder wurde sie fündig und quittierte es erneut mit dem Ausruf: »Hier!«

»Klärst du uns mal auf?«, erkundigte sich Rautner.

»Ich glaube, ich habe Parallelen bei den Fällen gefunden. Als Theo von einem Taxi sprach, mit dem unser letztes Opfer heimfahren wollte, ist mir eine Gemeinsamkeit aufgefallen.«

»Dann lass mal deine Theorie hören«, forderte der Hauptkommissar seine junge Kollegin auf.

»Erstens war es jedes Mal ein Wochenende, an dem die Opfer verschwanden. Zweitens waren alle mit Freunden unterwegs und wollten alleine nachhause. Drittens hatten alle drei Frauen vor, mit einem Taxi zu fahren. Was uns fehlt, ist die jeweilige Bestätigung, dass sie auch wirklich in ein Taxi eingestiegen sind. Dafür gibt es leider keine Zeugen oder es haben sich keine gefunden. »Aber …«, sagte Jasmin bedeutungsvoll und machte eine kurze Pause, »… was wäre denn, wenn die drei Opfer in ein Taxi eingestiegen wären.«

Chris runzelte die Stirn. »Ja und, was soll dann sein?«, fragte er etwas begriffsstutzig.

»Dann hätte sie das Taxi doch sicherlich bis zur Haustür gefahren und sie wären wohlbehalten angekommen.«

»Also sind sie nicht in ein Taxi eingestiegen.«

Jasmin zögerte kurz. »Und wenn doch?«

»Jetzt verstehe ich gar nichts mehr«, gestand Rautner. »Wenn sie in ein Taxi gestiegen wären, dann wären sie doch jetzt nicht tot.«

»Und was, wenn alle drei in *dasselbe* Taxi gestiegen wären?«

Wieder entstand eine Pause, in der man merkte, wie es in den Köpfen der beiden Männer arbeitete.

»Ach, jetzt verstehe ich.« Chris schien es zu dämmern, was Jasmin meinte.

Auch der Hauptkommissar hatte Jasmins Schlussfolgerung verstanden. »Ich weiß, was du damit sagen willst. Dann müssten wir den Täter unter den Taxifahrern suchen.« Er nickte anerkennend. »Der Gedanke ist gar nicht so verkehrt. Darauf scheint noch keiner gekommen zu sein. Obwohl wir im aktuellen Fall dazu noch keine Aussagen haben, ob unser Opfer nicht doch ein Taxi genommen hat. Das herauszufinden, sollte unsere nächste Aufgabe sein.«

Die junge Kommissarin wirkte überzeugt, als sie sagte: »Ich wette mit euch, dass wir auch dieses Mal niemand finden, der Tanja Böhmert gefahren hat. Sollte sich das bewahrheiten, wie wahrscheinlich ist dann ein Zufall, dass in allen drei Fällen jeweils ein Taxi benutzt werden sollte und sich keines findet, das die Fahrt gemacht hat? Es wäre ein neuer Ansatz, dem wir unbedingt nachgehen sollten.«

»Wie detailliert sind dazu unsere vorhandenen Zeugenaussagen?«, wollte Habich wissen.

Chris half mit und schnappte sich eine Akte. Beide blätterten und lasen, bis sie etwas gefunden hatten. Jasmin war schneller. »Da habe ich etwas. Im Falle von Monika Starke, dem ersten Opfer. Sie war mit zwei Freundinnen in einer Diskothek im Mainfrankenpark. Die Freundinnen haben ausgesagt, dass sie früher gegangen ist und ein Taxi nehmen wollte, weil sie am nächsten Tag zeitig aufstehen wollte. Sie musste scheinbar noch Arbeiten für die Uni fertig machen. Die beiden Begleiterinnen sind noch geblieben. Für die Zeit danach haben wir keine Zeugen.«

»Okay! Auch ich habe etwas gefunden. Unser zweites Opfer war mit ihrem Partner und mehreren Bekannten in Sulzfeld auf Weinfest. Sie hatte Stress mit ihrem Freund und hat Hals über Kopf das Fest verlassen. Nur zwei der Bekannten hatten mitbekommen, dass sie geäußert habe, mit einem Taxi heimzufahren. Das war das letzte Lebenszeichen von Sylvia Harms.«

»Warum ist das damals niemand aufgefallen? ... Ich meine das mit dem Taxi«, wunderte sich Jasmin.

Ihr Chef hob hilflos die Schultern und ließ sie mit einem tiefen Seufzer wieder fallen. »Wie ich euch schon erklärt habe, gab es zu der Zeit drastische Personalprobleme. Auch eine Sonderkommission stand nicht zur Debatte, da beide Mordfälle als Einzeltaten gesehen wurden. Aber woran ich mich erinnere, waren in beiden Fällen öffentliche Zeugenaufrufe mit Schwerpunkt Taxifahrer. Es meldete sich niemand. Auf den Aufwand einer Einzelbefragung der Taxifahrer wurde trotzdem verzichtet.«

»Es könnte ein fallrelevantes Versäumnis gewesen sein«, bemerkte Chris.

»So weit würde ich zum jetzigen Zeitpunkt noch nicht gehen, aber gut. Ihr wisst ja nun, was ihr zu tun habt«, sagte Habich und blickte dabei abwechselnd auf Jasmin und auf Rautner. »Ich möchte eine Liste aller Taxifahrer, die dafür in Frage kommen könnten.«

»Wie sollen wir das denn anstellen?«, überlegte Rautner laut. »Weißt du, wie viele Fahrer es alleine im Landkreis Würzburg und Kitzingen gibt? Und es ist nicht gesagt, dass er hier aus der Region kommt.«

»Gerade hast du von Fallrelevanz gesprochen und nun jammerst du. Auf, auf, wir müssen Versäumnisse aufarbeiten. Außerdem glaube ich kaum, dass jemand aus einer fremden Gegend mit einem Taxi hierherkommt, um ab und zu mal zu morden«, gab Jasmin zu bedenken. »Bei einem solchen Fahrzeug mit auswärtiger Nummer wäre die Gefahr groß aufzufallen und wer steigt schon in ein ortsfremdes Taxi.«

Chris winkte ab. »Du glaubst doch nicht, dass jemand zu solch später Stunde auf das Nummernschild schaut. Da ist jeder froh, wenn er ein Taxi bekommt. Nachts ist das leider immer etwas schwierig und an den Wochenenden erst recht.«

»Sprichst du aus Erfahrung?«

»Ja! Ab und zu nutze ich so etwas auch.«

Der Hauptkommissar wiegte den Kopf hin und her. »Glauben können wir viel, solange wir es nicht wissen, nützt es uns nichts. Den Einwand von Chris, dass der Fahrer nicht von hier stammt, sollten wir nicht ganz von der Hand weisen, da wir im Dunkeln tappen und alles möglich sein kann. Denkt an die Anweisung von Kriminaloberrat Schössler, in alle Richtungen zu ermitteln. Noch ist die Theorie mit dem Taxi eben nur eine Theorie. Warum soll es kein Urlauber sein, der ab und zu mal hierherkommt, oder ein Monteur, der hier zeitlich begrenzte Arbeitseinsätze hat und dann wieder für Jahre verschwindet? Daher vielleicht die großen Zeitabstände zwischen den Morden.« Habich traf eine Entscheidung. »Aber wir konzentrieren uns jetzt zuerst mal auf die Taxis und dabei auf die Bereiche Würzburg und Kitzingen. Sucht die Unternehmer auf, fragt bei den Verbänden nach. Die Behörden wissen, wer alles Taxikonzessionen hat und wer einen Taxischein besitzt. Also ran an die Arbeit.«

In der Güllegrube

Das Haus sowie das gesamte bäuerliche Anwesen in Repperndorf standen seit über zwanzig Jahren leer. Die Alten waren verstorben, die Kinder in alle Winde zerstreut und nicht mehr daran interessiert. Potenzielle Käufer oder Kaufinteressenten hatte es bisher keine gegeben. Jetzt endlich hatte sich ein finanzkräftiger Privatmann gefunden, der das marode Bauernhaus samt Nebengebäude gekauft hatte und sanieren lassen wollte. Noch viel länger als das Anwesen selbst war die Güllegrube nicht mehr in Gebrauch gewesen, nachdem die alten Bauersleute ihre Tiere abgeschafft hatten. Nun sollte sie unter den neuen Besitzern als Wasserzisterne genutzt werden. Ein Spezialunternehmen war beauftragt, die alte, unter dem Hof liegende, etwa 80 Kubikmeter große betonierte Grube zu säubern. Der neue Besitzer wollte damit das Regenwasser von den umliegenden Dachflächen auffangen und als Brauchwasser nutzen. Dazu mussten zuerst die jahrzehntealten Hinterlassenschaften von Mensch und Tier sowie der angeschwemmte Schlick, der sich durch Regen angesammelt hatte, entfernt werden. Das Ganze sollte mit Wasser aufgeweicht und abgesaugt werden. Dazu stieg einer der Arbeiter hinab in die Grube, um das Saugrohr zu bedienen. Wegen des Drecks und möglicher lebensgefährlicher Gase ging dies nur mit entsprechender Schutzausrüstung.

Die Arbeiten hatten kaum begonnen, als man den Mann aus der Grube rufen hörte.

»Schaltet die Pumpe ab! Stoppt die Maschine!«, klang es dumpf unter seiner Atemschutzmaske hervor.

»Was gibt es denn? Warum schreist du so?«, kam die besorgte Nachfrage eines Arbeitskollegen von oben, als der Motor schwieg.

»Verdammt! Oh Scheiße, ich habe was entdeckt.«

»Scheiße!« Der Mann oben lachte. »Natürlich hast du Scheiße entdeckt. Ist ja auch massenweise da unten. Stehst schließlich knietief drin. Du bist mir ein Witzbold.«

»Blödsinn! So meine ich das nicht«, hörte man die aufgeregte Stimme aus der Grube. »Ich ... Ich habe etwas anderes ...«

»Etwa einen versteckten Schatz?«, rief einer der Arbeiter nach unten.

»Ich glaube ... Verflucht, ich glaube ... Das ist ein ... ein menschlicher Schädel«, hörte man eine aufgeregte und stockende Stimme von unten.

»Was? Bist du sicher? Ist es nicht eher ein Tierkadaver?«

»Nein, nein! Bin mir ziemlich sicher, dass es keiner ist. Da sind noch Haare an dem Schädel.«

»Und wo ist der Rest?«

»Weiß ich nicht. Wahrscheinlich noch im Schlick. Ich bleibe keine Sekunde länger hier unten. Holt mich sofort rauf«, rief er hysterisch.

In Windeseile hatte man das Saugrohr aus der Öffnung entfernt und hievte den Arbeitskollegen wieder ans Tageslicht. Es erschien eine vermummte Gestalt mit Gummistiefeln, wasserdichtem Anzug, Handschuhen und einer Maske auf dem Gesicht. Seine Kleidung war bis zu den Oberschenkeln mit Dreck und Kot verschmiert. Der aufgeweichte Inhalt der Grube stank fürchterlich.

»Wer mag das da unten wohl sein?«

»Keine Ahnung! Ist mir auch ziemlich egal. Puh! Was für ein Schock, ich brauch einen Schnaps.«

»Was machen wir jetzt?«

»Es bleibt uns nichts anderes übrig, als die Polizei zu rufen.«

Zuerst tauchte eine Streifenwagenbesatzung auf. Als man den beiden Gesetzeshütern den Sachverhalt erklärte, informierten sie ihren Vorgesetzten und der wiederum die Staatsanwaltschaft. Diese ordnete die Bergung und gerichtsmedizinische Untersuchung des Leichnams an. Eigentlich war es ja gar keine Leiche mehr, sondern nur noch die Überreste in Form eines Skeletts. Mit Hilfe der Gerätschaft der Firma, die die Reinigung vornehmen sollte, versuchte man die menschlichen Knochen freizulegen. Es dauerte bis zum nächsten Tag, bis alle gefunden waren. Der Fund landete auf dem Tisch von Frau Doktor Wollner.

Hauptkommissar Habich traf die Rechtsmedizinerin am Seziertisch an, auf dem das Skelett aus der Güllegrube lag. Inzwischen hatte Doktor Wollner die Knochen vom Schmutz befreit und so sortiert, dass sie wieder die Form eines menschlichen Körpers darstellten. Mit einer an einem Schwenkarm befestigten großen beleuchteten Lupe begutachtete sie jeden einzelnen der Knochen ganz genau. Habich trat vorsichtig näher, um sie nicht von ihrer Arbeit abzulenken. Trotzdem spürte sie seine Anwesenheit und schaute auf.

»Ach, Sie sind es«, sagte sie locker und richtete sich auf. Die Augen auf die Akten in seiner Hand gerichtet meinte sie schelmisch: »Oh, bringen Sie mir eine ganze Mappe voller gastronomischer Empfehlungen?«

Verlegen lächelnd schüttelte er den Kopf. »Nein, das leider nicht. Es ist eher etwas Arbeit. Aber ich habe Sie nicht vergessen«, beeilte er sich hinzuzufügen, »und wollte Sie für heute Abend einladen.«

Ein warmer, gnädiger Blick trieb ihm den Schweiß aus den

Poren. Fieberhaft überlegte er, wohin er die Pathologin einladen sollte, dann stand sein Entschluss fest. »Darf ich Sie um 19 Uhr abholen oder ist das zu spät?«

»Nein, durchaus nicht. Ich lass mich überraschen, wohin es geht.« Sie nannte ihm ihre Wohnadresse. »So, nun aber zu Ihrem dienstlichen Anliegen.«, Sie zeigte auf die Unterlagen, die Habich immer noch in den Händen hielt. »Was kann ich für Sie tun?«

»Ach ja, ich habe hier zwei alte Fälle und möchte Sie bitten von der medizinischen Seite her noch mal einen Blick darauf zu werfen. Außerdem möchte ich, dass Sie diese Fälle mit dem aktuellen Fall der toten Tanja Böhmert vergleichen.«

»Vermuten Sie da Zusammenhänge?«

»Genau das möchte ich von Ihnen wissen.«

»Gut, dann werde ich mir die Unterlagen und die Obduktionsberichte in Ruhe anschauen.«

»Was haben Sie denn da?«, fragte Habich, den Blick auf die Knochen gerichtet.

»Womöglich noch mehr Arbeit für Sie und Ihr Team. Der Bericht dazu geht heute Abend noch an die Staatsanwaltschaft und die entscheidet dann, ob ermittelt wird.« Als Habich weiterfragen wollte, kam sie ihm zuvor. »Vielleicht erzähle ich Ihnen beim Essen Details, aber jetzt muss ich weitermachen, sonst wird es nichts mit unserer Verabredung«, meinte sie freundlich, aber rigoros. Wortlos verschwand der Hauptkommissar auf der Stelle. Den abendlichen Termin mit der hübschen Pathologin wollte er nicht gefährden. Erneut schalt er sich einen Narren hinsichtlich seiner Hoffnungen, die in ihm aufkeimten.

»So, was haben wir bis jetzt?«, begann der Hauptkommissar die Besprechung mit seinem Team. »Lasst mal eure Ergebnisse hören.«

Rautner erinnerte noch mal an das, was er von Lackners Arbeitskollegen erfahren hatte, und das war wenig ergiebig. Sein abschließendes Urteil lautete: »Ausschließen können wir ihn nicht, solange wir kein Alibi von ihm haben. Wir sollten ihn jetzt endlich mal auf die Fahndungsliste setzen.«

» Okay, mach das«, gab der Hauptkommissar seine Zustimmung. »Er wird aber nur als Zeuge gesucht, nicht als Verdächtiger.«

»Apropos Alibi«, mischte sich Jasmin ein, »Dieter Ranko, der letzte Ex von Tanja, ist außen vor. Er hat ein wasserdichtes Alibi. Ranko war mit seinem Chef und einem weiteren Kollegen im Auftrag eines Großunternehmens auf Messebau in Paris. Sie haben genau an dem Wochenende dort die Elektrik installiert, als unser Opfer verschwand, und am Wochenende darauf, als sie gefunden wurde, ist er erst am Sonntag von Paris zurückgekommen.«

»Gut«, nickte Habich, »einer weniger. Was macht die Fahrerliste?«

»Die Kollegen und ich haben alles telefonisch in die Wege geleitet. Was an Unterlagen und Namenslisten zu bekommen war, trifft spätestens morgen per Fax oder Mail hier ein«, antwortete Jasmin.

Schössler hatte dem Team mehrere uniformierte Beamte zur Seite gestellt, die mithelfen sollten, die zu erwartende große Anzahl der Taxifahrer zu befragen.

»Dann nehmt ihr euch noch einmal die Zeugen der alten Fälle vor. Stellt Fragen wegen der Taxis, quetscht sie ein weiteres Mal über den Abend und das Umfeld der Toten aus. Vielleicht fällt ihnen etwas ein, was sie bisher übersehen oder vergessen hatten. Ich nehme mir die drei Freunde vor, die in Tanjas und Valeries Begleitung waren.«

Es wurde ein Tag mit vielen Telefonaten und Gesprächen.

»Nix, einfach gar nix Neues in Erfahrung zu bringen«, stöhnte Jasmin. Sie hatte den ältesten Mordfall übernommen. »Zwei der ehemaligen Zeugen konnte ich gar nicht ausfindig machen, bei allen anderen waren die Erinnerungen verblasst. Meistens hieß es: schon zu lange her. Ich befürchte die Bemühungen waren umsonst.«

»Bei mir ähnlich«, gestand Rautner. »Die, mit denen ich gesprochen habe, konnten mir keine neuen Details berichten. Sie verwiesen mich auf ihre damaligen Aussagen, mehr konnte ich nicht herausholen.«

»Auch ich bin nicht weitergekommen. Es gibt keine neuen Anhaltspunkte.« Etwas resigniert ließ Habich den Kugelschreiber auf seinen Schreibtisch fallen und lehnte sich zurück. »Tanjas Freunde haben nichts gesehen, nichts gehört und keine Vorstellung, wer das Tanja Böhmert angetan haben könnte.«

»Übrigens, ich wollte noch etwas wegen Lackner ...« Jasmin wurde durch das anspringende Faxgerät unterbrochen. Sie stand auf, vergaß den Satz zu vollenden, holte sich die Blätter und überflog sie.

»Was sind das für Faxe?«, fragte Habich.

»Die ersten Fahrerlisten«, antwortete sie und las weiter.

»Wolltest du nicht eben etwas über Lackner erzählen.«

»Ach nee!«, hörten sie Jasmin unbeirrt sagen. »Ihr glaubt nicht, wer auf dieser Liste steht.«

»Ich hoffe, du wirst es uns gleich verraten«, sagte Chris mit ironischem Unterton, »ansonsten müssen wir ...« Jasmins Blick ließ ihn verstummen und er schluckte das Wort »raten« hinunter.

»Hier taucht der Name Peter Lackner auf ...«

»Unser Gesuchter?«

»Wenn es nicht ein Namensvetter ist, dann ....«

»Warte mal! *Der* ist Taxi gefahren? Wann und wo?«, stoppte Habich Jasmins Ausführungen.

»Er hat den Taxischein seit …, seit acht Jahren.«

»Also etwa ab der Zeit, als der erste Mord passierte. Wo ist er gefahren?«

»In Würzburg. Mehr weiß ich nicht. Den Unternehmer, bei dem er fährt oder gefahren ist, kenne ich nicht. Deren Meldungen fehlen noch. Diese Unterlagen sind von der Behörde und sie listen die aktuellen Inhaber eines Taxischeines auf.«

»Das wiederum bedeutet, er hat noch einen Schein und könnte noch aktiv sein.«

»Laut diesen Daten hier, ja. Aber genau erfahren wir es, wenn die Taxiunternehmer uns ihre derzeitigen Fahrer benannt haben.«

»Na, das ist doch schon mal ein Anfang. Dann hoffe ich, wir bekommen alle notwendigen Informationen bis morgen. Mach noch mal Dampf bei den Unternehmern.« Er erhob sich. »Und jetzt ist für heute Schluss.«

Jasmin und Chris schauten sich an. Es war für sie absolut neu, dass ihr Chef pünktlich Feierabend machte. Rautner grinste und bemerkte: »Du wirst doch nicht irgendetwas vorhaben?«

»Und wenn, dann ginge es dich nichts an«, maßregelte Habich seinen jungen Kollegen. »Auch wenn es dich überrascht, ich habe ein Privatleben.«

»Kaum vorstellbar.« Rautner schüttelte amüsiert den Kopf. Er ließ sich von dem Ton seines Chefs nicht irritieren. »Du wirkst so … so …«

»Bemüh dich nicht, die richtigen Worte zu finden«, winkte Habich ab und verschwand durch die Tür.

Pünktlich um 19 Uhr stand Hauptkommissar Habich mit seinem Wagen bei der angegebenen Adresse in der Kettelerstraße. Genauso pünktlich trat Dorothea Wollner aus dem Haus und stieg zu ihm ins Auto. Sie sah umwerfend aus in ihrem lässigen Look aus Jeans, leichtem Pullover und Lederjacke. Selbst im Jogginganzug würde sie manche Frau im Abendkleid ausstechen, fand Habich. Diese Beurteilung war natürlich eher seiner Gefühlslage zuzuordnen. Er hatte kein Auge von ihr lassen können auf dem Weg vom Haus zu seinem X3. Sie hatte es bemerkt und fragte nun, als sie auf dem Beifahrersitz Platz genommen hatte: »Nehmen Sie mich so mit? Ich fühle mich in legerer Kleidung am wohlsten.«

»Ich würde mit Ihnen sogar so zum Wiener Opernball gehen«, versuchte er ein Kompliment. Dorothea Wollner quittierte es lächelnd.

»Der Weg dorthin wäre mir etwas zu weit, da ich ganz schön hungrig bin«, gestand sie.

»Dann will ich Sie schnellstens von Ihrem Leiden erlösen«, bemerkte Habich und gab Gas.

Der Weg vom Frauenland hinunter in die Stadt war zu der abendlichen Stunde keine langwierige Angelegenheit. So langsam beruhigte sich der Feierabendverkehr, denn die meisten Berufstätigen und die, die einkaufen waren, strömten aus der Stadt hinaus. In der Ludwigstraße fand der Hauptkommissar einen freien Parkplatz. Von dort aus waren es nur noch ein paar Schritte bis zum Ziel. Die Tatsache, dass Habich im Restaurant mit Namen begrüßt wurde, zeigte seiner Begleitung, dass er hier öfters verkehrte. An einem kleinen Seitentisch mit zwei bequemen Sitzbänken nahmen sie Platz. Ohne Umschweife widmeten sie sich der Speisekarte, die ihnen der Kellner gleich nach der Ankunft vorgelegt hatte.

Beide nahmen als Vorspeise Kürbis-Ingwer-Suppe. Die Rechtsmedizinerin wählte Rinderfiletspitzen auf Wokgemüse in Sojasauce mit Kartoffelspalten für den Hauptgang, der Hauptkommissar bevorzugte die Viertel Bauernente mit Kartoffelklößen und Wirsinggemüse. Dazu bestellte Habich für sich und seine Begleitung eines seiner Lieblingsgetränke, einen feinherben fruchtigen Bacchus.

»Trinken wir darauf, dass Ihnen meine erste Empfehlung zusagt«, meinte Habich, nachdem die Getränke vor ihnen standen, und hob sein Glas.

»Mir gefällt schon mal das Ambiente«, nickte Frau Doktor Wollner mit einem Blick in die Runde. »Wenn jetzt das Essen noch so gut schmeckt, wie es sich auf der Karte gelesen hat, bin ich höchst zufrieden.«

»Lassen Sie sich überraschen.«

Nachdem sie angestoßen hatten, probierte Habichs Begleitung vorsichtig den Frankenwein. Aus der Lippenbefeuchtung wurde ein zweites Nippen und schließlich ein kräftiger Schluck.

»Habe ich Ihren Geschmack getroffen?«, fragte ihr Gegenüber und deutete auf das Getränk.

»Ja, durchaus! Der Wein ist sehr köstlich«, sagte sie, während sie das Glas abstellte. Sie stützte die Ellenbogen auf, verschränkte die Hände und legte ihr Kinn darauf. »Sie scheinen hier Stammgast zu sein.«

»Sagen wir, ich gönne mir hier hin und wieder ein Essen und einen guten Wein.«

»Erzählen Sie mir etwas über sich. Sie sind doch der Sprache nach auch kein Franke.«

Nur zögernd begann er zu erzählen, aber das Lächeln der Pathologin war entwaffnend, man konnte ihr nichts abschlagen. Nach der Kürbis-Ingwer-Suppe wusste sie so viel über den Privatmenschen Habich, soviel dieser bereit war offenzulegen. Als sie sich dem Hauptgang zuwendeten, erfuhr Dorothea Wollner mehr über Habichs beruflichen Werdegang. Dass er als junger Kommissar über den Boxsport vor über zwanzig Jahren in Würzburg seine neue Heimat gefunden hatte. Ab der Nachspeise – Frau Doktor Wollner hatte Crème brûlée mit marinierten Beeren und Vanilleeis gewählt, Habich entschied sich für die Käsevariation mit Feigensenf – war es an der Rechtsmedizinerin, von ihrer Vergangenheit zu plaudern. Sie stammte aus Niedersachsen, hatte in Hamburg Medizin studiert und sich in Berlin zur Fachärztin für Rechts- oder Gerichtsmedizin in den Bereichen Pathologie, Psychiatrie, Psychotherapie und forensische Psychiatrie weitergebildet.

»Und wo waren Sie schon überall im Einsatz?«, fragte Habich.

»Meine erste Tätigkeit war in Magdeburg. Nach drei Jahren bekam ich eine Anstellung in Hannover, sozusagen in meiner Heimat.«

»Wie sind Sie denn dann hier zu uns, quasi in die Provinz ‚geraten?«

Nachdenklich schleckte die Frau ihren Löffel ab. »Schuld daran ist ein etwas unrühmliches Kapitel in meinem Leben. Obwohl Schuld ... Schuld kann man es nicht nennen. Anlass war eine Scheidung ... meine Scheidung. Na ja ..., vielmehr der Abstand, den ich danach gewinnen wollte. Da kam mir diese Stelle hier gerade recht.«

»Oh, das tut mir leid!«

»Muss es nicht. Sie haben nichts damit zu tun.« Sie hob das Weinglas und prostete Habich zu. »Lassen wir die Vergangenheit ruhen. Ich möchte mir den schönen Abend nicht durch solche Dinge vermiesen lassen.«

»Dann wollen wir lieber noch ein bisschen von Ihrer neuen Heimat sprechen. Ich erzähle Ihnen etwas über Würzburg, Unterfranken und den Wein.«

An diesem Abend sollte Dorothea Wollner in Sachen Heimatkunde noch einiges Geschichtliche aus der Region und über die Region zu hören bekommen. Es war eines der Lieblingsthemen des Hauptkommissars. Nach dem zweiten Schoppen wechselte Habich zu Mineralwasser, da er noch fahren musste. Die Rechtsmedizinerin dagegen ließ sich auch noch ein drittes und viertes Glas Wein munden.

»Jetzt haben wir über so viel private Dinge gesprochen, nun muss ich aber mal dienstlich werden. Wollten Sie mir nicht etwas über das Skelett auf Ihrem Serviertisch erzählen?«

»Ich dachte, wir könnten heute Abend auf berufliche Themen verzichten.« Die kritische Bemerkung musste sich Habich gefallen lassen.

»Kann ich eigentlich schon«, verteidigte er sich, »aber ab und zu ist die Neugier einfach größer. Verraten Sie mir wenigstens ein bisschen, was die Knochen zu bedeuten haben.«

»Aber nur damit Sie heute Nacht beruhigt schlafen«, lachte sie angeheitert. »Das Skelett hat man in einer Jauche- oder Güllegrube gefunden. Die Staatsanwaltschaft hat eine Untersuchung angeordnet, um festzustellen, ob es ein natürlicher oder gewaltsamer Tod war …«

»Und wie lautet Ihr Urteil?«

Dorothea Wollner schüttelte leicht den Kopf. »So hundertprozentig zweifelsfrei kann ich es nicht sagen. Knochen geben weniger Spuren her als ein intakter Körper, aber«, betonte sie, »ich tendiere dazu, dass da nachgeholfen wurde. Vielleicht auch ein tragischer Unfall, der vertuscht werden sollte. …«

»Wie kommen Sie zu der Schlussfolgerung?«

»Die Tote, es handelt sich auf jeden Fall um die Überreste einer weiblichen Person, zeigt mehrere Verletzungen auf. Die eindeutig tödliche Verletzung war der Genickbruch. Dazu kommen aber noch ein Arm- und ein Beinbruch ...«

»Alles zur gleichen Zeit?«

»Definitiv gleichzeitig entstanden. Ich tippe daher eher auf einen Sturz mit tödlichem Ausgang. Vielleicht von einer Treppe ... einer Erhöhung ... aus einem Fenster ... oder ... oder! Es könnte so vieles sein.« Sie hob hilflos die Hände. »Ob mit oder ohne Fremdeinwirkung kann ich genauso wenig sagen.«

»Hmm!«, brummte der Hauptkommissar. »Die Beseitigung der Leiche in der Grube lässt wohl mehr auf Ersteres schließen.«

»Jetzt wird es spekulativ.«

»Natürlich müssen wir Spekulationen und Überlegungen anstellen, solange wir keine Tatsachen und Fakten kennen. Wenn man in Erfahrung bringen kann, wer die Tote ist, kann man vielleicht eher Vermutungen über die Umstände des Todes anstellen.«

»Im Endeffekt zählen nur Beweise.«

»Ja, ja, ganz klar. Aber durch das Lebens- und Familienumfeld erschließen sich einem wieder ein paar neue Aspekte und Ansatzpunkte.«

»Aspekte hin oder her, ich glaube, der Wein steigt mir zu Kopf und in die Beine«, gab Frau Doktor Wollner unumwunden zu. »Wir sollten diesen schönen Abend so langsam beschließen, sonst habe ich morgen früh Probleme.«

Habich ahnte, von welchen Problemen seine Begleiterin sprach, und lächelte verständnisvoll. »Wenn Sie den fränkischen Wein nicht gewohnt sind, kann er schon unverhofft unangenehme Auswirkungen haben.«

Während die Pathologin die Toilette aufsuchte, gab Habich der Bedienung ein Zeichen, dass er bezahlen wollte. Als sie zurückkam, war die Rechnung beglichen.

»Wenn Sie möchten, können wir uns auf den Weg machen«, sagte er und leerte sein Glas.

»Wir müssen doch noch bezahlen.«

»Das ist schon erledigt.«

»So war das aber nicht gedacht«, protestierte Dorothea Wollner, »dass Sie mich zum Essen einladen. Eigentlich sollte es andersherum sein. Sie haben sich schließlich aufgeopfert mit mir auszugehen.«

»Na ja, eine Aufopferung würde ich es nicht nennen. Es war mir ein Vergnügen, das wir gerne jederzeit wiederholen können. Ich habe noch mehr gastronomische Empfehlungen für Sie. Also können Sie sich immer noch revanchieren.«

Vor der Tür machte die Rechtsmedizinerin einen ungeschickten Schritt und stieß gegen ihren Begleiter. Mit einem »Hoppla, jetzt bin ich gestolpert« entschuldigte sie sich. Habich lächelte, da er den Grund der Unsicherheit sofort erkannt hatte. Die frische Luft verstärkte die Wirkung des Weines und so bot er Frau Wollner den Arm. Sie nahm dankend an und hakte sich bei ihm ein. Ohne weitere Schwierigkeiten schafften sie die wenigen Schritte bis zu seinem Wagen. Die Fahrt zurück ins Frauenland verlief in andächtigem Schweigen, der Abschied war kurz. Dorothea Wollner verzichtete mit den Worten »Das schaffe ich schon« vehement auf seine Begleitung bis zur Tür. Geduldig wartete er im Wagen, bis sie im Haus verschwunden war, dann erst fuhr er davon.

Ein zweiter Fall

Schon am frühen Morgen war das Faxgerät aktiv gewesen und hatte seitenweise Papier ausgespuckt. Seit Dienstbeginn saß Jasmin am Computer, checkte E-Mails und druckte Listen aus. Sie überflog gerade die ersten Unterlagen, als Hauptkommissar Habich ins Büro kam. Kurze Zeit darauf erschien Rautner gutgelaunt mit einer Tüte frischer duftender Backwaren.

»Ist der Kaffee fertig, ich habe auch was Feines mitgebracht.«
»Was für eine dumme Frage, riechst du nichts?«
»Ah, jetzt wo du es sagst, fällt es mir auf«, grinste Chris und legte die Tüte auf den Tisch, um sich einen Kaffee zu holen.

Mit einem Blick auf Rautners Mitbringsel und den Worten »Oh lecker« fischte sich Jasmin ein backfrisches Croissant aus der Papiertüte und biss herzhaft hinein. »Hmm … hmm«, brummte sie mit vollem Mund, kaute und schluckte dabei. »Ihr werdet es nicht glauben«, brachte sie dann heraus. »Lackner hat nicht nur den Taxischein für Würzburg, sondern auch für Kitzingen, und er ist aktuell als Aushilfsfahrer bei dem Unternehmen Segert aus Hohenfeld gemeldet.«

»Dieser Bursche rückt immer mehr in den Fokus, oder was meinst du, Theo?«

Der stämmige Hauptkommissar hatte seit seiner Ankunft im Büro außer »Guten Morgen« noch keine zwei Worte gesagt. Mit einer Tasse heißem dampfendem Kaffee stand er am Fenster, starrte auf die Parkplätze und die angrenzende Grünfläche. Die Bemerkungen von Jasmin und Chris hatte er nur mit halbem Ohr wahrgenommen. In Gedanken war er bei dem gestrigen Abend und der bildhübschen Rechtsmedizinerin. Geistesabwesend beobachtete er, was das stürmische Wetter draußen mit dem gefallenen Laub anstellte. Der Herbstwind wirbelte die einzelnen Blätter da- und dorthin, trieb sie zusammen und wieder auseinander und hob sie in die Luft, um sie gleich darauf wieder fallen zu lassen. Eigentlich passte das triste Wetter gar nicht so recht zu seinem Stimmungshoch. Für ihn war November einer der schlimmsten Monate im Jahr, depressiv machend und einfach zum Davonlaufen. Immer öfter sehnte er sich danach, in dieser Jahreszeit in wärmere Gefilde abzuhauen. Viele Menschen taten es, er nicht. Warum, wusste er nicht. Es war einfach so, wie manches im Leben einfach unerklärlich ist. Doch dieses Jahr war etwas anders. Er hatte das Gefühl, einen Sonnenstrahl gefunden zu haben, der ihn das Novembergrau vergessen ließ.

»Theo, ist alles okay bei dir?«, fragte Rautner besorgt, als der Hauptkommissar nicht reagierte.

»Entschuldigung, was hast du gesagt?«, fragte Habich und drehte sich um.

»Jasmin hat festgestellt, dass dieser Lackner immer noch als Aushilfe Taxi fährt. Ist das nicht komisch, dass sein Name überall auftaucht?«

»Ob das etwas zu bedeuten hat, lässt sich schlecht beurteilen. Wichtig wäre es, ihn zu finden und mit ihm zu sprechen. Gibt es dazu etwas Neues?«

»Nein, leider Fehlanzeige. Der Kerl ist wie vom Erdboden verschluckt.«

Der Hauptkommissar nickte. »Ich kümmere mich heute noch um einen Durchsuchungsbeschluss für seine Wohnung. Vielleicht finden wir da einen Hinweis auf seinen Aufenthaltsort oder …«

Habich wurde unterbrochen, da die Tür sich öffnete und Kriminaloberrat Schössler ins Büro kam. Der Chef der Mordkommission hielt eine dünne Mappe in der Hand.

»So leid es mir tut, aber ich habe hier noch mehr Arbeit. Ein weiterer Fall ... Zumindest schaut es so aus.« Fast entschuldigend klangen seine Worte, während er Habich die Mappe reichte.

»Das Skelett aus der Grube?«, erkundigte sich der Hauptkommissar.

»Woher wissen Sie?«, fragte Schössler ganz überrascht.

»Ich war gestern bei Frau Doktor Wollner in der Rechtsmedizin, da habe ich die Knochen gesehen. Wir haben kurz über die Tote gesprochen, aber Frau Doktor wusste da noch nicht, ob die Staatsanwaltschaft ermitteln lässt.«

»Jetzt ist es amtlich, der Staatsanwalt hat beschlossen, dass wir die Umstände des Todes überprüfen ... Aber«, der Kriminaloberrat hob den Zeigefinger, »die Priorität liegt auf dem aktuellen Fall.« Mit diesen Worten verschwand er wieder aus dem Zimmer.

Habich war klar, dass er den *schwarzen Peter* zugeschoben bekommen hatte. Einerseits sollte er alle verfügbaren Kräfte auf den Fall des vermuteten Serienmörders ansetzen, andererseits musste er jemand für die neue Aufgabe einteilen. Sein Blick fiel auf Rautner.

»Chris, was hältst du davon, dich mit der Geschichte hier zu befassen?« Er wedelte mit den Unterlagen »Du übernimmst deinen eigenen Fall.«

Der Angesprochene machte einen innerlichen Freudensprung, ließ sich aber nach außen nichts anmerken. Verantwortung für einen eigenen Fall, lange hatte er darauf gewartet. »Okay, mach ich«, nickte Rautner begeistert.

»Ich möchte aber, dass du mich auf dem Laufenden hältst. Wie du vorgehst, ist deine Entscheidung.«

Wieder nickte der junge Kommissar, nahm Habich die Akten aus der Hand und vertiefte sich darin. Alles das, was Habich schon am Vorabend persönlich von der Rechtsmedizinerin über den Fund der menschlichen Überreste erfahren hatte, las Rautner nun aus deren Bericht. Fundort war die Güllegrube eines Bauerngehöftes in Repperndorf gewesen. Das Alter der Toten schätzte Frau Doktor Wollner auf 40 bis 50 Jahre. Auch konnte sich die Pathologin nicht hundertprozentig festlegen, wann die Frau gestorben war. Laut ihrer Vermutung lag das Ereignis mindestens zehn Jahre zurück. Näher ließen sich die zeitlichen Bestimmungen nicht eingrenzen. Chris begann mit seinen Nachforschungen, telefonierte und durchforstete die Vermisstendatei. Dort wurde er fündig. Die einzige Person, die infrage kam, war eine Helga Segert aus Repperndorf, die vor über 15 Jahren verschwand und zum Zeitpunkt ihres Verschwindens 46 Jahre alt gewesen war.

»Das kommt hin«, murmelte er für sich. Laut sagte er dann: »Ich denke mal, ich habe den Namen zu meiner Toten. »Segert … Segert! Ich habe hier eine Helga Segert, die seit mehr als 15 Jahren vermisst wird. Hast du nicht vorhin den Namen Segert erwähnt?« Chris hob den Kopf in Richtung Jasmin.

»So heißt das Taxiunternehmen, bei dem Lackner als Fahrer aushilft. Die wohnen aber in Hohenfeld und nicht in Repperndorf.«

»Vielleicht Verwandtschaft …«

»… oder nur Namensgleichheit.«

Mit den Worten »Das werde ich herausfinden« erhob sich Chris, nahm seine Jacke von der Stuhllehne und verließ das Büro.

Er fuhr nach Repperndorf. Dorthin, wo man die Tote gefunden hatte. Der alte Bauernhof im Ortskern, nahe der St.-Laurentius-Kirche, war noch polizeilich abgesperrt. Da die alten hölzernen Torflügel des gemauerten Hofeinganges sich nicht mehr schließen ließen, hatten Rautners Kollegen jedem, der nichts auf dem Gehöft zu suchen hatte, mittels Absperrband den Eintritt verwehrt. Chris kroch hindurch und stand im Hof. Links von ihm stand eine Scheune und ein Schuppen, rechts die Stallungen. In früherer Zeit mussten sich dort Pferde, Kühe und Schweine befunden haben. Direkt gegenüber der Hofeinfahrt erblickte er das alte Fachwerkhaus mit baufälligen Riegelfeldern, schiefen verwitterten Fenstern und einem Dach, das zahlreiche reparaturbedürftige Stellen aufwies. Ein weiteres Polizeiband kennzeichnete den Fundort der menschlichen Überreste, nämlich die Öffnung der alten Grube. Wie er aus dem Bericht der Kriminaltechniker wusste, waren dort Urin und Kot der Tiere gesammelt worden. Ganz früher vermutlich auch die menschlichen Exkremente, wie man an dem maroden hölzernen Klohäuschen erkennen konnte, das dort noch ein windschiefes Dasein führte. Ohne zu wissen, nach was er eigentlich suchte, sah sich Rautner um. Er besichtigte Scheune, Stallungen und Haus. Der Staub lag zentimeterdick auf dem Boden und dem alten Inventar. Gebälk und Dielen knarzten und knackten. Obwohl Chris keine Angst hatte, wurde es ihm ein wenig mulmig. Ein Gefühl machte sich bei ihm breit, als könnte das alte Gemäuer jeden Moment über ihm zusammenfallen. Eilig trat er wieder ins Freie. Nachdenklich blickte er auf den offenen Deckel der Grube. Wer hatte die Frau hier entsorgt? Wie war sie hierhergekommen? Handelte es sich überhaupt um die vermisste Frau Segert? Wenn ja, hatte sie definitiv nichts mit dem Anwesen zu tun gehabt. Nach seinen Informationen hatten hier zuletzt nur zwei alte Bauersleute namens Zeitig gewohnt. Zuerst musste er klären, ob es sich bei der Toten tatsächlich um die vermutete Frau handelte.

»Was machen Sie da? Sind Sie von der Polizei?« Eine Stimme in seinem Rücken ließ Rautner zusammenzucken, als er wieder auf der Straße stand. Er drehte sich um und sah in das

Gesicht einer kleinen weißhaarigen Frau. Chris schätzte ihr Alter um oder über siebzig. In der Hand hielt sie einen Besen.

»Ja, bin ich«, sagte er und zog seinen Ausweis aus der Tasche.

»Und wer sind Sie?«

»Ich bin die Nachbarin, Magda Gerner«, erwiderte sie und deutete dabei nach nebenan.

»Haben Sie die Leute gekannt, die hier wohnten?«

»Aber natürlich!« Wieder zeigte sie auf ein Wohnhaus, das nur getrennt durch eine schmale Gasse neben dem leer stehenden bäuerlichen Anwesen lag. »Das ist mein Elternhaus. Ich bin hier geboren.«

»Dann können Sie mir sicherlich ein bisschen was von hier erzählen?«

»Was wollen Sie wissen?«

»Hat sich jemand um das verwaiste Anwesen gekümmert oder gibt es noch Verwandtschaft hier in der Nähe?«

Die alte Dame stellte den Besen auf den Boden, stützte sich mit beiden Händen darauf ab und schüttelte den Kopf. »Nein, so weit ich weiß nicht. Es gibt drei Kinder, aber die wohnen alle weiter weg. Die haben sich auch seit dem Tod der Eltern meines Wissens hier nicht mehr blicken lassen. Schon vorher waren sie selten da, nachdem sie in jungen Jahren das Elternhaus verließen. Der alte Zeitig war ein böser Mensch, der alle vergrault hat. Auch seine Frau hatte bei ihm nicht viel zu lachen und ist vor Gram gestorben. Nur ein halbes Jahr später hat ihn seine Garstigkeit eingeholt und ihn hat der Schlag getroffen.« Frau Gerner senkte ihre Stimme. »Man soll ja nicht schlecht über Tote reden, aber hier mache ich eine Ausnahme. Der Herrgott wird mir verzeihen.« Sie bekreuzigte sich. »Seit über zwanzig Jahren steht der Bauernhof leer und verkommt so langsam. Ein richtiger Schandfleck für unser Dorf«, sagte die Alte energisch, »und jetzt, wo etwas damit geschehen soll, dieser schreckliche Fund.«

»Sagen Sie, sagt Ihnen der Name Segert etwas?«

Sie schlug die Hand vor den Mund. »Ist das etwa ... Ist das etwa tatsächlich die Helga ... ähh, die verschwundene Frau Segert?«

»Wie kommen Sie darauf?«

»Na ja, ich dachte ... Man ..., man macht sich ja so seine Gedanken ... Wenn so etwas passiert ... Ich meine, die Leiche ... Vielmehr das Skelett ... Die menschlichen Knochen halt oder wie man dazu sagen soll.« Frau Gerner wirkte nervös und verlegen. »Verstehen Sie mich nicht falsch, aber ... aber der Gedanke ist naheliegend ... Schließlich hat man sie nie gefunden, nie wieder etwas von ihr gehört und nun das da.«

»Wir sind uns noch nicht sicher, ob sie es ist. Sie kannten Helga Segert?«

»Aber natürlich! Die haben mal hier schräg gegenüber gewohnt.« Sie überlegte kurz. »Das ist aber auch schon sehr lange her. Nur ein halbes Jahr nach Helgas Verschwinden ist die restliche Familie weggezogen.«

»Wissen Sie wohin?«

»Ja! Nach Hohenfeld zu Helgas Vater. Der hat dort einen großen Bauernhof, hatte aber damals, also vor gut fünfzehn Jahren, schon den Großteil der Landwirtschaft aufgegeben. Helga hat es mir mal erzählt, kurz bevor sie verschwand. Ihre Mutter war ein Jahr zuvor gestorben und ihr Vater hatte alleine keine Lust mehr. Ihn hat der Tod seiner Frau schwer getroffen. Vor etwa sechs oder sieben Jahren ist auch er gestorben. Na ja, also Helgas Mann Heribert hatte sich etliche Jahre, bevor sie umgezogen sind, mit einem Taxi selbständig gemacht und wollte sich vergrößern. Daher brauchten sie Platz und den gab es bei Helgas Vater auf dem Hof reichlich.«

»Also doch«, murmelte Rautner leise. Hiermit hatte er die

Bestätigung, dass der Name Segert in beiden Fällen zu denselben Personen gehörte.

»Haben Sie etwas gesagt?«, fragte die Nachbarin. »Sie müssen lauter reden, ich höre nicht mehr so gut.«

»Nein, nein, alles okay«, antwortete Chris und fragte anschließend weiter: »Wie waren die Segerts so?«

Frau Gerner zuckte mit den Schultern. »Eine ganz normale Familie. Da war nichts Außergewöhnliches. Auch die beiden Kinder – zwei Buben – waren recht anständig. Seit der Zeit, als sie fortgezogen waren, habe ich nichts mehr von ihnen gehört oder gesehen, bis auf die Todesanzeige damals, als der alte Wissmann, Helgas Vater, starb.«

»Gab es Vermutungen, als Frau Segert verschwand, oder irgendwelche Gerüchte über ihr Verschwinden?«

Energisch schüttelte die Nachbarin den Kopf. »Nein, ihr Verschwinden war allen unerklärlich, da es keine ersichtlichen Gründe gab. Ich meine, wir gingen ja auch nicht von einem Verbrechen aus. Zudem hat man nie etwas von Streit oder Ärger gehört. Weder in der Familie noch außerhalb. Sie hat sich mit allen gut verstanden. Alle hielten es für unwahrscheinlich, dass sie ihre Familie im Stich gelassen hätte. Erklärbar war die Sache für niemanden. Im Laufe der Zeit kam immer stärker das Gerücht auf, es könnte sich doch um ein Verbrechen handeln. Zum Schluss wurden Vermutungen in alle Richtungen angestellt. Das Ereignis hielt sich hartnäckig in den Köpfen der Menschen und war noch Jahre danach Dorfgespräch oder ein Thema beim Kaffeeklatsch. Ich muss sagen, erst in den letzten drei oder vier Jahren wurde es allmählich still um die Vermisste.«

»Gut, dann danke ich Ihnen für die Auskünfte und möchte Sie darauf hinweisen, dass Sie über das hier und jetzt Gesprochene bitte Stillschweigen bewahren, da es vertraulich ist, weil die Ermittlungen noch laufen.« Rautner hob warnend den Zeigefinger. »Sie könnten Ärger bekommen, wenn Sie etwas davon hinausposaunen. Haben Sie das verstanden?«

Ein wenig beleidigt antwortete die Weißhaarige: »Ja natürlich, ich bin ja nicht senil.«

Chris verabschiedete sich und ging zu seinem Dienstwagen. Unterwegs telefonierte er mit Jasmin, ließ sich die neue Adresse der Segerts geben und bat sie, Theo zu informieren.

»Jasmin, ich brauche Hintergrundinformationen über die Familie Segert, also geschäftlich und privat. Natürlich Bankauskünfte und dergleichen. Wer gehört alles zur Familie dazu? Wer sind oder waren ihre Freunde und Bekannten? Und das hauptsächlich in der Zeit, in der Helga Segert verschwand, oder davor.«

»Bist du denn sicher, dass es sich bei der Toten um Frau Segert handelt?«

»Mein Bauchgefühl sagt ja, aber offiziell ist das natürlich noch nicht. Dazu brauche ich etwas von der Frau, damit unsere Rechtsmedizinerin einen DNA-Vergleichstest machen kann. Aber ob sich nach so vielen Jahren noch etwas findet, ist äußerst fraglich. Egal, ich fahre jetzt da hin und versuche es. Kannst du mir trotzdem helfen?«

»Ich werde den Kollegen Eddie darauf ansetzen. Mehr kann ich nicht tun. Du hast ja gehört, was Kriminaloberrat Schössler gesagt hat, unser Fall hat oberste Priorität.«

»Prima, danke!«

Kommissar Rautner machte sich auf den Weg zu der Adresse, die ihm Jasmin gegeben hatte. Es war ein großer Bauernhof am Rande von Hohenfeld, bei dem man auf den ersten Blick sah, dass hier keine Landwirtschaft mehr betrieben wurde. Die Gebäude waren umgebaut oder zweckentfremdet. Chris fuhr auf den Hof, der zu einem Drittel mit Pkws zugestellt war.

Er suchte sich einen Parkplatz, stieg aus und sah sich um. Bei einer der ehemaligen Scheunen standen die Tore weit offen, so dass er hineinsehen konnte. Dort war der Boden nachträglich betoniert worden. Man hatte zwei Hebebühnen montiert, eine Montagegrube ausgehoben und eine Werkstatt daraus gemacht. Eine der Hebebühnen war mit einem Fahrzeug besetzt, das in Kopfhöhe schwebte. Darunter stand ein junger Mann im Arbeitsoverall und war dabei, den Auspuff abzubauen. Der Kommissar trat näher und machte sich bemerkbar.

»Wo finde ich denn hier den Chef?«, erkundigte er sich bei dem Mechaniker.

Die leicht korpulente Gestalt drehte den Kopf in Richtung des Fragestellers. Zum Vorschein kam ein rundes ölverschmiertes Gesicht mit Kurzhaarfrisur. Der junge Mann schniefte laut und fuhr sich mit dem Ärmel unter der Nase her. Neue Schmierstreifen zierten Kinn- und Mundpartie. Aus der Hosentasche seines Overalls zog er einen nicht mehr ganz sauberen Lappen aus Vliesstoff, putzte sich damit die Hände ab und schnäuzte sich anschließend hinein.

»Da … da … da drü… drüben im … im Büro«, stotterte der Angesprochene und zeigte mit dem Schmutzlappen in der Hand nach gegenüber. Seine Stimme verriet außer dem Sprachfehler, dass er an einer Erkältung oder an einem Schnupfen litt.

Chris folgte mit den Augen dem Hinweis des Mannes. Sein Blick fiel auf ehemalige Stallungen, die zu geschäftlichen Räumlichkeiten umfunktioniert worden war. Da die Fenster keine Gardinen hatten, konnte er durch eines davon einen Schreibtisch, Büromobiliar und technische Bürogerätschaften erkennen. Durch das zweite Fenster sah er einen länglichen Tisch mit Stühlen, im Hintergrund einen Getränke- und Kaffeeautomat. Vermutlich eine Art Warte- oder Aufenthaltsraum. Rechts daneben erblickte er durch die beiden Glasscheiben volle Metallregale. Chris tippte auf ein Ersatzteillager.

Sich umschauend ging er auf das Gebäude zu. Kurz bevor er den Eingang erreichte, öffnete sich die Tür und ein schmächtiger junger Mann trat heraus, der sich mit den Fingern durch seine strohigen halblangen Haare fuhr und ein Basecap aufsetzte. Braune Augen musterten Chris fragend.

»Ich suche den Chef. Ist der dort drin?«, erkundigte sich Chris erneut.

»Nein! Der steht vor Ihnen«, antwortete der Schmächtige, der Jeans und eine graue Fleecejacke trug. Mit einem Kopfnicken in Richtung von Chris' 3er Dienst-BMW meinte er: »Tut mir leid, wir nehmen im Moment keine Aufträge mehr an. Wie Sie sehen, steht unser Hof ziemlich voll und ich habe nur einen Mechaniker.«

Rautner schüttelte den Kopf und zog seinen Dienstausweis. »Mein Wagen braucht weder Wartung noch Reparatur, aber ich bräuchte einige Auskünfte.«

»Kripo!« Der junge Mann runzelte die Stirn. »Um was geht es denn?«

»Wer sind Sie, wenn ich fragen darf?« erkundigte sich Chris stattdessen.

»Ich bin Bertram Segert. Mir gehört der Laden jetzt seit fünf Jahren.« Während Segert junior die Erklärung abgab, kam ein Taxi auf den Hof gefahren, aus dem sich ein gutbeleibter älterer Mann mit Halbglatze ächzend herauszwängte. »Was will die Polizei von mir?«, wandte sich der junge Segert an den Kommissar.

»Habe ich da richtig gehört, Polizei?«, mischte sich der gerade angekommene Fahrer ein. »Bertram, was ist los?«

»Nix, Onkel Alfred! Ich bin mir keiner Schuld bewusst.«

»Herr Segert, können wir uns irgendwo ungestört unterhalten? Es geht um Ihre Mutter«, deutete Rautner an.

»Ach herrje, um Helga!«, entfuhr es dem als Onkel Alfred bezeichneten Mann.«

»Wer sind Sie? Gehören Sie zur Familie?«, fragte Rautner nach.

»Ich ... ich bin Alfred Wissmann, Helga war meine Schwester. Darf ich bei dem Gespräch dabei sein?«

Chris sah den jungen Segert an. Der zuckte mit den Achseln. »Von mir aus. Kommen Sie rein«, sagte er und ging zurück ins Haus.

Segert suchte aber nicht das Büro auf, sondern den Aufenthaltsraum. Dort bot er dem Kommissar Platz an und ging zum Kaffeeautomat. Er fragte Rautner, ob der einen Kaffee wolle, und ließ für sich selbst einen Espresso aus der Maschine, als dieser verneinte.

In der einen Hand den vollen Pappbecher holte er mit der anderen Hand eine Zigarette aus dem Päckchen und zündete sie an. Nach dem ersten tiefen Zug fragte er: »Was ist nun mit meiner Mutter? Warum interessiert sich jetzt plötzlich die Polizei dafür?«

Chris ignorierte die Frage. »Welches ist Ihre Version über das Verschwinden Ihrer Mutter?«

»Die, die wir alle bis jetzt vermuteten. Sie hat uns verlassen.«

»Und das glauben Sie? Hätte es einen Grund dafür gegeben, dass Ihre Mutter ihre Familie verlassen haben könnte?«

Unsicher schaute der junge Mann zu seinem Onkel. Er nippte an dem Pappbecher und schüttelte den Kopf. Ehe Alfred Wissmann etwas sagen konnte, antwortete Bertram: »Eigentlich nicht, aber es war für uns die einzig denkbare Erklärung. Na ja, sie hat immer mal wieder von Urlaub und Reisen gesprochen. Unser Vater war dazu nicht zu bewegen. Anfangs war kein Geld dafür da und später, als er sich selbständig machte, keine Zeit mehr. Vater ist rund um die Uhr Taxi gefahren. Ein Verbrechen habe ich persönlich ausgeschlossen. Eine Leiche wurde nie gefunden. Außerdem, wer hätte meiner Mutter etwas tun sollen? Sie war überall beliebt. Was ist jetzt, was gibt es über meine Mutter, dass die Polizei hier auftaucht?«

Der Kommissar zögerte einen Moment mit der schlechten Nachricht. »Sie erinnern sich doch sicherlich noch an Repperndorf, wo Sie früher wohnten.«

»Ja, klar!«

»Auch noch an das leer stehende bäuerliche Anwesen gegenüber?«

Wieder nickte Bertram Segert.

»In der dortigen Güllegrube wurden jetzt menschliche Überreste gefunden ...«

»Oh Gott!« Der Ausruf kam von Alfred Wissmann, der leichenblass auf seinem Stuhl saß.

»Und Sie glauben, dass es meine Mutter ist, oder wissen Sie es?«

»Mit hundertprozentiger Sicherheit nicht. Dazu brauchen wir etwas von Ihrer Mutter, um die DNA vergleichen zu können.«

Der junge Segert war sichtlich schockiert. Sein Blick schoss hinüber zu seinem Onkel und Rautner glaubte ein kurzes Glimmen in seinen Augen zu sehen, das in Sekundenbruchteilen wieder verschwunden war.

»Wieso hat man sie jetzt gefunden?«, fragte Alfred Wissmann mit belegter Stimme. Ihm war die Bestürzung genauso anzusehen wie Bertram.

Rautner setzte die zwei über die Sanierung des alten Bauernhofes ins Bild und dass man im Rahmen der Arbeiten auf die menschlichen Überreste gestoßen sei. Rautner wiederholte seine Frage, ob es noch etwas von der Vermissten gäbe, das man für einen DNA-Abgleich verwenden könnte.

»Ich befürchte nicht«, überlegte Helgas Bruder.

»Doch, doch, es gibt da einen Schrank, in dem sich noch Sachen von Mutter befinden«, widersprach Bertram. »Vater hat sich geweigert, alles von ihr zu entsorgen. Es sind noch ein paar Andenken da, aber ob es zu dieser Überprüfung reicht, weiß ich leider nicht.«

Gemeinsam gingen sie ins Wohnhaus und die Treppen hinauf in den ersten Stock. Der junge Segert wandte sich nach rechts durch eine Korridortür. Zusammen mit Rautner und Onkel Alfred betrat er einen Bereich, der nicht bewohnt zu sein schien und dementsprechend auch kalt und ungenutzt wirkte. Vier Zimmer samt Mobiliar fristeten hier ein Dornröschendasein. Was dazu fehlte, waren wuchernde Ranken und Rosen. Die Möbel waren größtenteils mit Bettlaken abgedeckt. Unter Bertrams Führung gingen sie in das linke hintere Zimmer, wo er einen alten Kleiderschrank öffnete. Muffiger Geruch schlug ihnen entgegen. Neben mehreren Alben mit alten Bildern fanden sich dort Frauenkleider und andere Utensilien. Ein Teil hing auf Bügeln, ein Teil lag zusammengelegt in Fächern neben Handtüchern und Bettwäsche. Interesse zeigte Rautner an einer kleinen Tasche mit Toilettenartikeln, darin auch Haarbürste, Lockenstab und Lippenstifte. Hier konnte man vielleicht noch etwas Brauchbares für einen DNA-Abgleich finden. Er packte von allem ein oder zwei Teile ein. In einer alten Reisetasche trug Rautner die Sachen Helga Segerts zum Wagen und verstaute sie im Kofferraum. Als er den Deckel geschlossen hatte, wandte er sich an den jungen Segert. Er verabschiedete sich mit den Worten: »Sobald wir etwas wissen, bekommen Sie Bescheid.«

Beim Verlassen des Hofes hätte Chris beinahe einen Mann angefahren, der leicht torkelnd auf dem Weg zum Anwesen war. Die schlecht rasierte und ungepflegt aussehende Person schien die Gefahr gar nicht registriert zu haben und wankte unbekümmert weiter. Respekt, dachte Rautner, nachmittags schon so gut drauf. Er kümmerte sich nicht weiter um den Vorfall, da er die Sachen zur Rechtsmedizin bringen wollte, um schnellstmöglich ein Ergebnis zu bekommen.

Überraschungsbesuch

»Guten Morgen«, sagte Habich und blieb im Türrahmen stehen. »Wie ist das werte Wohlbefinden? Alles gut überstanden?«

Die blauen Augen, die ihn anstrahlten, und das gewinnende Lächeln deutete der Hauptkommissar als positive Antwort. »Bestens! Ich habe mich schon lange nicht mehr so gut gefühlt«, kam die Bestätigung.

Frau Doktor Wollner unterbrach ihre Arbeit am Seziertisch. Ein Unfalltoter wartete darauf, untersucht zu werden. Sie legte ihre Instrumente aus der Hand und streifte sich die Handschuhe ab.

»Dann haben Sie den Frankenwein gut vertragen.«

»Ich kann nicht klagen. Nochmals vielen Dank für den schönen Abend.«

»Das können wir gerne am Wochenende wiederholen.«

»Wird leider nicht gehen, da ich von Samstag bis Montag in meiner alten Heimat bin. Ich will meine Eltern besuchen und habe noch Dinge zu klären.«

»Oh, schade! Na ja, dann vielleicht ein anderes Mal wieder. Ich bin eigentlich auch gekommen wegen …«

»… des Verhältnisses der drei Fälle untereinander«, vollendete die Rechtsmedizinerin seinen Satz. Sie ging in den Nebenraum und kam mit den Akten zurück. »Ich habe mir die Berichte durchgelesen und mir die Fotos der Toten angeschaut …«

»Und, wie lautet Ihr Fazit?«, fragte Theo gespannt.

»Ich denke, Ihre Vermutung ist richtig, dass die drei Mordfälle zusammengehören.« Sie stellte sich dicht vor Habich und überreichte ihm die Unterlagen.

»Wie lautet Ihre Begründung?«

»Es verging bei allen Morden jeweils mindestens eine Woche zwischen dem Verschwinden der Frauen und dem Auftauchen ihrer Leichen. Alle Opfer wurden stranguliert. Zudem wiesen alle drei Frauen Anzeichen von Ernährungsmangel auf und waren vermutlich mit Kabelbinder gefesselt gewesen. Darauf deuten die Fesselungsmale und Abdrücke an den Handgelenken und Füßen. Ich halte es für unwahrscheinlich, dass drei verschiedene Mörder so ein identisches Vorgehen an den Tag legen. Herzlichen Glückwunsch, sie haben hier einen Serienmörder!«, meinte die Pathologin ernst.

Schwer atmend meinte Habich: »Das ist nicht gut ... Das ist überhaupt nicht gut ... Nein, es ist eher ein Albtraum. Konnten Sie noch mehr interessante Details aus den Unterlagen herauslesen?«

»Nun ja!«, Frau Doktor Wollner überlegte. »Was ich noch sagen kann, ist, dass der Täter seine Opfer von vorne erwürgt hat. Er muss ihnen dabei in die Augen geschaut haben. Das entnehme ich den Tatortbildern, die zeigen, wie der Gürtel und die Schals angeordnet waren.«

»Wir benutzen immer das männliche Substantiv, wäre eine Frau auch dazu fähig?«

»Wenn man davon ausgeht, dass die Frauen gefesselt waren und sich nicht großartig wehren konnten, ja durchaus. Auf Grund der Vorgehensweise würde ich aber eher auf einen Mann tippen.«

»Stellt sich die Frage, wie er die Frauen überwältigen konnte. Abwehrverletzungen haben Sie keine gefunden, wie ich dem Obduktionsbericht entnehmen konnte.«

»Das stimmt! Ich vermute, die Frauen wurden betäubt.« Der fragende Blick des Hauptkommissars veranlasste die Rechtsmedizinerin zu weiteren Erklärungen. »Es wurden im Körper zwar keine betäubenden Substanzen nachgewiesen, aber wenn ich tippen sollte, würde ich das gute alte Chloroform in die engere Wahl ziehen. Der Stoff verflüchtigt sich nach einer gewissen Zeit und ist daher nicht mehr nachweisbar.«

»Jetzt eine psychologische Frage. Was, glauben Sie, ist der Täter für ein Typ?«

»Warum sprechen Sie immer in der Einzahl? Könnten es nicht zwei oder mehr Täter gewesen sein?«

Habich wiegte den Kopf hin und her. »Da sich die Opfer nicht gewehrt haben, wurden sie nicht überwältigt. Sie haben sich also freiwillig ihrem Täter genähert oder sind zu ihm ins Auto gestiegen. Würden sie das bei mehreren Personen auch gemacht haben? Ich glaube daher, eher nicht.«

»Gut! Also zurück zu Ihrer Frage von eben.« Frau Doktor Wollner überlegte kurz. »Hmm ... Entweder treibt ihn Hass oder das Vergnügen zu töten an. Das wäre meine Meinung. Ob jung oder alt und ob tatsächlich nur ein Mann in Frage kommt, vermag ich beim besten Willen nicht zu sagen.«

»Danke, Frau Doktor, dass Sie sich die Zeit genommen haben. Ich möchte Sie nicht länger aufhalten.« Der Hauptkommissar wandte sich zum Gehen, drehte sich aber noch mal um. »Auch ich habe den Abend mit Ihnen sehr genossen. Es würde mich freuen, wenn es eine Wiederholung gäbe.«

Ohne eine Antwort abzuwarten, verließ er den Raum. Das Lächeln der Rechtsmedizinerin bekam er nicht mehr mit.

»Für mich steht fest, dass es ein und derselbe Täter war«, sagte Habich mit voller Überzeugung, als er kurze Zeit später Kriminaloberrat Schössler gegenübersaß. »... und für Frau Doktor Wollner übrigens auch.«

Der Hauptkommissar erläuterte dem Chef die Gründe für seine Meinung und die Argumente der Pathologin. Ohne ihn auch nur einmal zu unterbrechen, hörte Schössler ganz entspannt mit übereinandergeschlagenen Beinen zu. Manchmal machte es Habich nervös, dass sein Chef so gelassen blieb angesichts der Erkenntnisse. Dagegen konnte er selbst nach so vielen Jahren Diensterfahrung seine Anspannung bei besonderen Fällen nicht ablegen, und das hier war ein besonderer Fall. Sein Verstand wurde bei solchen kniffligen Fällen immer extrem angekurbelt und dann lief er auf Hochtouren.

Nach Habichs Bericht war es sekundenlang still im Raum, dann beugte sich der Kriminaloberrat vor und stellte sachlich fest: »Also wirklich ein Serienmörder. Das sind unangenehme Neuigkeiten, die Sie da haben.« Er atmete hörbar aus, bevor er fragte: »Brauchen Sie zusätzliche Hilfe oder Personal? Wir müssen alles tun, was in unserer Macht steht, um den Täter dieses Mal zu fassen und zu verhindern, dass es weitere Opfer gibt.«

»Personal ist das eine, aber viel wichtiger wären Hinweise, die wir nicht haben. Wir tappen im Dunkeln und stochern im Nebel herum, ganz wie man es nennen will, in der Hoffnung, etwas zu finden«, gestand der Hauptkommissar.

»Heißt das, Sie haben gar nichts? Nicht mal den Ansatz einer Spur?«

»Hmm ... Doch, vielleicht ... Es ist mehr eine gewagte These ... Etwas, das wir in Erwägung ziehen ...«

»Dann lassen Sie mal hören.«

»Alle drei jungen Frauen wollten sich laut Aussage derer, die sie zuletzt gesehen haben, mit dem Taxi auf den Nachhauseweg machen. Keiner kann es bestätigen, aber irgendwie müssen sie von ihrem letzten Aufenthaltsort weggekommen sein. Ihre Fundorte liegen so weit davon entfernt, dass sie nur mit einem Wagen transportiert worden sein können. Gehen wir nun davon aus, dass sie mit jemandem mitgefahren sind, so stellt sich die Frage, mit wem. Alle drei waren – wiederum laut Beschreibung der Verwandten und Bekannten – nicht so gutgläubig und naiv, um zu einem Wildfremden ins Auto zu steigen. Somit liegt der Verdacht nahe, es war entweder jemand, den sie kannten, oder tatsächlich ein Taxi, in das sie ohne Bedenken gestiegen sind. Die Liste der Bekannten aller drei Opfer und deren Alibis werden derzeit noch einmal gründlich unter die Lupe genommen. Obwohl das schon ein außergewöhnlicher Zufall sein müsste, wenn es da einen Bekannten gäbe, den alle drei gekannt hätten, da wir ja inzwischen von nur einem Täter ausgehen. Viel eher erscheint mir die Tatsache, dass die Frauen doch in ein Taxi gestiegen sind, und zwar jeweils in ein und dasselbe.«

Anerkennend nickte Kriminaloberrat Schössler und brummte gedankenversunken vor sich hin, bevor er sich äußerte: »Es ist zwar bisher nur eine Vermutung, die Sie da haben, aber die hört sich doch recht vielversprechend an. Okay! Wir bilden eine Sonderkommission und Sie bekommen zusätzliche Leute. Sie konzentrieren Ihren Schwerpunkt auf die gerade erläuterte Theorie. Sollten die Ermittlungen ins Leere laufen oder Sie nicht weiterkommen, dann sehe ich mich gezwungen, einen Fallanalytiker vom Landeskriminalamt hinzuzuziehen.«

Habichs Chef erhob sich, ein Zeichen, dass für ihn die Besprechung beendet war. Mit den Unterlagen unter dem Arm machte sich Theo auf den Weg zu seinem Büro. Dort angekommen informierte er auch Kommissarin Blume über den neuesten Stand der Dinge.

Jasmin hatte die Diensträume den ganzen Tag noch nicht verlassen. Es galt, den Einsatz der Zusatzkräfte zu organisieren und zu koordinieren. Sie hatte sich durch zahlreiche Listen und Dateien gearbeitet. Vorab mussten die Fahrer aussortiert werden, die nicht für die Taten infrage kamen. Damit waren die gemeint, die vor drei oder acht Jahren noch nicht dabei waren oder an den Tagen, als die jungen Frauen verschwanden, keinen Dienst hatten. Jeder der Kollegen, der zusätzlich für den Fall abkommandiert war, hatte von ihr anschließend eine Aufstellung der Taxifahrer bekommen, die übrig blieben und befragt werden sollten. Die Aussagen und Informationen, die von den für die Sonderkommission abkommandierten Kollegen hereinkamen, würde sie sammeln und auswerten. Am späten Nachmittag gingen die ersten Rückmeldungen ein. Nun galt es, die Aussagen und Alibis zu überprüfen, um tatsächlich die Taxifahrer auszuschließen, die nichts damit zu tun hatten.

Es war schon relativ spät am Abend, als Jasmin ihren PC ausschaltete und sich auf den Feierabend vorbereitete. Kurz zuvor hatten Habich und Rautner das Büro verlassen, nachdem Chris seinen Chef über seine Ermittlungsergebnisse in Kenntnis gesetzt hatte. Die Ergebnisse des DNA-Abgleiches wurden erst für morgen erwartet. Frau Doktor Wollner hatte sich gleich an die Arbeit gemacht, nachdem Chris ihr die Sachen vorbeigebracht hatte.

Jasmin wirkte müde und geschafft, gleichzeitig verspürte sie aber Hunger. Außer einem kleinen Frühstück und reichlich Kaffee war heute noch nichts in ihrem Magen gelandet. Sie entschied sich, auf dem Heimweg noch schnell ein paar Lebensmittel einzukaufen. In ihr war das Verlangen nach einer warmen Mahlzeit erwacht und so hatte sie sich vorgenommen noch eine Kleinigkeit zu kochen. Im Markt und an den Kassen befand sich noch eine Menge Last-Minute-Einkäufer. Vermutlich auch alles Leute, die nach der Arbeit noch schnell ihre Besorgungen machen wollten. Wegen der zeitlichen Verzögerung und der Warterei war Jasmin entsprechend genervt, als sie den Supermarkt verließ. Die Einkaufstüte landete auf dem Rücksitz, dann nahm sie den Kampf mit dem Feierabendverkehr auf. Mittlerweile war der Vorsatz, etwas zu kochen, merklich geschrumpft oder eigentlich gar nicht mehr vorhanden. Wenig später im Stau an der Ampel, als der Magen wieder fürchterlich rumorte, änderte sie erneut ihre Meinung, da sie ja schließlich dafür eingekauft hatte.

Am Theodor-Heuss-Damm einen Parkplatz zu finden war nicht immer ganz einfach. Jasmin hatte dort in einem der Wohnblocks ein Zwei-Zimmer-Apartment. An diesem Abend hatte sie auf Anhieb Glück und parkte ihren roten Mini in einer der freien Lücken. Im Sommer oder bei schönem Wetter war sie ab und zu mit dem Fahrrad zur Dienststelle gefahren, aber bei diesem Schmuddelwetter sah sie davon ab, zumal sie ihren Wagen immer wieder für dienstliche Einsätze brauchte, da der Fuhrpark an Dienstfahrzeugen recht begrenzt war.

Mit dem Einkauf in der Hand betrat die junge Kommissarin ihre Wohnung im zweiten Stock. Jasmins erster Schritt war, es sich erst mal bequem machen. Das hieß raus aus den Klamotten und rein in die Jogginghose und den alten schlabbrigen Pullover. Als Nächstes machte sie das Radio an und ging in die Küche. Während sie ihre Tüte auspackte, überlegte sie ein letztes Mal, ob sie sich noch an den Herd stellen sollte oder nicht. Die Sachen würden im Kühlschrank auch bis morgen halten. Eine Minute später stand ihr Entschluss fest. Das Klappern von Töpfen bewies, wozu sich Jasmin durchgerungen hatte. Genau in diesem Moment klingelte es an der Tür. Mit einem Blick auf die Küchenuhr stellte sie fest, dass es fast 20 Uhr war. »Wer kann das denn jetzt sein?«, murmelte sie laut und öffnete die Tür.

Das Erste, was sie sah, war ein grinsendes männliches Gesicht mit dunkelblondem Haar und Dreitagebart. Der späte Besucher lehnte lässig im Türrahmen.

»Was machst du denn hier?«, fragte sie überrascht.

»Was ist denn das für eine Begrüßung?«, klang es ihr im Nürnberger Dialekt entgegen. Die Worte sollten vorwurfsvoll klingen, was aber nicht so ganz klappte. »Ich freue mich auch dich zu sehen und habe mich nach dir gesehnt«, schickte er hinterher. »Ich habe dir auch etwas mitgebracht.« Er zauberte hinter seinem Rücken einen Blumenstrauß und eine Flasche Rotwein hervor. »Aber wenn du nicht willst, dann klingele ich bei deiner Nachbarin«, flachste er weiter.

»Woher kennst du meine Nachbarin?«, tat sie empört.

Wieder setzte er dieses unwiderstehliche Lächeln auf und zuckte mit den Augenbrauen. »Wer weiß!«

»Unterstehe dich, du Herzensbrecher«, drohte sie liebevoll mit dem Zeigefinger, hakte sich in seiner Jacke ein und zog ihn an sich, um ihn zu küssen.

Der Mann vor ihrer Tür war kein anderer als Hauptkommissar Jan-Niklas Berbakowski vom Landeskriminalamt in Nürnberg. Sie hatten sich durch den Mordfall am Schwanberg kennengelernt, als sich dort ihre Wege bei den Ermittlungen kreuzten. Das Ergebnis war eine Gelegenheitsbeziehung ohne jeglichen Zwang oder Verpflichtungen. Mal telefonierten sie tagtäglich intensiv, mal hörten sie wochenlang nichts voneinander, mal fuhr Jasmin zu ihm nach Nürnberg, mal tauchte er – so wie heute – meist unverhofft auf. Ihr letzter Kontakt war schon länger her, da sich der Mann vom LKA wieder mal auf irgendeiner Mission befunden hatte.

»Jetzt sag bloß nicht, dass du uns schon wieder helfen sollst.«

»Nein, nein! Ich habe verlängertes Wochenende, musste

dich sehen, wollte mit dir essen gehen und dann diese Flasche köpfen. Morgen mit dir ein bisschen Fahrrad fahren. Habe mein Mountainbike dabei. Was hältst du davon?«

»Nichts, komm erst mal rein. Ich war gerade im Begriff, mir was zu essen zu machen. Du kommst genau richtig. Kannst mir bei der Zubereitung helfen, es gibt Spaghetti bolognese.«

»Oh weh, ich bin ganz schlecht als Küchenhilfe. Beim Zwiebelnschneiden erwischt es meist meine Finger, das Hackfleisch lasse ich anbrennen und die Nudeln werden grundsätzlich zu weich.«

»Dann wird es Zeit, dass du übst.« Mit den Worten »Keine Widerrede, Jan-Niklas« erstickte sie seine Ausflüchte im Keim und dirigierte ihn in die Küche. Fünf Minuten später arbeitete Berbakowski nach Jasmins Anweisungen. Nicht ohne vorher vehement protestiert zu haben, dass sie ihn gefälligst nicht mehr Jan-Niklas nennen sollte. Er hasste den Zusatz »Niklas«, obwohl seine Mutter ihm erklärt hatte, der stamme von einem seiner Vorfahren. Trotzdem versuchte er seit Jahren das ungeliebte Namensanhängsel aus seinem Leben und aus seiner Anrede zu verbannen.

»Also gut«, grinste Jasmin, »ich werde dich nur noch Jan nennen, aber sollte der Zusatz *Niklas* in meiner Rede fallen, dann weißt du, jetzt wird es gefährlich für dich.«

»Das ist gut«, lachte Berbakowski, »sozusagen ein geheimes Zeichen zwischen uns, das nur wir verstehen.«

»Ob du dann noch Grund zum Lachen hast, wenn das geheime Zeichen fällt, wirst du dann schon sehen«, meinte Jasmin in gespieltem Ernst.

»Dann lass uns lieber von etwas Erfreulicherem reden«, forderte der Mann vom LKA sie auf und küsste sie auf die Wange, während sie am Herd stand und er mit dem größten vorhandenen Messer einer Zwiebel zu Leibe rücken wollte.

Ihr Gespräch drehte sich zuerst ausschließlich um private Dinge. Mit Begeisterung erzählte Jasmin ihm von ihrem letzten Kurztrip vor ein paar Wochen nach Barcelona. Günstige Flugpreise machten es möglich, für ein paar Euro schnell auf ein verlängertes Wochenende innerhalb Europas zu verreisen. Städtereisen waren ein Faible von Jasmin. »Schade, dass du nicht mitkonntest«, bemerkte sie während ihres Berichtes. Jan dagegen sprach von seiner Familie. Mit Stolz erzählte er, dass sein jüngerer Bruder – der die Firma leitete – bald heiraten würde, da seine Freundin schwanger sei. Irgendwie beschlich Jasmin das Gefühl, dass Jan sich selbst auch nach einer Familie sehnte, so wie er von dem zukünftigen Hochzeitspaar und der bevorstehenden Feier schwärmte.

Nach einer halben Stunde war das Essen fertig. Alle seine Finger waren noch dran, es war nichts angebrannt und die Spaghetti waren *al dente*.

»Was ist nun mit dir?«, fragte Jasmin, während sie die Teller füllte.

»Was soll sein? Wie ich schon sagte. Mein letzter Fall ist abgeschlossen und jetzt habe ich bis Montag frei. Du hast mir immer noch nicht auf meinen Vorschlag mit dem Fahrradfahren am Wochenende geantwortet.«

»Das wird wohl nichts werden. Wir haben einen brisanten Fall« Jasmin schüttelte enttäuscht den Kopf, dann fragte sie stirnrunzelnd: »Wie bekommt man ein Fahrrad in einen Porsche?«

Jan lachte. »Mein Porsche ist schon im Winterschlaf, ich habe den Audi dabei, das ist ein Kombi und da klappt das hervorragend. Hab mir ein neues Bike gekauft und wollte es zusammen mit dir ausprobieren.«

»Sorry, klappt trotzdem nicht.« Jasmin wechselte das Thema. »Woran hast du die ganze Zeit gearbeitet?«

Der Hauptkommissar machte mit den Fingern an seinen Lippen ein Zeichen, dass diese verschlossen bleiben müssten.

»Immer diese Geheimniskrämerei bei euch. Das ist ja furchtbar.«

Er hob hilflos die Schultern und ließ sie wieder fallen. »Vorschrift!« Er schob eine Gabel voll Spaghetti in den Mund und fragte kauend: »Und was ist nun bei euch los? Warum kannst du nicht mit mir fahren und hast vorhin gefragt, ob ich euch helfen muss?«

»Na ja, ich dachte, dass Kriminaloberrat Schössler sich vielleicht doch schon an euch gewandt hat ...«

»Weswegen?«

Während sie aßen, erzählte Jasmin über die drei Mordfälle und die vermuteten Zusammenhänge. Jan hörte aufmerksam zu, ohne sie zu unterbrechen, leerte dabei seinen Teller und nahm sich noch eine zweite Portion. Zu guter Letzt wischte er mit einem Stück Weißbrot Reste der Bolognese von seinem Tellerrand. Genussvoll steckte er den Brocken in den Mund und spülte mit einem Schluck Rotwein nach. Stöhnend lehnte er sich schließlich zurück, rieb sich den Bauch und meinte: »Das war einfach nur köstlich.«

»Sehe ich auch so«, bestätigte Jasmin, »nur die Idee mit dem Knoblauch war, glaube ich, nicht so gut. Mal sehen, was meine Kollegen morgen dazu sagen«, kicherte sie und griff zum Glas.

»Nun zu eurem Fall.« Berbakowski wurde nachdenklich. »Wenn ich das richtig verstehe, habt ihr nichts Konkretes.«

»Stimmt.«

»Hmm ...! Keine fremde DNA an den Opfern oder den Mordwerkzeugen?« Jasmin schüttelte den Kopf. »Was ist mit dem Gürtel und den Seidenschals? Außergewöhnliches Muster, besonderes Material, sodass man die Herkunft herausfinden könnte?«

»Nichts zu machen. Das war Ware von der Stange, die du in jedem Kaufhaus bekommst, made in China, Taiwan oder sonst woher. Hier in Würzburg gibt es mindestens drei Läden, die solche Sachen verkaufen, und wenn die Produkte übers Internet gehandelt werden, hast du erst recht keine Chance.«

Jasmin hatte währenddessen angefangen den Tisch abzuräumen und war dabei, das dreckige Geschirr in die Spülmaschine zu stecken. Jan sah ihr dabei zu. Sie säuberte geschwind die Küche und ließ die letzten Spuren der Küchenschlacht verschwinden. Gemeinsam setzten sie sich auf die Couch.

Rotwein nachschenkend griff er das Thema noch mal auf.
»So wie ich das sehe, habt ihr nur eine Möglichkeit ...«
»Wovon sprichst du?«
»Na, von eurem Fall. Euer derzeit einziger Verdacht richtet sich gegen einen der Taxifahrer ...«
»Nicht gegen einen, vorerst gegen alle, bis wir so nach und nach welche ausschließen können. Das mache ich ja gerade.«
»Schon klar! Lass mich halt mal ausreden. Die einzige Möglichkeit, die ich sehe, ist, sich unter die Fahrer zu mischen, um zu sehen, wer wie tickt.«
»Du sprichst davon, jemanden ...«
»Jemanden einzuschleusen, der sich unauffällig umhört und die Taxichauffeure genauer kennenlernen kann. Der sozusagen *undercover* arbeitet, kriminalistisch ausgedrückt. Du musst bedenken, auch wenn es ein Taxifahrer war, er muss erst mal die Gelegenheit haben, ein Opfer zu finden. Junge Damen, die alleine fahren, gibt es nicht so häufig. Außerdem müssen dafür ein paar passende Voraussetzungen gegeben sein. Erstens: Mitzubekommen, wo jemand einsteigen möchte. Zweitens: Als Erster dort zu sein. Drittens: Es muss tatsächlich ein einzelner weiblicher Fahrgast sein. Schließlich noch

viertens: Er darf nicht auffallen, so dass sich niemand mehr an ihn erinnern kann. Es ist sogar möglich, dass es Zeugen gibt, die das Taxi gesehen haben oder sogar wie das Opfer einstieg, denen es aber nicht bewusst ist.«

»Das stimmt! Aber um an solche Informationen ranzukommen, müssten wir an die Öffentlichkeit gehen und einen Aufruf über die Medien starten. Dabei liefen wir Gefahr, den Täter zu warnen, dass wir auf der richtigen Fährte sind«, überlegte Jasmin.

»Nicht unbedingt. Der Aufruf nach Zeugen bedeutet noch lange nicht, dass es auch wirklich welche gibt. Genauso wie die Suche nach einem Taxi offiziell nicht unbedingt aussagt, dass der Fahrer ein Verdächtiger ist. Schließlich wird auch er nur als möglicher Zeuge gesucht. Somit ist die ganze Aktion völlig unverfänglich.«

»Deine Ideen und Vorschläge hören sich recht interessant an«, neckte Jasmin ihren Besuch. »Hast du auch in anderer Richtung irgendwelche brauchbaren Einfälle, zum Beispiel für heute Abend?« Sie drehte sich dabei auf der Couch, legte den Kopf auf seine Oberschenkel und sah ihn von unten herauf verführerisch an.

»Die hätte ich schon, so weit es mein gut gefüllter Magen zulässt«, antwortete er verschmitzt lächelnd und beugte sich hinunter, um sie zu küssen. Seine Hand verirrte sich unter Jasmins Pullover, die ihm auf sanfte Art und Weise Einhalt gebot.

»Ich würde gerne vorher noch duschen gehen«, säuselte Jasmin Jan ins Ohr.

»Olala, unter die Dusche, sehr reizvoll. Darf ich mit?«

Lachend wand Jasmin sich aus Jans Armen, sprang von der Couch und verschwand im Badezimmer. Nur Sekunden später folgte ihr Berbakowski. Gemeinsam stiegen sie unter die Dusche. Jasmins anfängliches Kichern erstarb unter dem rauschenden Wasser und machte anderen Tönen Platz. Es dauerte eine gute halbe Stunde, bis die beiden, nur in große Handtücher gehüllt, das Badezimmer verließen. Eine zweite Runde stürmischer Leidenschaft folgte im Schlafzimmer. Nach deren Höhepunkt kuschelte sich Jasmin an Jans schlanken Körper. Eng umschlungen schliefen sie ein.

Jasmin fuhr hoch und starrte schlaftrunken den Wecker auf ihrem Nachtschränkchen an. Er zeigte 7.15 Uhr. Einen kurzen Augenblick schaute sie sich um und blickte dabei auf die nackte Gestalt neben sich. Vorsichtig schlüpfte sie unter der Bettdecke hervor. Als Jans Hand sie festhalten wollte, war sie schon aufgestanden.

»Komm noch mal ins Bett«, ertönte es vom Kopfkissen her.

»Keine Chance, ich habe eh schon verschlafen und muss mich beeilen.«

»Ich schreibe dir eine Entschuldigung«, erklang es wieder aus dem Bett.

»So verlockend es klingt, aber die Pflicht ruft. Wir haben einen brisanten Fall zu lösen. Ein anderes Mal gerne.«

Jasmin eilte ins Badezimmer. Auf ihre morgendliche Pflege konnte und wollte die junge Kommissarin nicht verzichten. Dann lieber auf Frühstück und Kaffee, was sie alles im Büro nachholen würde.

»Du musst dich selbst kümmern«, rief sie Jan zu. »Sehen wir uns heute Abend?«, fragte sie nach, während sie Jacke und Schuhe anzog.

»Keine Ahnung. Ich weiß es noch nicht«, hörte sie aus dem Schlafzimmer. »Bekomme ich wenigstens einen Abschiedskuss?«

»Nein«, lachte Jasmin, »ich weiß, was du im Schilde führst.«

Sie befürchtete, Jan würde sie sofort wieder ins Bett ziehen und dann würde sie vielleicht schwach werden.

Schwungvoll fiel die Wohnungstür ins Schloss. Eiligen Schrittes stürmte Jasmin die Treppe hinunter und zur Haustür hinaus und stieg in ihren Wagen. Zügig reihte sie sich in den Verkehr ein und stand schon nach wenigen Hundert Metern im Stau. Die Minuten verrannen, während sie sich mühsam durch den morgendlichen Berufsverkehr quälte. Frühstück musste ausfallen, falls Chris nichts besorgt hatte. Ein Umweg zum Bäcker erschien ihr heute früh zu lang angesichts ihrer zeitlichen Misere.

Punkt acht Uhr parkte sie ihren Mini vor der Dienststelle. Zwei Minuten später betrat sie das Büro. Es duftete nach frisch gebrühtem Kaffee. Ofenfrische Backwaren lagen auf dem Tisch, Jasmins Morgen war gerettet. Nur Hauptkommissar Habich war anwesend, da sich Rautner schon auf dem Weg zur Rechtsmedizin befand, um sich nach dem Ergebnis des DNA-Testes zu erkundigen.

»Gibt es eigentlich etwas Neues von der Suche nach Peter Lackner?«, erkundigte sich Habich.

»Nichts! Keine Spur von dem Gesuchten«, verneinte Jasmin, während sie sich eine Butterbrezel nahm und zu ihrem Schreibtisch ging. »Es ist wie verhext. Sämtliche Häfen, Flughäfen und Bahnhöfe wurden informiert und haben sein Bild und seine Daten. Eine Handyortung war bisher vergebens. Wir haben inzwischen die Suche auf Interpol erweitert. Aber wenn er gleich nach dem Mord über die Grenze ins benachbarte Ausland ist oder sogar schon aus Europa heraus, dann wird es schwierig. Er kann sich von überall nach Fernost oder sonst wohin abgesetzt haben. Auf jeden Fall gibt es seit dem Wochenende, an dem unser letztes Opfer verschwand, auch kein Lebenszeichen von Lackner mehr. Er hat von da ab auch kein Geld mehr abgehoben oder seine Kreditkarte verwendet.«

»Was ist das überhaupt für ein Typ? Haben wir Hintergrundinformationen über ihn, seine Familie und so?«

Jasmin legte ihr Frühstück auf die Seite, tippte etwas auf der Tastatur und las vom Bildschirm ab: »Er ist gebürtiger Österreicher, aus dem Salzburger Land bei Zell am See ... Eltern unbekannt ... Aufgewachsen in einer Pflegefamilie ... Mit 18 Jahren nach Deutschland gekommen ... Keine Berufsausbildung ... Hatte schon mehrere Jobs.«

»Hat er noch Beziehungen in seine Heimat?«

»Ja, an der Pflegemutter muss er sehr gehangen haben. Mit ihr hat er auch immer wieder einmal telefoniert. Das belegen seine Telefonauswertungen, die wir inzwischen haben. Sonst nichts Auffälliges. Die dortige Polizei ist informiert. Seine Pflegemutter hat auch keine Ahnung, wo er stecken könnte.«

Jasmins Chef schüttelte sein kahlgeschorenes Haupt. »Das gefällt mir nicht ...«

»Was meinst du damit?«

»... Dass Lackner unauffindbar ist. Spinnen wir mal die Überlegung weiter, er wäre unser gesuchter Täter. Zu dem Zeitpunkt, als er verschwand, war er noch nicht in unserem Fokus. Es bestand für ihn also keine Gefahr, entlarvt zu werden. Warum sollte er so völlig überraschend untertauchen? Ich finde das absolut unlogisch. Eigentlich hat er sich mit seinem Verhalten erst verdächtig gemacht. Irgendwas stimmt hier nicht.« Er wandte sich zu Jasmin hin. »Wir müssen versuchen von ihm ein Bewegungsprofil für die vergangenen beiden Tatzeiträume zu erstellen. Dabei müssen wir uns folgende Fragen stellen: Wäre es theoretisch überhaupt möglich, dass er der Täter ist? Wie war sein früheres Verhalten nach den ersten Morden? War er damals auch tage- oder wochenlang verschwunden?« Jasmin schrieb sich Stichpunkte auf, denn sie wusste, dass es ihre Aufgabe werden würde, die Nachforschungen anzustellen. »Seine Taxieinsätze müssen akribisch überprüft werden. Sprich mit seinen Arbeitgebern. Finde heraus, ob er ein Alibi hat oder nicht. Sollte dies nicht der Fall sein, so kommt er als Erster auf die Liste der Verdächtigen.«

»Mach ich, Chef!«

»Sein Wagen wurde bisher auch nicht gefunden? Er hat doch ein Fahrzeug, oder?«

»Ja, hat er, einen schwarzen Opel Astra. Er ist leider auch nicht auffindbar.«

»Hat die KTU seine Wohnung überprüft?«

Jasmin nickte mit vollem Mund. »Ja, ebenfalls ohne Ergebnis. Es deutet nichts auf eine Flucht hin. Laut unseren Kollegen fehlt nichts. Die Schränke sind voll mit Kleidung. Man hat zwei leere Koffer und eine Reisetasche gefunden. Der Abwasch vom Vortag stand noch in der Küche und im Trockner befand sich fertige Wäsche. Das alles deutet keinesfalls auf eine Abreise hin.«

»Hmm …! Das finde ich äußerst merkwürdig. Für eine Flucht Hals über Kopf gab es zu der Zeit, als er verschwand, keinen Anlass«, wiederholte Habich in Gedanken, dann wechselte er das Thema. »Wie weit bist du mit den Auswertungen der Befragungen?«

Mit einer Auflistung in der Hand kam Jasmin zu Habichs Schreibtisch. Ganz nebenbei nahm sie sich eine zweite Brezel aus der Tüte. Die Liste legte sie ihm vor die Nase und erklärte: »Wir haben in Würzburg drei und in Kitzingen fünf Kandidaten, die an allen Tattagen nachts gefahren sind.« Mit dem Zeigefinger tippte sie auf die oberen drei Namen. »Die Würzburger können wir aber meiner Ansicht nach ausschließen.

Das eine ist ein Rentner mit über siebzig Jahren, der seit acht Jahren als Aushilfe fährt und das andere eine zierliche Frau von Ende fünfzig, die ich auch nicht zu solchen Taten für fähig halte. Der Dritte war zum Zeitpunkt des Verschwindens unseres letzten Opfers angeblich auf einer größeren Tour. Laut seinen Aussagen hat er einen Herrn nach Frankfurt zum Flughafen gefahren und war erst gegen sechs Uhr in der Frühe wieder zurück. Wir haben Name und Adresse des Fahrgastes, konnten diesen aber noch nicht erreichen, weil er sich noch im Ausland aufhält.«

»Warum so wenige aus Würzburg? Da laufen doch sicherlich weit mehr Taxen als in Kitzingen.«

Jasmin zuckte mit den Schultern. »Keine Ahnung! Vermutlich wechselt in Würzburg das Fahrpersonal häufiger, könnte ich mir vorstellen. Möglicherweise Studenten und andere Aushilfskräfte, die öfters kommen und gehen.«

»Also bleiben nur fünf Fahrer aus Kitzingen übrig. Alles Männer, wenn ich die Namen hier richtig lese«, stellte der Hauptkommissar fest.

»Alles Männer!«

»Oh, Peter Lackner ist auch dabei.«

»Laut den übermittelten Einsatzplänen ist er an den besagten Wochenenden gefahren: zum Zeitpunkt der ersten Tat bei einem Würzburger Unternehmer und dann bei Taxi Segert in Hohenfeld.«

»Das ist doch der Segert, dessen Frau seit so vielen Jahren vermisst war und jetzt gefunden wurde ... Also ihr Leichnam, meine ich ... Das Skelett in der Grube.«

»Genau der ist es, wenn denn die DNA übereinstimmt.«

Die Bestätigung kam postwendend telefonisch von Rautner. Er hatte sich in der Rechtsmedizin das Ergebnis des DNA-Testes abgeholt und rief nun an, um Habich zu informieren.

»Zu 99,9 Prozent sind die menschlichen Überreste von der vermissten Helga Segert. Ich fahre jetzt anschließend nach Hohenfeld und werde es der Familie mitteilen.«

Nachdem der Hauptkommissar aufgelegt hatte, wandte er sich wieder an Jasmin. »Gut, wenden wir uns wieder unserem Fall zu. Wurden diese Kandidaten hier auf der Liste schon befragt und überprüft?«

»Befragt ja. Na ja, so routinemäßig halt. ... Bis auf den verschwundenen Peter Lackner natürlich. Überprüft noch nicht.«

»Und?«

»Keiner von denen will etwas mitbekommen haben. Aber einer von den anderen Taxifahrern hat eine Aussage zu der besagten Samstagnacht beziehungsweise dem frühen Sonntagmorgen gemacht.« Jasmin setzte ab und holte Luft. Es entstand eine kleine Pause.

»Nun spann mich nicht auf die Folter.« Habich wirkte ein klein wenig ungeduldig.

»Dieser Fahrer konnte sich entsinnen in die Ernst-Reuter-Straße 8 – das ist die Adresse von Tanjas Freundin – geschickt worden zu sein. Es war aber für ihn eine Leerfahrt, da sich nach minutenlangem Warten kein Fahrgast sehen ließ ...«

»Hat er ein anderes Taxi oder sonst ein Fahrzeug bemerkt?«

»Nein, ihm ist nichts aufgefallen und da es immer wieder mal vorkommt, dass ein Taxi gerufen wird und dann kein Mensch auftaucht, war es für ihn nichts Ungewöhnliches.«

»Wie heißt der Mann?«

»Markus Fletcher. Er ist einer von Segerts Stammfahrern.«

»Was hat er in den anderen Tatzeiträumen gemacht?«

»Vor drei Jahren, als Sylvia Harms starb, war er auch im Einsatz. Bei dem anderen Zeitraum, von vor acht Jahren, gibt es von Seiten des Unternehmens Probleme, exakte Nachweise beizubringen.«

»Warum?«

»Zu dem Zeitpunkt hatte der alte Segert das Geschäft noch und der hat es mit den Unterlagen scheinbar nicht so genau genommen. Sein Sohn, der jetzt das Unternehmen führt, meinte aber, Fletcher wäre nicht gefahren.«

»Wie kommt er darauf, wenn es keinen aussagekräftigen Nachweis gibt?«

»Die Angabe stammt von seinem Onkel, Alfred Wissmann, dem Bruder von Helga Segert. Der hat behauptet es noch zu wissen.«

»Einer mündlichen Aussage, in der sich jemand nach so langer Zeit noch genau erinnern will, traue ich erst, wenn wir Gewissheit haben. Dieser Fletcher kommt auf die Liste«, entschied Habich. Postwendend setzte er den Namen handschriftlich auf das Blatt Papier, das noch vor ihm lag. Als er den Kugelschreiber weglegte und den Kopf hob, meinte er: »Das wird ein mühsames Unterfangen. Jetzt haben wir sechs Kandidaten, die ich vorerst als *verdächtig* einstufen würde.« Er brummte missmutig. »Aber wie kommen wir an die ran?«

»Wie immer halt. Wir durchleuchten sie und ihre Vergangenheit. Wenn es einer davon war, wird sich über kurz oder lang ein Hinweis finden, da bin ich mir sicher«, meinte Jasmin optimistisch.

Der Hauptkommissar schüttelte sein kahlköpfiges Haupt. »Ich will wissen, wie unsere Verdächtigen ticken, und das kannst du nur erfahren, wenn du die Leute in ihrem gewohnten Umfeld kennenlernst.«

»Wir könnten sie rund um die Uhr beschatten lassen oder ...« Jasmin dachte an Berbakowskis Vorschlag. »... oder es mischt sich jemand unter sie.«

Nach Jasmins Worten war es einen Moment still im Büro. Dann nickte ihr Chef und sah sie an. »Das ist es. Deine Idee ist gar nicht verkehrt. Wir schleusen jemand von uns als Taxifahrer ein. Und ich weiß auch schon wen.« Sein Blick war immer noch fest auf die junge Kommissarin gerichtet.

»Oh nein! Nicht ich! Ich … Ich habe keine Ahnung vom Taxifahren, keinen Taxischein und keine Ortskenntnisse. So einfach ist das nicht.«

»Wer soll es sonst machen? Chris hängt am anderen Fall und ich … ich habe nun mal die Leitung.«

»Ich bin mir nicht sicher, ob ich dafür die Richtige bin.«

»Ach, dass schaffst du schon. Das kriegen wir hin. Fang schon mal an, die Straßennamen von Kitzingen zu lernen. Ich kläre das mit Kriminaloberrat Schössler ab«, grinste Jasmins Chef.

Sie setzte zu einer Widerrede an, brach aber ab, weil sie merkte, dass es zwecklos war. Habich hatte sich von seinem Bürostuhl erhoben und den Raum verlassen, ohne sie weiter zu beachten. Seufzend ergab sie sich ihrem Schicksal.

Gewissheit

Frau Doktor Wollner hatte Chris ausführlich über die in der Güllegrube gefundenen menschlichen Knochen ins Bild gesetzt. Außerdem hatte sie ihm das Ergebnis über den DNA-Test in die Hand gedrückt. Nun saß er draußen vor der Rechtsmedizin im Auto und überlegte. Er kam zu demselben Schluss wie sein Chef Hauptkommissar Habich. Dieser hatte, als er die Umstände des Todes von der Gerichtsmedizinerin erfuhr, auch zwei Möglichkeiten in Erwägung gezogen. Entweder war es ein Mord oder man hatte einen Unglücksfall vertuschen wollen. Was er jetzt brauchte, waren Hintergrundinformationen über die Familie sowie deren Freundes- und Bekanntenkreis, und die bekam er nicht in Hohenfeld. Vielleicht brachten die Recherchen ein Motiv an den Tag, falls der oder die Täter im näheren Umfeld zu suchen waren. Zuerst musste er mit dem Kollegen sprechen, den Jasmin darauf angesetzt hatte, etwas über die Segerts in Erfahrung zu bringen. Rautner entschloss sich zurück ins Büro zu fahren. Die schlechte Nachricht wollte er der Familie später überbringen.

»Was machst du denn hier?«, fragte Jasmin überrascht, als Rautner eintrat. »Ich dachte, du bist auf dem Weg nach Hohenfeld.«

Der Gefragte schüttelte den Kopf. »Dachte ich auch. Aber ich muss erst hören, was Eddie bisher herausgefunden hat. Danach fahre ich dorthin. Die traurige Gewissheit, dass es tatsächlich Helga Segert ist, kann ich der Familie noch früh genug mitteilen.«

»Kann es sein, dass du dich davor fürchtest, der Übermittler der schlimmen Nachricht zu sein?«

»Ach Quatsch!«, sagte Chris nicht ganz überzeugend. »Wo ist eigentlich Eddie?«, fragte er. Die Frage war eher dazu angetan, vom Thema abzulenken, wie Jasmin registrierte.

»Na wo schon, dort wo er immer sitzt«, antwortete die Kommissarin und deutete nach nebenan.

Chris verschwand kommentarlos im Nachbarzimmer. Dort saß der gesuchte uniformierte Kollege zusammen mit drei anderen Polizeibeamten, die alle der neuformierten Sonderkommission zugeteilt waren.

»Hey, Eddie!« Er klopfte einem Mittvierziger mit Geheimratsecken und dünnem Haar auf die Schulter. »Du hast ein bisschen für mich recherchiert, hat Jasmin mir gesagt. Wie sieht es aus?«

»Erwarte keine Wunder, dazu war die Zeit zu knapp. Ich bin erst seit gestern Nachmittag dran«, brummte Eddie gereizt. »Warum muss immer ich die Extrawünsche erfüllen? Wir haben genug um die Ohren.«

»Bist halt der Beste.«

»Schleimer!«

»Nee, ist schon so, wie ich sage. Außerdem bin ich über jede Info dankbar, egal wie wenig es ist. Ich stehe mit meinem Fall sonst alleine da«, entschuldigte sich Rautner. »Bei Gelegenheit lade ich dich mal auf ein Bier ein. Okay?«

»Vergiss es, ich bin eh zu dick«, knurrte Eddie und klopfte sich auf seinen deutlich sichtbaren Bauchansatz. »Meine Frau mault schon an mir herum, aber wenn ich nur Innendienst schiebe, herumsitze und mich nicht bewege, kann das nichts werden. Also habe ich ihr versprochen abzunehmen und da ist Bier das ganz falsche Mittel, tut mir leid.«

»Dann vielleicht ein anderes Mal. Also, was hast du für mich?«

»Wie schon gesagt, es ist nicht viel. Der finanzielle Background fehlt auch noch.«

»Gut, gut, dann eben erst mal das, was da ist.«

Mit den Worten »Lies selbst« überreichte ihm der uniformierte Kollege eine dünne Mappe und widmete sich wieder seinen vor sich liegenden Unterlagen.

»Aber, du bleibst noch dran, oder?«, hakte der Kommissar nach.

Eddie antwortete, indem er eine Faust machte und den Daumen nach oben richtete, was Rautner als ein »Ja« interpretierte. Zufrieden machte er kehrt und suchte seinen Arbeitsplatz auf. Dort vertiefte er sich in die Notizen. Es waren nüchterne Zahlen und Fakten, mit denen sich der junge Kommissar beschäftigen musste. Da gab es Heribert Segert, den Mann der Toten. Er hatte das Taxiunternehmen gegründet und es vor fünf Jahren seinem Sohn Bertram übergeben. Warum so früh, stand nicht in den Unterlagen. Chris wunderte sich, da der alte Segert zu dem Zeitpunkt noch keine 60 Jahre alt gewesen war. Es musste einen anderen Grund gegeben haben als sein Alter. Dabei schien Bertram Segert auf den ersten Blick gar nicht prädestiniert zu sein, ein kleines Unternehmen zu führen. Er hatte das Gymnasium geschmissen, eine kaufmännische Lehre abgebrochen und auch eine unvollendete Ausbildung zum Zweiradmechaniker hinter sich. Dagegen schien ihm die Übernahme des väterlichen Betriebes Stabilität gegeben zu haben. Innerhalb von fünf Jahren hatte er von zwei auf fünf Taxis aufgestockt und die Kfz-Werkstatt errichtet. Rautner erfuhr in dem Bericht, dass es noch einen zweiten Sohn gab. Damian Segert, der war vier Jahre jünger als sein Bruder und arbeitete als medizinisch-technischer Laboratoriumsassistent in Würzburg. Damit war die Familie komplett.

Die Recherche des Kollegen Eddie brachte Rautner auf die Spur, warum der Senior vermutlich sein Geschäft abgegeben hatte oder hatte abgeben müssen. Etwa zwei Jahre vor dem Generationenwechsel war Heribert Segert mit seinem Taxi in einen Unfall verwickelt. Man hatte ihm genügend Restalkohol nachweisen können, um ihm den Führerschein und seinen Taxischein abzunehmen.

Der nächste Name auf der Liste war der von Alfred Wissmann. Ihn hatte Rautner bei seinem ersten Besuch schon kennengelernt. Er war der Bruder der Toten. Seit seiner Arbeitslosigkeit fuhr er bei seinem Schwager und jetzt bei seinem Neffen Taxi. Seine Frau Hannelore war derzeit die einzige weibliche Person in dem engeren Familienkreis.

Aus den vorhandenen Unterlagen ersah der junge Kommissar, dass Heribert Segert, gebürtig aus Marktsteft, keine Geschwister mehr hatte. Lediglich zwei gleichaltrige Cousins wohnten irgendwo im Würzburger Raum, zu denen aber kein Kontakt bestand.

Ähnlich verhielt es sich auf Seiten von Helgas Abstammung. Hier gab es auch zwei Cousinen, die weiter weg wohnten, und einen Bruder ihres verstorbenen Vaters, der aber seit Jahren schon im Altenheim lebte. Auch da waren die Kontakte schwach bis dürftig und kamen nicht über ein jährliches Telefonat mit dem üblichen »Hallo, wie geht es« hinaus.

Über enge Freunde, sowohl jetzt als auch in dem Zeitraum, als Helga Segert verschwand, hatte der uniformierte Kollege in der Kürze der Zeit nicht viel herausfinden können. Seine Anmerkung diesbezüglich lautete: ›Sowohl damals als auch aktuell scheint es keine engeren Freunde zu geben.‹ So wie es sich darstellte, saß Chris vor dem Leben einer langweiligen, stinknormalen Familie, deren einziges

Unglück der Verlust von Helga Segert war. Nach diesen Aufzeichnungen gab es auf den ersten Blick keinen erkennbaren Grund, jemand aus dem näheren Umfeld des Opfers zu verdächtigen.

Rautner klappte enttäuscht die Akte zu. Ihm wurde bewusst, dass er nicht mal den Hauch eines Ansatzes hatte. Eine gewisse Ratlosigkeit machte sich bei ihm breit, die er aber sofort wieder beiseite schob. Irgendjemand hatte die Tat begannen und es gab einen Grund dafür.

Ein tiefer Seufzer aus Rautners Brust machte Jasmin aufmerksam. »Das hört sich aber nicht gut an. Was ist los?«

»Bis jetzt habe ich nicht die kleinste Spur und auch nicht den kleinsten Zipfel eines Verdachtes.«

»Du bist ja auch erst am Anfang. Bleib ruhig und bohr weiter«, riet ihm Jasmin.

»Ja klar, was auch sonst. Ich will nur meinen ersten eigenen Fall nicht als *ungeklärt* zu den Akten legen müssen.«

Eddie tauchte auf und unterbrach Rautners negative Stimmung. »Die Bankunterlagen sind gekommen. Schau mal selbst drüber, ob etwas Interessantes oder Auffälliges dabei ist, ich hatte noch keine Zeit.«

Augenblicklich vertiefte sich Kommissar Rautner in die neuen Unterlagen. Es wurde ruhig im Büro. Außer dem Rascheln von Papier und dem Klappern der Computertastatur an Jasmins Arbeitsplatz gab es keine Geräusche.

Das Geldinstitut hatte sich Mühe gegeben und den finanziellen Werdegang aller angeforderten Personen rückwirkend bis über die Zeit hinaus erstellt, an dem Helga Segert verschwunden war. Heribert Segerts Taxiunternehmen hatte bis zu dem Zeitpunkt floriert, an dem seine Frau vermisst wurde. Danach war es zu einem ersten kleinen geschäftlichen Einbruch gekommen. Chris vermutete als

Auslöser die veränderten familiären Umstände. So richtig erholen konnte sich der kleine Familienbetrieb davon aber scheinbar nie, obwohl laut den Unterlagen ein zweites Fahrzeug angeschafft wurde. Der eigentliche wirtschaftliche Tiefpunkt lag etwa da, wo sein Sohn das Ganze übernommen hatte.

Auch die Finanzen von Helgas Bruder zeigten vorher und nachher keine Auffälligkeiten, außer dass er meistens klamm war. Zweimal vor Helga Segerts Verschwinden und einmal danach tauchten größere Summen auf Wissmanns Konto auf, die aber schnell dahingeschmolzen waren wie der Schnee im Frühling. Rautner kam zu dem Schluss, dass niemand durch Frau Segerts Ableben einen besonderen finanziellen Vorteil erlangt hatte. Daher schied für Rautner auf den ersten Blick Bereicherung als Motiv aus. Trotzdem wollte er weitergraben.

Seine nächster Gedankengang war: Wie sah es mit den Besitz- und Erbschaftsverhältnissen aus? Üblicherweise konnten Vermisste erst nach zehn Jahren für tot erklärt werden und erst dann konnte auch eine mögliche Erbschaftsregelung vorgenommen werden. Rautner musste herausfinden, wem der Bauernhof und der vorhandene Grund und Boden jetzt gehörten.

Erneut suchte er den Kollegen im Nachbarzimmer auf. Der sah ihn stirnrunzelnd an. »Das hat nichts Gutes zu bedeuten, wenn du schon wieder auftauchst. Lass mich raten, dir ist noch was eingefallen und ich muss schon wieder dran glauben«, meinte er mit mürrischem Unterton.

»Wie kommst du immer auf diese bösartigen Unterstellungen?«, frotzelte Chris. »Es geht nur noch um ein paar kleine Auskünfte, die du einholen sollst …«

»Und die wären?«

»Mich interessiert, wer den Besitz des alten Wissmann, also den von Helga Segerts Vater, bekommen hat und wann. Wie du siehst, ein leichte Übung für dich.«

»Hast du vergessen, dass ich zur Sonderkommission *Seidenschal* gehöre und nicht zur SoKo *Güllegrube*?«, meinte der uniformierte Kollege verschmitzt.

Chris verzog das Gesicht zu einem gequälten Grinsen. »Haha! Lustig! *SoKo Güllegrube!* Ich bin also eine Ein-Mann-Sonderermittlungsgruppe. Na, wenigstens hast du deinen Humor noch nicht verloren.«

Der Angesprochene entgegnete mit Unschuldsmiene: »Da hast du Recht. Sagt meine Frau auch immer. Gut, dass ich so friedliebend und geduldig bin.« Rautner wollte etwas erwidern, aber Eddie winkte ab. »Komm, lass gut sein, ich kümmere mich, sobald ich Zeit habe. Okay?«

»Danke! Hast auf jeden Fall was gut bei mir«, tönte Rautner erleichtert.

Es war früher Nachmittag, als Kommissar Rautner in Hohenfeld eintraf. Um das Risiko auszuschalten, niemand anzutreffen, hatte er vorher angerufen und mit Bertram Segert telefoniert. Das Resultat des DNA-Testes hatte er sich aber noch nicht entlocken lassen. Der junge Segert hatte ihm versprochen: »Ich kümmere mich darum, dass alle anwesend sind. Kommen Sie ab 16 Uhr, dann ist auch mein Bruder von der Arbeit da.« Rautner wollte die Reaktionen der einzelnen Familienmitglieder sehen, wenn er das Ergebnis überbrachte. Diese Methode hatte ihm Hauptkommissar Habich beigebracht. »Immer das Verhalten und speziell das Gesicht beobachten, wenn du schlechte Nachrichten überbringst oder Anschuldigungen aussprichst«, hatte ihm Theo geraten. »Die Mimik eines Menschen kann dir viel verraten.«

Der Hof war genauso mit Autos überfüllt wie bei Rautners erstem Besuch. Zusätzlich zu den reparaturbedürftigen Fahrzeugen von Kunden und ausgemusterten oder abgemeldeten Wagen standen noch drei Taxis auf dem Gelände. Dadurch waren auch die letzten Parklücken besetzt. Chris stellte seinen BMW längs vor die abgestellten Pkws. Über eine mögliche Behinderung anderer Fahrzeuge machte er sich keine Gedanken.

Rautner fand das Büro leer. Im Raum nebenan saßen drei Männer und eine Frau, die sich angeregt unterhielten. Eine der vier Personen, ein großer schlanker Mann, verwies den jungen Kommissar auf die Frage nach Bertram Segert zum Wohnhaus gegenüber.

Auf sein Läuten öffnete ihm eine kleine rundliche Frau mit gekräuselten Haaren, die sich, nach dem Gewirr auf dem Kopf zu urteilen, schlecht bändigen ließen. Ihr ganzes Verhalten wirkte wie das einer unterwürfigen Hausangestellten.

»Sind Sie der Kommissar?«, erkundigte sie sich mit dünner Stimme. Rautner nickte. »Wir erwarten Sie schon.« Mit ihren fleischigen Fingern und dem kräftigen Arm zeigte sie nach links auf die erste Tür. »Bitte dort hinein.«

Der Aufforderung folgend öffnete Rautner die Tür und betrat ein großes geräumiges Wohnzimmer. Chris fühlte sich in seine Zeit als Kind zurückversetzt, wenn er seine Großeltern besucht hatte. Das Inventar war aus den 60er- und 70er-Jahren. Ein schwerer Eichenschrank, der fast eine ganze Wand einnahm, ein Sideboard aus Palisander, ein altes schwarzes Ledersofa und zwei dazugehörige Sessel im Vintagestil. Sowohl der riesige Teppich unter der Sitzgruppe als auch die Möbel zeigten deutliche Spuren von Abnutzung. Hier war seit Jahrzehnten das Mobiliar nicht mehr erneuert worden. Ähnliches galt für den Teakholztisch und die sechs Stühle in der rechten Ecke, die vermutlich als Essbereich verwendet wurde. Auch die vergilbten, mit Nikotin behafteten Wände zeugten davon, dass seit ewigen Zeiten keiner mehr Hand angelegt hatte, um hier etwas farblich aufzufrischen. Niemand schien darauf Wert zu legen oder es war schlichtweg kein Geld dafür da.

Wie ein kleiner Don thronte Bertram in einem der schwarzen verschlissenen Sessel und rauchte. Nur das Outfit, sein obligatorisches Basecap, eine verwaschene Jeans und ein altes T-Shirt, wollten nicht so recht dazu passen. Auf dem Esstisch standen noch Reste von Kaffeegeschirr, am Tisch saß der dem Kommissar ebenfalls bekannte beleibte Onkel Alfred mit einer Tasse Kaffee und einem leeren Kuchenteller vor sich.

»Hallo, Herr Kommissar, nehmen Sie Platz«, begrüßte Bertram den Kriminalisten und deutete auf den leeren Sessel und das Sofa.

»Danke, ich begnüge mich mit einem Stuhl«, wehrte Chris ab und setzte sich so, dass er den ganzen Raum im Blick hatte.

Hinter ihm hatte die Frau den Raum betreten und begann das restliche Geschirr vom Tisch zu räumen. Sie verschwand mit einem Teil davon durch eine andere Tür, die in die Küche führte. Nur Sekunden später stand ein großer schlanker junger Mann dort im Türrahmen und sah sich um. Die korpulente Frau kam wieder zurück, schob den gutaussehenden dunkelhaarigen Mann ins Zimmer und schloss hinter sich die Tür.

Bertram Segert begann mit der Vorstellung seiner Familie: »Meinen Onkel kennen Sie ja schon«, sagte er und deutete auf den älteren Mann mit Schnauzer und Halbglatze, während er seine Zigarette im Aschenbecher ausdrückte. Seine Augen wanderten weiter zu der kleinen korpulenten Frau. »Das ist seine Frau, Tante Hannelore. Sie ist die *gute Seele* in unserem Haus.

Ohne sie wäre das Chaos in unserer Männerwirtschaft schon lange ausgebrochen«, gestand er unumwunden und zeigte anschließend mit dem Finger auf den jungen Mann, der unentschlossen im Raum stand. »Als Nächstes haben wir hier meinen Bruder Damian, unsere Laborratte«, grinste Bertram.

»Chemielaborant! Genau genommen bin ich Chemieingenieur«, korrigierte Bertrams Bruder dessen Bemerkung ohne große emotionale Regung. Die Bezeichnung als ›Laborratte‹ schien nichts Neues für ihn zu sein.

»Oh, ja klar, so ist wohl die offizielle Berufsbezeichnung. Jetzt kennen Sie alle bis auf …«

»Was ist das hier, 'ne Familienfeier?«, wurde Bertram unterbrochen.

Ein ungepflegt aussehender älterer Mann stand im Türrahmen. Seine graumelierten Haare hatten schon längere Zeit keinen Friseur mehr gesehen, genau wie sich sein wild wuchernder Stoppelbart nach einer Rasur sehnte. Die Hakennase und das Drumherum im Gesicht waren leicht gerötet, ein Zeichen von regelmäßigem überhöhtem Alkoholgenuss. Dazu passte die Dunstwolke, die dem Mann vorausging und die Chris seine Nase rümpfen ließ. Die Fahne aus Schnaps und Bier übertönte sogar den Zigarettenrauch, der noch im Zimmer hing. Rautner erkannte den Mann als denjenigen wieder, den er bei seinem ersten Besuch beinahe über den Haufen gefahren hätte. Schlagartig wurde ihm klar, wen er da vor sich hatte. Die Bestätigung seiner Vermutung folgte umgehend.

»… den traurigen Rest, meinen Vater, der die Familie komplettiert«, beendete Bertram ungerührt seinen Satz.

»Wer will das wissen?«, fragte Heribert Segert.

»Die Polizei.«

»Polizei? Etwa der da?« Er deutete auf den Kommissar.

Ohne auf eine Antwort zu warten, verließ er den Raum mit unsicheren Schritten in Richtung Küche. Es dauerte nur wenige Augenblicke, da war er zurück, in der Hand eine Flasche Bier. Er torkelte zum Sofa und ließ sich in das Leder sinken.

»Also, was ist nun? Was macht die Polizei hier? Kann mir einer der Herrschaften eine Antwort geben oder redet ihr nicht mehr mit mir?«, polterte er los und nahm einen ordentlichen Schluck aus der Pulle. Seine blutunterlaufenen Augen blickten von einem zum anderen.

»Ähh ... also ...«, setzte Onkel Alfred zu einer Erklärung an, wurde aber sofort unterbrochen.

»Was ist denn das für ein Gestammel. Hat's euch die Sprache verschlagen?« Der alte Segert setzte erneut die Flasche an den Mund. Als er sie wieder absetzte, rülpste er laut und ungeniert.

»Heribert, lass dich von dem Kommissar aufklären, um was es geht«, mischte sich die Frau ein.

Der Angesprochene sah Rautner herausfordernd an. Dieser wunderte sich, dass Heribert Segert trotz seines Zustandes konzentriert zu sein schien – oder war alles nur Fassade? War hier Rücksichtnahme angebracht, überlegte Chris, oder sollte er mit der ungeschminkten Wahrheit Reaktionen provozieren? Er entschied sich für die zweite Variante.

»Als Erstes überbringe ich Ihnen die Nachricht, dass die gefundenen menschlichen Überreste zu Helga Segert gehören. Die Gerichtsmedizin hat dies einwandfrei bestätigt«, eröffnete Rautner den Anwesenden unverblümt.

»Oh Gott!« Alfred Wissmanns Frau schlug die Hände vors Gesicht und weinte.

»Moment mal! Was ... was soll das?«, fragte Segert senior verwirrt. Ungläubig schaute er in die Runde.

»Sie haben ihm noch nichts gesagt?«, erkundigte sich Rautner.

»Es ... es ergab sich noch keine Gelegenheit«, stammelte Segerts Schwager verlegen.

»Was hat man mir noch nicht gesagt und was ist mit meiner Frau?«

»Wir haben sie gefunden.«

»Helga? Sie haben ... Sie haben meine Frau gefunden?« Den Gesichtsausdruck von Heribert Segert würde Chris so schnell nicht mehr vergessen. Der Mann saß da wie vom Schlag gerührt. Sein alkoholisiertes Gehirn versuchte den letzten Satz »Wir haben Sie gefunden« zu verarbeiten. Die Gesichtszüge wechselten zwischen maßlosem Erstaunen und absoluter Ungläubigkeit. Hilflos blickte er in die Runde. Mit zittrigen Händen pulte er eine Zigarette aus der Schachtel. Man hörte nur das Klicken des Feuerzeuges und gleich darauf einen tiefen Atemzug. Erst mit der Wirkung des Nikotins schien er die Worte so langsam zu begreifen. »Sie sprechen von meiner verschwundenen Frau?«

»Genau!«

»Und ... und was ist mit ihr?«

»Sie wurde gefunden«, begann Rautner seinen Bericht und schilderte ein weiteres Mal, wie es zu dem Fund der menschlichen Überreste von Helga Segert gekommen war.

»Ich wusste doch, dass Helga mich nicht verlassen hat«, murmelte der alte Segert mit niedergeschlagenem Blick und zittriger Stimme.

Aus den Augenwinkeln hatte der Kommissar während seiner Schilderung unentwegt die anderen Familienmitglieder beobachtet. Auf deren Gesichtern spiegelten sich Trauer, Erschrecken, Bestürzung und Fassungslosigkeit. Jetzt, wo das Ergebnis der Untersuchung feststand, war die Befürchtung zur Gewissheit geworden. Die Frau weinte, ihr Mann hielt sich eine Hand vor den Mund und wirkte äußerst blass, Bertram zeigte, außer dem Griff zur Zigarette, wenig Reaktion. Sein Bruder Damian schüttelte unentwegt den Kopf und murmelte: »Das kann doch nicht wahr sein. Mama hat uns doch im Stich gelassen.«

»Tja, du musst wohl deine Meinung über Mutter ändern«, richtete Bertram die Worte an seinen Bruder. In der Stimme schwangen Ärger und Enttäuschung mit. An den Kommissar gewandt meinte der junge Mann: »Damian hat geglaubt, unsere Mutter wäre damals auf und davon ...«

»Und was haben Sie über das Verschwinden Ihrer Mutter gedacht?«

Bertram blickte nachdenklich auf den Boden. Dann schnippte er die Asche seiner Zigarette nervös in den Aschenbecher und hob den Kopf. Nur zögernd kamen die Worte aus seinem Mund: »Ich habe immer gedacht, ihr wäre etwas passiert.« Er zuckte die Schultern. »Aber eine genaue Vorstellung hatte ich nie.« Sein Blick richtete sich dabei wie hilfesuchend auf seinen Onkel.

»Wie sieht es denn bei Ihnen aus? Welche Vermutung über das Verschwinden von Helga Segert hatten Sie denn?«, wandte sich Chris an die beiden Wissmanns.

Alfred Wissmann wirkte im ersten Augenblick erschrocken über die Frage, dann rümpfte er empört die Nase. »Natürlich haben wir auch an ein Unglück geglaubt. Nicht wahr, Hannelore?« Auf Bestätigung wartend blickte er zu seiner Frau.

Die Angesprochene schnäuzte laut in ein Taschentuch und sah Rautner aus verweinten Augen an. »Richtig! Wer ... wer hätte denn an ein Verbrechen gedacht. Feinde hatte Helga keine und auch keinen Grund, die Familie zu verlassen.« Wieder kullerten ein paar Tränen. »War es überhaupt ein Verbrechen?«

»Hmm!«, brummte Rautner, dann formulierte er vorsichtig:

»Wir gehen stark davon aus, dass es ein unnatürlicher Tod war. Von alleine ist sie sicherlich nicht in die Grube geraten und hat sich ... Äh, ja also, die Untersuchungen laufen noch.« Im letzten Moment zögerte er, den Angehörigen zu offenbaren, dass es Genickbruch war. Irgendetwas in ihm sträubte sich dagegen.

Der alte Segert hatte während der Unterhaltung die Flasche Bier geleert und war auf dem Weg, sich eine Neue zu holen. Als er zurückkam, schniefte er und wischte sich mit dem Ärmel unter der Nase entlang. Dann sagte er weinerlich: »Seht ihr, ich habe es immer gesagt. Helga hat uns nicht sitzengelassen. Irgendein Drecksack hat ihr was angetan. Meine arme Frau ... In einer Güllegrube ... Furchtbar. Da komm ich so schnell nicht drüber hinweg« Er ließ sich wieder auf das Ledersofa fallen und widmete sich der vollen Flasche in seiner Hand.

»Na, dann hast du ja jetzt noch mehr Grund, deiner Sauferei zu frönen«, antwortete ihm sein ältester Sohn und bedachte ihn dabei mit einem geringschätzigen Blick.

Die spitze Bemerkung Bertrams wurde von jedem im Raum anders aufgenommen. Heribert Segert, an den sie gerichtet war, ignorierte sie gänzlich, die Wissmanns schauten den jungen Mann vorwurfsvoll an und Damian verzog sein Gesicht zu einem gequälten und verlegenen Grinsen. Rautner blieb scharfer Beobachter bei allen Reaktionen, die von den Anwesenden kamen.

»Durch die neuen Erkenntnisse wird aus dem Vermisstenfall ein Verbrechen, mit dem wir uns nunmehr befassen müssen«, erklärte Rautner. »Ich möchte gerne noch einmal den Tag rekapitulieren, an dem Helga Segert verschwand«, begann er seine Ermittlungen.

»Herrgott nochmal! Das ist so lange her, wer soll sich da noch genau erinnern?«, sagte Hannelore Wissmann ganz entrüstet. »Ich kann es jedenfalls nicht mehr. Außerdem wurden wir doch damals schon befragt.«

»So ein einschneidendes Ereignis sollte doch zumindest noch ansatzweise in Erinnerung bleiben«, hielt Rautner dagegen. »Ich möchte, dass Sie sich alle nochmal zu vergegenwärtigen versuchen, ob und was vor fünfzehn Jahren geschah. Wo war jeder Einzelne von Ihnen an diesem 23. März und wann hat er Frau Segert zuletzt gesehen?«

Zum Zeitpunkt von Helga Segerts Verschwinden hatte man zwar die Familie befragt, aber eine Vermisstenanzeige führte nunmal nicht zu Maßnahmen wie bei einem Verbrechen, solange es keine Hinweise und Verdachtsmomente für eine Gewalttat gab. Rautner hatte die Aussagen von damals vor sich liegen. Nun, da der Fall ein anderer geworden war, war auch die Sachlage eine andere.

»Soweit ich das aus den Unterlagen ersehe, war es ein Freitag, ab dem Helga Segert als vermisst galt«, sagte Rautner, während er in der Akte blätterte. »Herr Segert, Sie haben ausgesagt, dass Sie das Fehlen Ihrer Frau festgestellt haben, als Sie abends nachhause kamen.«

»Dann wird das wohl auch so stimmen«, krächzte Segert senior nach einem Hustenanfall und nickte.

»Wann hatten Sie sie davor zuletzt gesehen?«

Wieder hustete er wie ein Schwindsüchtiger, bevor er mit fahrigen Bewegungen gestikulierte. »Wann habe ich meine Frau zuletzt gesehen ... Ja wann wohl ...« Es entstand eine kurze Pause »... vermutlich zum Frühstück oder so. Ich weiß es nicht mehr.« Er fuhr sich mit der Hand über das Gesicht und stammelte einige unverständliche Worte.

»Sie haben bei der Befragung damals gesagt, dass Sie Ihre Frau am Abend zuvor zuletzt gesehen hatten. Morgens seien Sie sehr früh aufgestanden und Ihre Frau habe noch geschlafen«, zitierte Rautner aus dem vorliegenden Bericht.

»Dann ... dann wird es auch so gewesen sein«, brauste der alte Segert auf. »Was soll das hier? Endlich weiß ich, wo Helga abgeblieben ist, und nun kommen Sie mit diesen alten Sachen.« Seine geröteten Augen stierten den Kommissar an. »Soll das ... soll das etwa heißen, ich ... Sie verdächtigen mich, meine Frau ... Ich soll meiner Helga etwas getan haben?«

Bertram mischte sich ein. »Herr Kommissar, mein Vater ist ein Säufer geworden, aber sicherlich kein Mörder oder was Sie sonst glauben wollen.«

»Um etwas zu glauben, dazu ist es noch zu früh«, entgegnete Rautner unbeirrt, »aber meinen Sie, Ihre Mutter ist von selbst in dieses Loch geraten, wo ihre sterblichen Überreste gefunden wurden? Irgendwer hat sie dort entsorgen wollen.« Chris hatte dieses mal absichtlich harte Worte gewählt, um aufzurütteln und zu provozieren. Erneut beobachtete er verstohlen die Gesichter der Anwesenden.

»Oh mein Gott! Das darf alles nicht wahr sein«, jammerte Wissmanns Frau. »Wer soll denn so etwas Schreckliches getan haben?«

»Das möchte ich herausfinden.« Erneut wandte sich der Kommissar Heribert Segert zu. »Wie sieht es nun aus? Wissen Sie noch ungefähr, wann Sie an diesem 23. März nachhause gekommen sind?«

»Nein! Weiß ich nicht! Kann ich nicht sagen.« Segert schüttelte den Kopf und wirkte dabei geistig abwesend.

Wieder war es Bertram, der sich einmischte. »Soweit ich mich erinnern kann, ist Vater zu der Zeit fast Tag und Nacht gefahren. Er wollte sich Kapital für ein zweites Taxi erarbeiten, außerdem stand ja auch der Umzug nach Hohenfeld schon bevor.«

»Also gut! Dann verraten Sie mir mal, wo Sie waren.«

»Ich? Ich war wie immer tagsüber auf der Arbeit.« Bertram

überlegte kurz. »Hab mich damals an einer Lehre als Speditionskaufmann versucht.« Er grinste gleich darauf etwas verlegen. Ihm waren die Worte »wie immer« entschlüpft. Außer dem Kommissar wusste jeder im Raum, wie unangemessen sich dies anhörte. In Bertram hatte noch zu sehr der gescheiterte Gymnasiast gesteckt: abends ausgehen. morgens lange schlafen, keine Lust zu lernen und keine Motivation zu jeglicher Betätigung. Diese Einstellung konnte nicht gut gehen. Nach einem Jahr löste Bertrams Arbeitgeber den Ausbildungsvertrag auf. Ein weiteres Jahr Müßiggang folgte, bis sich der junge Segert dazu durchringen konnte, eine weitere Lehre zu beginnen.

»Wann wurde Ihnen bewusst, dass Ihre Mutter nicht mehr da war?«

»Montagfrüh ...«

»Wieso erst Montag?«, fragte Rautner überrascht.

»Weil ich das ganze Wochenende nicht da war ... Party bei Freunden und so. Sie verstehen?«

»Und was war am Freitag? Waren Sie nach der Arbeit nicht mehr zuhause?«

»Doch, aber erst später. Ich habe geduscht, mich umgezogen und bin wieder los. Na ja, ich dachte, meine Mutter wäre irgendwo unterwegs. In der Nachbarschaft ... beim Einkaufen ... hier bei Opa. Oh Mann, ich weiß nicht, was ich dachte. Vielleicht auch gar nichts. Wer konnte auch mit so etwas rechnen.« Bertram sah verlegen zu Boden. »Auf jeden Fall hat mich Vater Montagmorgen beim Frühstück informiert ...«

»Wir haben Bertram das ganze Wochenende versucht aufzutreiben, konnten ihn aber nicht ausfindig machen«, ergänzte Bertrams Tante.

»Damals gab es den Handywahnsinn noch nicht so wie

heute und ich habe sowieso nicht von Anfang an mitgemacht, also war ich telefonisch schwer zu erreichen. Erst später wurde ich auch infiziert und seit ich das Geschäft übernommen habe, ist es auch für mich nicht mehr wegzudenken.« Es klang halb wie eine Erklärung und halb wie eine Entschuldigung.

»Gut«, nickte Rautner, »und was ist mit Ihnen?« Bei der Frage richtete der Kommissar seine Augen auf Damian Segert. »An was können Sie sich noch erinnern?«

»An nichts … An gar nichts mehr. Ich … ich kann mich an nichts erinnern … Alles ist wie ausgelöscht.« Bertrams Bruder klang verwirrt und nachdenklich.

Rautner überlegte: Verdrängte Damian die Ereignisse oder hatte er wirklich keine Erinnerung mehr? »Aus den Unterlagen ersehe ich, dass Sie angegeben haben, bei einem Schulfreund übernachtet zu haben«, meinte Rautner, das Augenmerk auf die vor sich liegenden Unterlagen gerichtet.

»So! Na, wenn es da so steht, wird es schon stimmen.«

»Entschuldigen Sie, Herr Kommissar«, mischte sich Hannelore Wissmann in die Befragung ein. »Damians Aussage entstand damals dadurch, dass wir ihn Samstagfrüh bei einem Freund ausfindig machen konnten. Wir haben versucht alle aus der Familie zu benachrichtigen und zusammenzubringen, als sich der Verdacht erhärtete, dass Helga verschwunden war. Er hat sehr unter dem Verlust seiner Mutter gelitten.«

»Ach! Und … und ich etwa nicht«, tönte Segert senior in seinem angetrunkenen Zustand.

»Du natürlich auch. Tut mir leid, Heribert, Hannelore hat es nicht so gemeint«, beschwichtigte Alfred Wissmann seinen Schwager. Dann wandte er sich seiner Frau zu. »Stimmt doch, oder?«

Die Angesprochene nickte heftig, blieb aber stumm.

»Gut, gut! Kommen wir nun zu Ihnen«, sagte Rautner. Sein

Blick wanderte dabei von der Akte zu den Wissmanns und wieder zurück. »Können Sie sich noch erinnern, wo Sie an besagtem Freitag waren? Oder vielmehr, können Sie noch etwas zu Ihrer Aussage von damals ergänzen?«

»Nein!« Alfred Wissmann schüttelte energisch den Kopf. »Ich war auf der Arbeit und meine Frau hier bei ihrem Schwiegervater. So sollte es in dem alten Vernehmungsprotokoll stehen und dem ist nichts hinzuzufügen.«

»Und wann erfuhren Sie von Frau Segerts Verschwinden?«

»Verdammt, schauen Sie in Ihre Unterlagen. Auch das steht dort drin«, meinte Wissmann aufgebracht.

»Lassen Sie doch unsere Familie in Ruhe und suchen Sie denjenigen, der das unserer Mutter angetan hat«, fuhr Bertram den Kommissar an.

»Genau das habe ich vor. Aber es geht nicht ohne Mithilfe. Deswegen stelle ich nochmal diese Fragen. Vielleicht kommt dabei ein Detail zu Tage, das bisher keine Erwähnung fand. Alles ist hierbei wichtig. Also bitte! Wie, wann und von wem wurden Sie benachrichtigt?«, blieb Rautner hartnäckig und blickte die Wissmanns auffordernd an.

Hilfesuchend sahen sich die Wissmanns gegenseitig an und dann in die Runde.

»So ... so ganz sicher bin ich mir nicht mehr«, stotterte der Mann schließlich, »ich glaube ... «

»Heribert hat uns angerufen«, kam seine Frau ihm zu Hilfe, »als er Helga vermisste ... «

»Und wann war das?«

Die kleine rundliche Frau überlegte kurz. »Das müsste am Freitagabend gewesen sein.« Sie nickte heftig. »Ja genau, Heribert rief noch spätabends an und fragte, ob Helga hier in Hohenfeld bei uns sei. Er ... er klang verzweifelt. Da sie nicht hier war, hatten wir auch keine Idee, wo sie sonst hätte sein können.«

»Gibt es noch andere Menschen, mit denen Frau Segert regelmäßig Kontakt pflegte?«

Alle bis auf Hannelore Wissmann zuckten die Schultern. Die Frau schien angestrengt nachzudenken. Dann nickte sie plötzlich. »Doch … doch! Da fällt mir etwas ein. Soweit ich weiß, hat sie sich hin und wieder mit zwei Freundinnen in Kitzingen getroffen … Mehr ist mir aber leider nicht bekannt.«

»Woher kannte sie die beiden?«

»Weiß ich nicht.«

»Haben Sie Namen?«

Wieder überlegte Frau Wissmann.

»Ich glaube die Namen Ela und Kathi gehört zu haben, Nachnamen sind mir nicht bekannt.«

»Dann wissen Sie auch sicherlich keine Adresse?«

»Nein!«

»Weiß sonst jemand von Ihnen die vollständigen Namen?«

Als Antwort kam nur einheitliches Kopfschütteln. Der alte Segert reagierte gar nicht auf Rautners Frage. Der Kommissar hatte das Gefühl, Heribert Segert habe sich geistig in seine eigene Welt zurückgezogen. Seine Aufmerksamkeit galt einer neuen Flasche Bier. Anstatt seinen Platz wieder einzunehmen, verschwand er damit im Flur. Einen kurzen Augenblick sah ihm Rautner gedankenversunken nach, dann wandte er sich wieder den Personen im Raum zu.

»Wann hat er mit dem Trinken angefangen?«

»Na, was denken Sie wohl?«, antwortete Bertram.

»Ich meine, so extrem wie jetzt.«

»Da können Ihnen Onkel Alfred und Tante Hannelore sicherlich mehr dazu sagen, die haben seinen Absturz live miterlebt. Ich hatte damals noch andere Interessen und war weniger zuhause«, meinte er mit verlegenem Gesichtsausdruck.

Die beiden Genannten sahen sich an.

»Rede du, du warst mehr mit ihm zusammen«, forderte Frau Wissmann ihren Mann auf.

Nur schleppend begann Alfred Wissmann zu reden, so als müsse er sich zurückerinnern.

»Vor dem besagten Ereignis ... na ja ... mit Helga eben ... habe ich Heribert nur hin und wieder ein Bier trinken sehen. Nach ihrem Verschwinden wurde es immer mehr. Wenn er von seiner Tour nachhause kam, war der erste Griff zur Flasche. Es blieb natürlich nie bei einer einzigen Flasche. Anfangs habe ich mir nicht so viel dabei gedacht. Ich habe ihn ja zum Teil verstanden.« Wissmann hob wie entschuldigend beide Hände in die Höhe. »Er wollte seinen Kummer hinunterspülen, vielleicht auch zum besseren Einschlafen ...«

»Wie ließ sich das mit der Fahrerei vereinbaren?«

»Er hat getrunken, bis er die nötige Bettschwere hatte.« Wissmann zuckte mit den Schultern. »Morgens sah er danach eigentlich immer recht fit aus. Dann hat er seine Tagschicht gefahren und abends ging es wieder von vorne los. Es ist auch immer alles gut gegangen bis ...«

»... bis zu dem Unfall.«

»Genau!«

»Da hatte Segert noch Restalkohol vom Vortag.«

»Vermutlich schon.«

»Warum haben Sie ihm nicht geholfen und ihn zurückgehalten? Sie wussten doch um das Risiko.«

Wieder zuckte Wissmann die Schultern. »Es ist ja immer gut gegangen.«

»Das ist kein gutes Argument. Es geht tausendmal gut und einmal eben nicht. Zudem ist es unverantwortlich den Fahrgästen gegenüber.«

»Wissen Sie, wie stur Heribert sein konnte?«, wehrte sich Wissmann gegen den Vorwurf. »Hätten wir ihn entmündigen lassen sollen? Wir haben immer wieder auf ihn eingeredet«, ereiferte er sich. »Sowohl meine Frau als auch ich. Er sagte dazu nur, *das könnt ihr nicht verstehen.*«

»War er denn in der Lage, sein Geschäft noch zu führen?«

»Die Steuerangelegenheiten haben wir der Kanzlei übergeben, bei der Helga gearbeitet hat«, mischte sich Frau Wissmann ein. »Ansonsten habe ich ihm bei der Büroarbeit geholfen. Aber mit der Zeit wurde mir die Doppelbelastung durch Haushalt und Geschäft zu viel. Wir haben dann ein ernstes Wort mit Bertram gesprochen und begonnen Heribert zuzureden, das Geschäft abzugeben. Vorher musste der Junge ja auch erst noch bei der IHK seine Unternehmerprüfung ablegen. Irgendwann eine Zeitlang später hat er eingewilligt, das Unternehmen Bertram zu überschreiben.« Hannelore Wissmann atmete hörbar aus, erhob sich und man merkte, dass sie versuchte ein paar Tränen zu unterdrücken. Aus der Schublade eines Schrankes holte sie ein Päckchen Taschentücher heraus, riss es auf und benutzte eines der Tücher lautstark. »Wollen Sie sonst noch etwas wissen, Herr Kommissar? Ich habe noch Arbeit.«

Chris schüttelte den Kopf. Er hatte sich entschlossen die Befragung hier und jetzt zu beenden.

»Überlegen Sie bitte, ob es sonst noch irgendetwas gibt, was Sie vergessen haben auszusagen.«

Alle Anwesenden im Raum schauten den Kommissar schweigend an. Er kam sich vor, als wenn er zu Wachspuppen gesprochen hätte.

Mit der obligatorischen Floskel »Sollte Ihnen noch etwas einfallen, so rufen Sie mich an«, verteilte er Visitenkärtchen, dann verabschiedete er sich.

Wendungen

»Na, wie läuft es bei dir?«, erkundigte sich Habich, als er Rautner zur Feierabendzeit auf dem Flur der Dienststelle traf. Gemeinsam gingen sie Richtung Büro.

»Besch...eiden! Habe keine neuen Erkenntnisse ... Erinnern will oder kann sich auch niemand ... Absolut komisch ... Keiner scheint an der Aufklärung des Falles interessiert ... Nur Kopfschütteln und Schulterzucken.«

»Bohr weiter, hake nach, sprich mit Nachbarn und ehemaligen Nachbarn, frag beim Metzger, Bäcker oder im Krämerladen nach. Den entscheidenden Hinweis oder einen hilfreichen Wink kannst du an den unmöglichsten Stellen finden«, riet ihm der Hauptkommissar. »Übrigens, wir werden alle so weit wie möglich am Wochenende durcharbeiten. Die Überstunden sind von oberster Stelle abgesegnet und gewünscht.«

»Ich auch?«, fragte Rautner stirnrunzelnd. »Mein Fall hat doch mit eurem nichts zu tun.«

»Ich stelle es dir frei. Wenn du vorwärtskommen willst, dann überlege es dir. Außerdem kannst du uns auch gerne unterstützen, falls du Lust und Zeit hast.«

»Jaja, schon gut. Habe mir bereits so etwas gedacht und sämtliche privaten Termine abgesagt«, nickte Rautner ergeben.

Die beiden hatten ihr Büro erreicht und traten ein. Jasmin saß an ihrem Schreibtisch. Sie hob den Kopf und sah die zwei Kollegen erfreut an.

»Gut, dass ihr noch mal kommt, ich habe etwas für euch.«

Sie hielt den Kommissaren einige Zettel entgegen. Die

einen reichte sie Habich mit der Bemerkung: »Hier ist alles, was ich noch über Lackner herausfinden konnte, so wie du gesagt hast.« Die anderen Blätter drückte sie Rautner in die Hand: »Diese Unterlagen hat mir Eddie gerade eben hereingereicht.«

Sofort vertiefte sich der Hauptkommissar in Jasmins zusammengestellte Informationen. Schnell wurde Habich klar, dass sich seine Vermutungen bestätigt hatten. Lackners Verhalten, so völlig unterzutauchen, war in den beiden früheren Tatzeiträumen gänzlich anders. In der Zeit des ersten Mordes hatte er in Würzburg gearbeitet, ebenfalls bei einem Taxiunternehmen. Sein damaliger Arbeitgeber hatte über ihn keine Beschwerden oder außergewöhnliche Fehlzeiten zu vermelden gehabt. Also wäre es vor acht Jahren für ihn auch nicht möglich gewesen zu verschwinden. Kurz vor dem Zeitpunkt des zweiten Mordes war er nach Dettelbach umgezogen, hatte bei seinem jetzigen Arbeitgeber angefangen und war schon bei dem Hohenfelder Taxiunternehmen gefahren. Auch in dieser Zeitspanne wusste niemand von Auffälligkeiten und unentschuldigtem Fernbleiben über eine längere Dauer. Also konnte Habich Lackners jetziges Verhalten nicht einordnen. Es musste einen anderen Grund geben, warum er nicht aufzufinden war. Womöglich hatte es gar nichts mit den Morden zu tun. Habich hatte das Gefühl, wie in den beiden Mordfällen zuvor wieder vor einer Mauer zu stehen und keine echten Hinweise zu haben. Obwohl die stärksten Verdachtsmomente auf einen Taxifahrer hindeuteten, war bisher noch niemand ernsthaft ins Visier geraten, und die Person, auf die sie sich fixiert hatten, war spurlos verschwunden. Aber auch auf Lackners Verhalten konnte sich der Hauptkommissar keinen Reim machen. Natürlich wäre es einfach, den Gesuchten vorzuverurteilen und als

Täter abzustempeln, aber irgendetwas in Habich sträubte sich dagegen.

Nachdenklich runzelte Habich die Stirn. Eins stand für ihn aber felsenfest, dieses Mal wollte er den Täter fassen. Ein drittes Scheitern würde er nicht so ohne Weiteres hinnehmen, sondern hartnäckig bleiben, egal wie lange es dauern sollte. Da war nur das Problem, dass Kriminaloberrat Schössler irgendwann Ergebnisse fordern würde. Gedankenversunken blickte Habich hinüber zu Jasmin und musste schmunzeln, als er an die geplante verdeckte Ermittlung dachte. Was sie wohl zu dem geänderten Plan sagen würde …?

Zur gleichen Zeit steckte Chris die Nase in Eddies Recherchen und brachte sich auf den neuesten Stand. Schnell wurde ihm klar, woher Alfred Wissmanns Finanzspritzen gekommen waren, die auf seinem Konto auftauchten. Bevor die Sache mit Helga Segert passierte, hatte der alte Wissmann so nach und nach seinen Grundbesitz den beiden Kindern überschrieben. Sein Sohn machte seinen Erbanteil innerhalb kürzester Zeit zu Geld. Die geerbten Besitzgüter Helga Wissmanns – mehrere Grün- und Ackerflächen – bestanden dagegen noch. Etwa zwei Monate vor Helgas Verschwinden wurde, laut den vorliegenden notariellen Unterlagen, die letzte Regelung zwischen dem alten Wissmann und seinen beiden Kindern getroffen. Der gesamte Bauernhof in Hohenfeld wurde vom Vater an die Tochter überschrieben.

Nachdem man vor etwa fünf Jahren die Vermisste hatte offiziell für tot erklären lassen, war ihr Erbe an den Ehemann und die Kinder übergegangen. Kurze Zeit darauf wurde Alfred Wissmann und seiner Ehefrau laut Grundbucheintragung ein Wohnrecht im elterlichen Anwesen eingeräumt.

»Hmm … nicht ganz fair, diese Aufteilung. Alfred Wissmann ist bei der Vergabe des Hofes leer ausgegangen«, murmelte Chris vor sich hin. »Warum das verspätete Wohnrecht?«, stellte sich der Kommissar selbst die Frage. »Das wird einen Grund gehabt haben, den ich klären muss.«

Noch etwas anderes fiel dem Kommissar ein. Er blätterte in den Befragungsunterlagen.

»Warum tauchen die zwei Freundinnen nicht in den alten Unterlagen auf?«, überlegte Rautner laut.

Habich war auf Rautners Gemurmel aufmerksam geworden. »Hast du ein Problem?«

Während Chris weiter die Unterlagen durchforstete, murmelte er: »So würde ich es jetzt nicht nennen, es ist eher eine Nachlässigkeit. Es gibt scheinbar zwei Freundinnen, mit denen Helga Segert regelmäßig Kontakt hatte, aber in der Vermisstenakte tauchen sie nicht auf. Jetzt frage ich mich, ob die beiden Frauen jemals zum Verschwinden von Frau Segert befragt wurden oder ob nur vergessen wurde es zu dokumentieren?«

»Das Einfachste ist, du machst sie ausfindig und fragst sie selbst.«

»Wird mir wohl nichts anderes übrig bleiben«, seufzte Rautner hörbar. »Aber ich denke, ich werde bis Montag warten müssen, wenn Behörden und Ämter wieder offen sind. Wenn aus der Familie niemand die Freundinnen näher kennt, gibt es nur den offiziellen Weg, ihre Namen und Wohnorte herauszubekommen. Jetzt am Wochenende hab ich da sicherlich kein Glück bei meinen Nachforschungen.«

»Soll heißen?«

Rautner kam nicht zu einer Antwort, denn im selben Moment ging die Tür auf. Mit breitem Grinsen trat ein Mann ins Büro, von dessen Anblick die beiden jungen Kommissare höchst überrascht waren. Nur Hauptkommissar Habich blieb gelassen, so als wenn er das Erscheinen des Besuchers erwartet hätte.

»Mensch, Jan, was machst du denn da?«, entfuhr es Jasmin.

»Berbakowski, Sie hier!« Rautner runzelte die Stirn. »Hat unser oberster Boss schon das Vertrauen in uns verloren und um Hilfe gerufen?«, rutschte es ihm heraus, denn dass der Mann vom LKA zufällig auftauchte, schloss Rautner kategorisch aus.

»Nein, das war meine Idee und der Kollege war gerade in der Nähe und außerdem verfügbar«, erklärte Habich mit einem schmunzelnden Seitenblick auf Jasmin, der bedeutete, dass der Hauptkommissar von der Liaison wusste oder zumindest etwas ahnte. An Jasmin gewandt meinte Habich lächelnd: »Damit bist du von dem Taxieinsatz erlöst, den übernimmt Herr Berbakowski, wenn es dir recht ist.«

Jasmins fragender Blick zu Jan nötigte diesen zu einer Erklärung. »Ich habe mal Hallo bei eurem Chef hier gesagt und da hat er mir den Vorschlag unterbreitet.«

Der jungen Kommissarin war sofort klar, dass es kein Zufall war, dass Berbakowski sich bei Habich gemeldet hatte. Das Gespräch am gestrigen Abend hatte Berbakowski dazu animiert und er hatte gehofft, dass sich die Sache so entwickelte, wie sie nun lief.

»Das ist nicht dein Ernst!«, protestierte Jasmin energisch und sah Theo vorwurfsvoll an. »Hast du jetzt plötzlich Angst, ich schaffe das nicht?«

»Was beschwerst du dich denn?«, wunderte sich Habich. »Du warst doch selbst der Meinung, dass du dafür nicht die Richtige bist, und hast abgewehrt. Nun habe ich eine Alternative gefunden und jetzt passt es dir wieder nicht.« Der Hauptkommissar schüttelte den Kopf. »Da verstehe einer die Frauen.« Etwas energischer und bestimmender wirkten seine nächsten Worte. »Der Einsatz wurde jetzt so beschlossen und nun bleibt es auch so. Ich bin für jede Hilfe dankbar und da kommt mir Hauptkommissar Berbakowski gerade recht.«

»Wie soll das denn funktionieren, du bist doch noch ortsfremder als ich?«, richtete Jasmin ihre Frage an den Mann vom LKA.

»Dafür habe ich Taxierfahrung. Ich hatte mal einen Schein und bin in meiner Studienzeit in München gefahren, um mein Taschengeld aufzubessern. Ist zwar schon eine ganze Weile her, aber so viel wird sich da nicht geändert haben. Und die paar Straßen in Kitzingen habe ich schnell im Kopf. Außerdem gibt es heutzutage ein Navi für alle Fälle.«

Wie schon beim letzten Einsatz strahlte Berbakowski wieder diese Ruhe und Gelassenheit aus, die Jasmins Zweifel verstummen ließen. Bei ihm wirkte alles so einfach und lässig, hatte die junge Kommissarin den Eindruck. Tief im Innersten war sie sogar froh ihn wieder ein paar Tage in ihrer Nähe zu haben, auch wenn für private Dinge sicherlich wenig Zeit blieb.

»Okay! Die Sache läuft folgendermaßen ab.« Hauptkommissar Habich blickte in die Runde. »Unser Kollege aus Nürnberg wird am Wochenende fleißig den Stadtplan von Kitzingen und seinen Ortsteilen büffeln. Sie werden sich am Montag bei Segert in Hohenfeld als Fahrer bewerben. Bis dahin haben Sie den erforderlichen Taxischein, dank unseres Chefs.« Kriminaloberrat Schössler hatte dazu seine Fäden gezogen, die bis in die obersten behördlichen Höhen gingen. »Sie bleiben über Jasmin mit uns in Verbindung.« Habich lächelte zweideutig. »Das dürfte ja wohl kein Problem sein. Und in diesem Zusammenhang brauchen wir uns sicherlich auch wegen der Unterbringung keine Gedanken zu machen.«

Jan grinste, Jasmin errötete leicht und blickte etwas verlegen von einem zum anderen, dagegen blieb Rautners Miene unbewegt.

Habich führte weiter aus. »Jasmin und ich haben am Wochenende reichlich Arbeit. Die Kitzinger Taxifahrer müssen einzeln befragt werden. Wir beide nehmen uns vorrangig die fünf Männer vor, die bei uns verstärkt ins Blickfeld geraten sind. Die restlichen Fahrer werden von den anderen Kollegen der Sonderkommission vernommen. Chris, du bleibst weiter an deinem Fall dran.«

Der Angesprochene nickte, nahm seine Jacke von der Stuhllehne und verabschiedete sich mit den Worten: »Dann ist ja alles geklärt und ich kann Feierabend machen.«

Das Wochenende begann für die Kommissare anders als geplant. Auszuschlafen war, wie schon so oft, mal wieder nicht möglich. Zumindest erst mal für eine der drei. Um fünf Uhr klingelte bei Jasmin das Handy, der Nachtdienst der Dienststelle war dran.

»Was gibt es?«, erkundigte sich die Kommissarin verschlafen.

»Am Main zwischen Hohenfeld und Marktsteft wurde ein Auto gefunden.«

»Und warum holen Sie mich deswegen zu so unchristlicher Zeit aus dem Bett?«

»Weil der Wagen Sie interessieren könnte.«

»Spannen Sie mich nicht weiter auf die Folter, für Rätselraten ist es zu früh. Sorgen Sie lieber dafür, dass der Grund für Ihre Störung wirklich wichtig ist und meine Laune hebt.«

»Das aufgefundene Fahrzeug ist ein schwarzer Opel Astra. So einen haben wir in der Fahndung in Verbindung mit der Suche nach Peter Lackner.«

»Ist es sein Wagen?«

»Das konnte noch nicht festgestellt werden, da die Nummernschilder fehlen und der Wagen geborgen werden muss.«

»Wo genau ist das?«, fragte Jasmin, inzwischen völlig wach. Sie hörte aufmerksam zu, als der Kollege ihr eine Wegbeschreibung gab. »Ich bin unterwegs«, sagte sie auf der Bettkante sitzend.

»Soll ich Ihren Chef auch informieren?«

»Das mache ich schon.«

»Was ist denn los?«, brummte es neben ihr aus den Kopfkissen. Berbakowski war wach geworden, zeigte aber außer seiner Frage keine Regung.

»Hat vielleicht mit unserem Fall zu tun«, antwortete Jasmin.

»Brauchst du meine Hilfe?«, hörte sie die männliche Stimme aus den Tiefen des Bettes.

»Nein! Kümmere du dich um deine Aufgabe.«

Eine Antwort blieb aus. Gut denkbar, dass Jan schon wieder auf dem Weg ins Land der Träume war. Jasmin nahm sich keine Zeit, dies nachzuprüfen. Mit ihren Kleidern auf dem Arm verließ sie das Schlafzimmer. Morgenwäsche und Körperpflege vollzog sie im Schnellverfahren. Knapp zehn Minuten später stand sie ohne Kaffee und Frühstück im Treppenhaus. Während sie die Stufen hinunterlief, nahm sie ihr Handy zur Hand, um ihren Chef anzurufen, und zögerte. Vielleicht war es ja falscher Alarm. Sie entschied sich gegen den Anruf. Sollte es sich bewahrheiten, dass das Auto Lackner gehörte, könnte sie ihn immer noch informieren.

Zu der frühen Stunde war der Verkehr in Würzburg noch relativ gering, sodass Jasmin zügig vorankam. Von ihrer Wohnung in der Sanderau aus erschien es ihr günstig, den Weg über Randersacker, Ochsenfurt und Marktbreit zu nehmen. Es war immer noch dunkel, als Jasmin vor Ort ankam, wohin der Kollege sie geschickt hatte. Er hatte von einem Fahrradweg gesprochen, über den man an den Fundort gelangen konnte. Jasmin reduzierte ihre Geschwindigkeit auf der Staatsstraße 2271 von Marktsteft kommend und beobachtete die linke Seite, wo sich irgendwo der Main entlangschlängelte.

Einige Lichter abseits der Straße nahmen ihre Aufmerksamkeit in Anspruch. Dann sah sie das zuckende Blaulicht. Ein Zeichen, dass sie richtig war. Das Polizeifahrzeug stand an der Einfahrt zum Schiffsanleger und zur Schleuse. Jasmin bog ab und wurde von dem uniformierten Kollegen auf den besagten Fahrradweg geleitet. Von dort ging es wieder mehrere Hundert Meter zurück Richtung Marktsteft. Die Lichter, die Jasmin von der Straße aus gesehen hatte, waren Strahler, die man aufbaute, um den Ort zu beleuchten. Plötzlich ging es nicht mehr weiter. Vor ihr wurde der schmale Weg von anderen Fahrzeugen versperrt. Jasmin parkte halb auf einer Wiese und stieg aus. Von der Rückbank holte sie ihre Jacke und zog sie über, denn die Temperaturen waren unangenehm frisch. Die letzten Meter bis zur Absperrung ging sie zu Fuß. Ein Polizist in Uniform hielt sie auf. Nachdem sie ihm ihren Dienstausweis gezeigt hatte, wies er mit den Worten »Bitte hier entlang« in Richtung von Büschen und Bäumen, die etliche Meter entfernt im Lichtschein zu erkennen waren. Über einen feuchten Grasstreifen erreichte sie die ausgeleuchtete Stelle. Die Schneise, die durch den Wagen im Dickicht entstanden war, konnte man deutlich erkennen. Jasmin wagte sich weiter nach vorne ans Gebüsch.

»Wo ist denn das Fahrzeug?«, fragte sie einen der Männer, die geschäftig umherliefen.

»Da vorne im Wasser«, sagte dieser und zeigte auf das niedergedrückte hohe Gras und die Bresche in den Büschen, die von dem Fahrzeug herrühren musste.

Jasmins Aufmerksamkeit wurde abgelenkt. Aus der Ferne über den Radweg hinweg sah sie grelle gelblich zuckende Lichter, die sich näherten. Augenblicke später kamen die Lichter auf sie zu. Es war ein herbeigerufener Abschleppwagen, der das Fahrzeug im Wasser bergen sollte.

Einen Polizisten, der ihr entgegenkam, bat sie ihr den Unfallwagen zu zeigen.

»Kommen Sie mit. Wir müssen durch das Gestrüpp, den Hang hinunter ans Wasser.«

»Befindet sich eine Person in dem Fahrzeug?«

»Soweit man von außen erkennen kann, nicht.«

Mit ihrem Kollegen vorneweg zwängte sich Jasmin durch Büsche und hüfthohe Sträucher. Plötzlich fiel das Gelände etwa zwei Meter bis zum Wasser ab. Es musste ein Seitenarm des Maines sein, vor dem sie standen. Auf der anderen Seite des Wasserarmes von vier Metern Breite sah man festen Boden mit Bewuchs. Erst danach musste der eigentliche Fluss mit der tieferen Fahrrinne kommen. Ein Blick die Böschung hinunter ließ sie den Wagen erkennen. Er steckte mit der Vorderfront bis zu den Seitenspiegeln schräg unter der Wasseroberfläche, das Heck ragte heraus.

»Wer hat den Wagen denn überhaupt gefunden?«, erkundigte sich Jasmin.

»Zwei Männer, die hier angeln wollten.«

»Zu dieser nachtschlafenden Zeit und bei dieser Kälte angeln?«, wunderte sich die Kommissarin. »Wo gibt es denn hier Fische?«

Das Schmunzeln des uniformierten Kollegen konnte sie nicht sehen. »Vermutlich im Wasser«, antwortete er dann mit ernster Miene.

Entweder fiel Jasmin die Unüberlegtheit ihrer Frage nicht auf oder sie ignorierte es.

»Wo sind die beiden?«

»Die stehen oben bei meinem Kollegen.«

»Gut, dann werde ich mal mit den Herren reden«, entschloss sich Jasmin und stieg den kleinen Hang hinauf. Im Gehen gab sie dem Streifenbeamten die Anweisung: »Es rührt mir keiner das Fahrzeug an, bevor ich nicht dabei bin. Geben Sie das so weiter.«

Inzwischen hatte der Abschleppwagen seine Position erreicht. Einer der Männer des Abschleppdienstes kam der Kommissarin entgegen. Hinter sich her zog er ein Stahlseil mit einem Haken dran. Mit Hilfe dieses Seiles und einer hydraulischen Winde wollte man versuchen den Unfallwagen zu bergen.

Abseits des Geschehens standen zwei Männer mittleren Alters, unterhielten sich mit ernsten Blicken und rauchten. Der Stämmige mit dem Vollbart trug eine Militärhose in Tarnfarbe, eine olivfarbene Jacke und festes Schuhwerk. Der Schmächtigere war ebenfalls mit einer Militärhose bekleidet, dazu trug er Stiefel und eine dicke khakifarbene Jacke. Komplettiert wurde ihre Bekleidung durch wetterfeste Kopfbedeckungen. Ihre ungewöhnliche Kleidung ließ Jasmin vermuten, dass es die zwei Angler waren.

Die Kommissarin trat zu ihnen hin und musterte sie noch genauer. »Sie haben das Fahrzeug gefunden, ist das richtig?«

Beide nickten.

»Sie wollten hier angeln, habe ich gehört?«

Wieder nur ein Nicken.

»Sind Sie öfters hier?«

Jetzt bequemte sich einer der Männer zu einer Antwort. »Ja, aber das letzte Mal ist schon eine Weile her«, antwortete der Bärtige.

»Was verstehen Sie unter einer Weile?«

Jetzt mischte sich der zweite Mann ein. »Das dürfte schon drei oder vier Wochen her sein.«

»Ist Ihnen heute Nacht sonst irgendwas aufgefallen?«

Gemeinsames Kopfschütteln.

»Welcher Idiot entsorgt denn auf so eine Weise sein Fahrzeug«, knurrte der Bärtige gereizt. »Ich bin stinksauer, dass unser Angelausflug quasi ins Wasser gefallen ist.«

Jasmin ging auf die Äußerung des Bärtigen gar nicht ein. Was hätte sie ihm auch entgegnen können? Stattdessen forderte sie die Männer auf: »Erzählen Sie mir, wie Sie den Wagen gefunden haben.«

Dieses Mal übernahm der Schmächtige das Reden. »Wir wollten heute Nacht mal wieder diese Stelle ausprobieren und auf Raubfische gehen. Dann sahen wir im Lichtschein unserer Taschenlampen die Schneise in den Büschen. Wir haben die Sache näher untersucht, weil es uns irgendwie komisch vorkam. Dann sind wir weiter den Hang hinunter und haben das Auto gefunden.«

»Einen Fahrer oder sonst eine Person haben Sie nicht bemerkt?«

»Außer uns war hier niemand. Zumindest ist uns niemand aufgefallen.«

Während ihres Gespräches vernahm man vom Wasser her laute Kommandos und das Motorengeräusch der hydraulischen Winde. Das Stahlseil gab ächzende Geräusche von sich, und dem Motor der Winde hörte man seine Schwerstarbeit an. Kurz darauf begann es im Unterholz zu knacken und zu krachen, dann schob sich das geborgene Fahrzeug, mit dem Heck voran, wie ein blechernes Ungeheuer durch das Grün. Das Ungeheuer kam mehrere Meter vor den gelben Blinklichtern zum stehen. Aus den Augenwinkeln hatte Jasmin das Szenario beobachtet. Jetzt näherten sich zwei Polizisten dem Wagen. Sofort brach die Kommissarin das Gespräch mit den beiden Anglern ab.

»Warten Sie bitte hier, ich schicke einen Kollegen, der Ihre Aussagen und Daten aufnimmt.«

Bevor Jasmin die zwei Männer verlassen konnte, um zu

dem Fahrzeug zu eilen, winkte ihr einer der Polizisten aufgeregt zu. Sofort lief sie los mit der Ahnung, dass man etwas gefunden hatte. Noch war sie einige Schritte entfernt, als der leicht aufkommende Wind ihr eine Nase voll eines süßsäuerlichen Geruches entgegenwehte. Dieser Duft kam ihr bekannt vor. Im Rahmen der Polizeiausbildung war sie schon mal damit in Berührung gekommen, als sie einer Leichenschau beiwohnten. Das heißt, eigentlich hatte Jasmin damals nichts davon mitbekommen, da ihr Innerstes bei den dortigen Gerüchen nach Desinfektionsmittel und Leichen sofort rebellierte. Mit Mühe und Not hatte sie es gerade noch bis zur Toilette geschafft, bevor sich ihr Magen entleerte, und das obwohl sie dem Rat des Ausbilders gefolgt war, vor dem Besuch nichts zu essen. Die Leiche hatte sie damals nicht zu Gesicht bekommen.

Es war eindeutig Verwesungsgeruch, der Geruch des Todes, der Jasmin empfing. Je näher sie dem Auto kam, umso stärker wurde er. Das Würgen in ihrem Hals nahm zu. Der Polizist, der ihr Handzeichen gegeben hatte, hielt sich ein Taschentuch vor Mund und Nase, obwohl das wenig half. Jeder empfand den Geruch anders, aber loswerden konnte man ihn nicht. Die Kommissarin ging tapfer weiter, bis sie ins Wageninnere schauen konnte. Dort konnte sie nichts und niemand erkennen. Sie holte Handschuhe aus ihrer Jackentasche, zog sie über und wandte sich mit einer Vorahnung der Heckklappe des Opels zu. Als sie diese öffnete, wurde der Geruch fast unerträglich. Der Blick hinein sagte ihr alles. Ihre Augen erfassten eine menschliche Leiche, deren Verwesungsprozess schon fortgeschritten war. Eine Identifizierung durch Augenschein war nicht möglich. Sowohl sie als auch der Kollege an ihrer Seite drehten sich betroffen weg. Mit Schwung schloss sie die Klappe wieder.

»Ich muss telefonieren«, stellte sie fest und versuchte dabei, das flaue Gefühl im Magen zu unterdrücken.

Jasmin entfernte sich vom Wagen und atmete kräftig durch. Sie schaffte es nicht ganz, den Geruch aus der Nase zu vertreiben. Trotzdem besann sie sich auf ihre Aufgabe und veranlasste umgehend, dass die Spurensicherung in Marsch gesetzt wurde. Gleichzeitig musste ein Gerichtsmediziner bestellt werden. Dann tätigte sie einen weiteren Anruf.

»Ja!«, war die Reaktion am anderen Ende der Leitung. Die Stimme klang schon ziemlich wach.

»Wir haben eine weitere Leiche«, begann Jasmin ohne vorherigen Morgengruß.

»Dann erzähl mal«, forderte Hauptkommissar Habich sie auf.

Jasmin erstattete ausführlich Bericht. Sie gab ihm eine ähnliche Wegbeschreibung, wie sie sie vom Diensthabenden erhalten hatte. Habich versprach, sich sofort auf den Weg zu machen.

In der Zwischenzeit ging sie noch mal zu den beiden, die den Wagen gefunden hatten. »Haben Sie nichts gerochen?«, fragte sie die zwei, deren Angelausflug so ein jähes Ende genommen hatte.

»Was meinen Sie?« Der Schmächtige runzelte die Stirn.

»Na ja, einen unangenehmen Geruch eben.«

»In so einem Seitenarm mit nur schwach fließendem Gewässer gibt es immer mal seltsame Gerüche …«

»Ich meine aus dem Auto heraus.«

»Nein! So dicht waren wir nicht dran. Als wir den Wagen erblickten, haben wir sofort die Polizei benachrichtigt und vorne am Radfahrweg gewartet. War das falsch? Haben wir einen Fehler gemacht?«

»Keine Sorge, alles okay«, beruhigte Jasmin sie.

»Brauchen Sie uns noch? Wir würden gerne heimfahren, zum Angeln haben wir jetzt keine Lust mehr.«

Die Kommissarin schüttelte den Kopf. »Es spricht nichts dagegen, dass Sie sich entfernen. Ihre Personalien und Ihre Aussagen haben wir. Wie kommen Sie hier weg?«

»Wir werden uns ein Taxi bestellen. Unsere Frauen können wir zu dieser Uhrzeit noch nicht anrufen, das gäbe Stress«, grinste der Schmächtige etwas verlegen.

Zehn Minuten vor dem Hauptkommissar traf die Spurensicherung ein, weitere zwei Minuten danach der Gerichtsmediziner. Da Frau Doktor Woller, die Neue, an diesem Wochenende frei hatte, vertrat sie ihr ergrauter Vorgänger, der eigentlich im wohlverdienten Ruhestand war. Mit Routine machten sich alle an die Arbeit. Die einen untersuchten die Örtlichkeit und den Wagen, während der Doc einen Blick auf die Leiche warf.

Habich erreichte den Tatort, als es zu dämmern begann und das Tageslicht durch die dichten grauen Wolken zu dringen versuchte. Gleichzeitig mit dem Hauptkommissar kam das Taxi, das sich die beiden verhinderten Angler bestellt hatten.

»Wie sieht es aus? Wissen wir inzwischen schon mehr?«, waren seine ersten Fragen.

»Die Überprüfung des Wagens und der Fahrgestellnummer läuft und der Doc ist gerade bei der Leiche, aber Ergebnisse habe ich noch keine.«

Gemeinsam gingen sie zum Wagen, wo der Gerichtsmediziner gerade den Toten in Augenschein nahm.

»Na, wie sieht es aus? Können Sie uns schon etwas zu der Leiche sagen?«, erkundigte sich Habich bei dem grauhaarigen Gerichtsmediziner.

Dieser blickte ihn über den Rand seiner Brille an und meinte: »Was ich sagen kann, ist, dass der Tote männlich ist und schon vor mehreren Tagen starb. Die einzige Verletzung, die ich bisher gefunden habe, ist eine Wunde an seinem Kopf. Ob sie zum Tod führte, kann ich im Moment nur vermuten.«

»Wir bräuchten baldmöglichst Fingerabdrücke, um den Toten zu identifizieren …«

»Und alles andere auch möglichst sofort«, nickte der Doktor ergeben. »Ich weiß, ich weiß! Wenn der Leichnam in der Gerichtsmedizin ist, mache ich mich sofort an die Arbeit.« Der Grauhaarige verzog das Gesicht zu einem Grinsen. »Leider müssen Sie mit mir vorliebnehmen, da die neue Kollegin am Wochenende nicht da ist. Habe gehört, Sie waren schon mit ihr aus.«

»Ich muss sagen, Sie sind trotz Ihres Rentnerdaseins noch bestens informiert«, kam Habichts spitze Bemerkung.

»Die Spatzen pfeifen es vom Dach«, lächelte der Gerichtsmediziner erneut.

»Diese Spatzen sollen bloß aufpassen, dass sie nicht vom Dach fallen«, brummte Habich grimmig.

Sowohl dem Doktor wie auch dem Hauptkommissar schien der Geruch nichts auszumachen. Jasmin dagegen kämpfte wieder mit ihrem Magen und aufkommender Übelkeit. Trotzdem konnte sie sich ein Grinsen über die letzten Bemerkungen nicht verkneifen.

»Stell mal fest, ob wir schon Infos über den Wagen haben«, wies Habich seine Kollegin an.

Ergeben nickte Jasmin und verschwand. Sie war froh, aus dem Dunstkreis der Verwesung zu kommen. Hin und wieder hatte sich Jasmin schon gefragt, ob die Mordkommission das Richtige für sie war, aber Arbeit und Team gefielen ihr. Im Stillen hoffte sie immer noch, diese letzte Hürde, die Begegnung mit dem Tod und die damit verbundenen Umstände, in den Griff zu bekommen.

Gedankenversunken beobachtete Habich derweil weiterhin

die Arbeit des Gerichtsmediziners. Eine Ahnung sagte ihm, dass dies der gesuchte Peter Lackner war. Das würde auch erklären, warum man nirgendwo ein Lebenszeichen von ihm gefunden hatte.

Jasmin kam zurück und riss ihn aus seinen Überlegungen.

»Volltreffer! Das Fahrzeug gehört Lackner, das wurde inzwischen bestätigt.«

»Okay, dann warten wir jetzt auf die Untersuchung der Leiche.«

Von den Kollegen der Spurensicherung ließen sich Jasmin und Habich anschließend erklären, was mit dem Wagen passiert war.

»Habt ihr schon eine Vorstellung, wie der Wagen dort hingekommen ist, wo er gefunden wurde?«

»Sehr wahrscheinlich wurde er bis hierher gefahren, dann hat man die Nummernschilder abgeschraubt und ihn mit Vollgas durch die Büsche fahren lassen.«

»Was heißt *fahren lassen*?«

»Das Lenkrad wurde mit einem Seil fixiert, dann hat man mit dem Stück eines Besenstiels das Gaspedal auf Vollgas gedrückt und den ersten Gang eingelegt. Der Wagen ist dann selbständig durchs Gebüsch gebrochen und mit der Schnauze im Wasser gelandet. Irgendwann ist dann der Motor abgesoffen.«

»Wie muss ich mir das genau vorstellen?«

»Du richtest das Lenkrad aus, bindest ein Seil an einer Seite des Lenkrades fest, wickelst es einmal fest um den unteren Teil der Rückenlehne des Fahrersitzes und dann zurück zur anderen Seite des Lenkrades ...«

»Und das soll halten?«

»Wenn das Seil die nötige Spannung hat, hilft es auf jeden Fall. Über die kurze Entfernung sowieso ...«

»Und wie legt man dann einen Gang ein, ohne im Fahrzeug zu sitzen?«

»Man beugt sich durch die offene Tür oder das offene Fenster ins Auto und haut ohne Kupplung den ersten Gang rein ...«

»Und das funktioniert?«

Der Leiter der *Spusi* nickte. »Bei diesem älteren Schaltwagen auf jeden Fall. Der hier hat über 180.000 Kilometer drauf und die Kupplung ist schon etwas lädiert, da geht es umso leichter ...«

»Ist das nicht riskant? Man könnte doch mitgerissen werden.«

»Klar! Man muss schon ein bisschen flink und gelenkig sein, um schnell rauszukommen. Na ja, so jemand wie mit ... mit deiner Statur und ... und in deinem Alter ...« Der Chef der Kriminaltechniker grinste spitzbübisch.

»Was soll das denn heißen?«, fragte Habich gespielt empört.

»Das *du* nicht unbedingt die besten Voraussetzungen hättest, um so etwas durchzuführen«, meinte Habichs Gegenüber diplomatisch.

»Danke für das Kompliment«, entgegnete der Hauptkommissar leicht pikiert. »Ich weiß deine Meinung zu würdigen.«

»Ich wollte dir die Situation nur veranschaulichen.«

»Habe verstanden. Nun wieder zum Fachlichen. Habt ihr im Wagen etwas Verwertbares gefunden? Fingerabdrücke und so? Könnt ihr mit dem Seil und dem Stiel etwas anfangen?«

»Abdrücke gibt es mehr als genug, aber die müssen wir erst auswerten in der Hoffnung, dass wir davon welche im System haben. Für Seil und Besenstiel brauchen wir mehr Zeit. Wir lassen den Wagen zu uns bringen und werden ihn nach allen Regeln der Kunst zerlegen. Wenn es in dem Auto irgendetwas gibt, was nicht da hingehört oder einen Hinweis liefert, dann finden wir es«, klang es zuversichtlich.

»Dann mal ran an die Arbeit. Wir werden dazu die Fingerabdrücke aller liefern, die im Entferntesten damit zu tun haben könnten.«

Der Tag war inzwischen völlig angebrochen, konnte sich aber gegen das trübe und triste Nebelgrau nicht durchsetzen. Habich bahnte sich seinen Weg durch das Grün hin zur Böschung. Seine Kollegin war ihm gefolgt. Bedächtig stieg er den Hang hinunter bis ans Wasser, Jasmin tat es ihm gleich. Dort, wo der Opel im Fluss gesteckt hatte, waren deutliche Reifen- und Fußspuren im Uferbereich zu sehen.

Mit einem Blick hinüber zum Hauptflusslauf meinte Habich: »Wenn der Wagen schon ein paar Tage hier steckte, warum hat man ihn nicht von der Flussmitte aus gesehen?«

»Die letzten Tage war ziemlich schlechtes Wetter. Den ganzen Tag grau in grau. Regnerisch. Dazu die schwarze Farbe im dämmerigen Böschungsbereich. Ich glaube auch kaum, dass jemand, der vorbeischippert, intensiv in jeden Seitenarm schaut. Freizeitkapitäne wird es in dieser Jahreszeit kaum geben und die Steuermänner der Lastkähne müssen ihr Augenmerk hauptsächlich auf die Fahrrinne richten.«

»Da könntest du recht haben«, nickte Habich. »Wären die beiden Angler nicht gewesen, wer weiß, wann man den Wagen gefunden hätte. Dann lass uns zurückfahren, wir haben Arbeit«, entschied der Hauptkommissar entschlossen und drehte sich vom Wasser weg.

Als sie oben ankamen, war der Opel schon auf den Abschleppwagen verladen. Die Leiche wurde gerade abtransportiert. Man würde sie in die Gerichtsmedizin bringen. Habich hoffte, noch heute Ergebnisse zu bekommen.

Zeugen oder Verdächtige

»Gibt es schon Hintergrundinformationen über unsere fünf Kandidaten?«

Es ging dabei um die fünf einbestellten Taxifahrer, die für die Tatzeiten infrage kamen. Die dazu abgestellten Kollegen der SoKo hatten die Aufgabe gehabt, diese Männer so intensiv wie möglich zu durchleuchten.

Jasmin sah sich auf ihrem Schreibtisch um und sagte: »Ja, hier liegen sie.« Sie nahm fünf dünne Akten und reichte sie ihrem Chef weiter.

»Das sieht sehr spärlich aus«, meinte Habich mit einem Blick auf die wenigen Zettel. Er überflog die Notizen und rieb sich dabei die Falten, die sich auf seiner Stirn bildeten. Der Hauptkommissar vertiefte sich in die Unterlagen und Jasmin machte sich daran, erste Notizen über die frühmorgendlichen Ereignisse in ihren Computer einzugeben. Es wurde still im Zimmer, hin und wieder unterbrochen von dem Rascheln der Zettel und dem Geräusch der Tastatur, über die Jasmins Finger huschten, fast so schnell wie eine professionelle Sekretärin.

»Willst du dir auch mal durchlesen, was die Kollegen herausgefunden haben?«

»Ist denn etwas Interessantes dabei?«

»Nicht wirklich. Alle sind bis auf ein paar Kleinigkeiten ziemlich unauffällig.«

Jasmin holte sich die Unterlagen von Habich und überflog sie. Ihr blieb nicht viel Zeit. Zehn Minuten später steckte ein Kollege den Kopf zur Tür herein und meldete, dass die einbestellten Herren da wären.

Markus Fletcher war ein sogenanntes Nachkriegskind oder »eine Hinterlassenschaft der Amerikaner«, wie er sich selbst ironischerweise bezeichnete. Er wurde 1961 als Sohn eines GIs und einer Kitzingerin geboren. Sein Vater ging fünf Jahre später alleine in die Staaten zurück. Wie sich später herausstellte, hatte er dort die ganze Zeit über noch eine Liebschaft von früher, die er bei seiner Rückkehr in die USA heiratete. Die kleine Familie, die er zurückließ, hörte nie wieder etwas von ihm. Mit dem Schicksal, ohne Vater aufzuwachsen, war Markus nur schwer zurechtgekommen. In der Schule hatte man ihn schief angeschaut und hinter seinem Rücken getuschelt. Seine Mutter hatte danach mehrere Beziehungen gehabt, die aber alle in die Brüche gegangen waren. Darum war es völlig verständlich, dass Markus nicht gut auf die »Amis« im Allgemeinen und auf seinen Vater im Besonderen zu sprechen war.

Dies alles entnahm Hauptkommissar Habich den Unterlagen, die die uniformierten Kollegen über Fletcher zusammengetragen hatten. Darin war von mehreren Auseinandersetzungen mit »Militärangehörigen der amerikanischen Streitkräfte« die Rede. Über zehn Jahre lagen die aktenkundigen Geschehnisse jetzt zurück, denn so lange gab es schon keine Soldaten mehr in Kitzingen. Mit dem Abzug des Militärs im Jahre 2006 hörten auch Fletchers Entgleisungen auf. In der Hauptsache waren es Auseinandersetzungen mit betrunkenen Soldaten gewesen, darunter Raufereien, Schlägereien und sogar eine Messerstecherei, von der er noch heute die Narben am Körper trug. Aber Fletcher war nie verurteilt worden. Ihm konnte nie eine Schuld nachgewiesen werden. Ansonsten war Fletchers Lebenslauf unauffällig bis auf die Tatsache, dass er notorisch pleite war, was der Hauptkommissar als Mordmotiv ausschloss.

Noch etwas stand über Fletcher in den Unterlagen. Diese Informationen hatten die Kollegen aus seinem Umfeld zusammengetragen. Fletcher war schon fast dreißig Jahre Taxifahrer. Eigentlich liebte er seinen Beruf. Er fuhr gerne Auto, kam herum, lernte viele Leute kennen und seine Chefs hatten ihm bisher immer freie Hand bei seiner Arbeit gelassen. Alles war gut, wäre da nicht eine Sache gewesen, die er nicht so recht in den Griff bekam. Er konnte sich über manche Dinge leicht aufregen, was seinem Blutdruck nicht gerade dienlich war und ihn hitzköpfig erscheinen ließ, obwohl er das eigentlich gar nicht war. Mal regte ihn die Ampelschaltung auf, wenn er es eilig hatte, mal waren es die anderen Verkehrsteilnehmer, die zu langsam fuhren, blinkfaul waren oder in der Dämmerung ohne Licht unterwegs waren, mal war es die Rushhour, die ihn nervte. Das tat aber der Liebe zu seinem Beruf keinen Abbruch.

Der große kräftige Mann, von dem in der Akte die Rede war, saß ruhig und entspannt dem Hauptkommissar und seiner jungen Kollegin gegenüber. Habich konnte sich gut vorstellen, was für eine Energie in dem jungen Fletcher gesteckt haben musste. Auch heute noch wirkte er respekteinflößend und es war sicherlich keiner gut beraten, mit ihm Streit anzufangen.

Sollte so ein Mensch sich an jungen Frauen vergreifen?, war Habichs Überlegung, während er sein Gegenüber ausgiebig fixierte. Obwohl es auch nicht ganz üblich war, mit sechsundfünfzig Jahren noch bei seiner Mutter zu wohnen, hielt er den Mann nicht für grundlos gewalttätig. Seiner Meinung nach hatte Fletcher in den zurückliegenden Jahren seinen angestauten Frust über den Verlust des Vaters auf diese Weise ausgelebt.

»Herr Fletcher, Sie wissen, warum Sie hier sind?«, fragte ihn Habich und klappte die vor ihm liegende Akte zu.

Fletcher nickte. »Ich weiß, dass Sie Zeugen suchen, wegen des toten jungen Mädchens. Aber was Sie jetzt genau von mir oder überhaupt von uns Taxifahrern wollen, das weiß ich nicht.«

»Es ist richtig, dass wir Sie als Zeugen befragen wollen«, bestätigte der Hauptkommissar und erklärte: »Wir vermuten, dass die junge Frau mit einem Taxi nachhause fahren wollte.« Habich korrigierte sich. »Nein, wir wissen, dass sie ein Taxi bestellt hat, und nun suchen wir den Fahrer.«

»Wir wurden doch schon von den Uniformierten vernommen.«

»Leider müssen wir die Sache etwas weiter vertiefen. Möglicherweise wurden Dinge übersehen oder Sie können sich vielleicht im Nachhinein an das eine oder andere zusätzliche Detail erinnern, was uns von Nutzen sein könnte.«

»Na gut, dann fragen Sie.«

»Können Sie sich noch an die Nacht vom 28. auf den 29. Oktober erinnern? Sie haben beim ersten Mal eine Aussage gemacht, dass Sie nach fünf Uhr in der Frühe zu einer Adresse in die Ernst-Reuter-Straße gerufen wurden, bei der Sie keinen Fahrgast vorfanden.«

Fletcher überlegte kurz und nickte dann. »Stimmt! Das war für mich eine Leerfahrt.«

»Sie haben weiterhin ausgesagt, kein anderes Fahrzeug dort gesehen zu haben.«

Wieder ein kurzes Zögern, dann erneutes Nicken. »Auch das ist richtig!«

»Fällt Ihnen vielleicht heute noch irgendwas dazu ein, was Sie damals vergessen haben?«

Es entstand eine kurze Pause, in der Fletcher zu überlegen schien. Dann brummte er kopfschüttelnd etwas, das wie ein »Nein« klang.

»Wissen Sie noch, wie viele Taxis zu der Zeit im Dienst waren?«

»Nicht mehr als drei oder vier Fahrzeuge, würde ich mal behaupten. So genau lässt sich das nie sagen. Manche machen Feierabend und verschwinden einfach, wenn es ruhiger wird, andere tauchen dafür plötzlich auf. Es gibt bei uns keine festen Arbeitszeiten.«

»Können Sie sich erinnern, wer zu der Zeit noch da war?«

»Hmm! Ich glaube, Theo, Jawad, der Pakistani, und Erhard. Mehr fallen mir jetzt nicht ein.«

Habich sah auf seine Liste mit den Fahrern, die an allen drei Wochenenden, an denen die Opfer verschwunden waren, Dienst gehabt hatten.

»Sie meinen sicherlich Theodor Krafft, Jawad Ahmadzai und Erhard Brückner.«

»Genau! Das sind die drei. Wie Jawad mit Nachnamen heißt ‚weiß ich nicht.«

»Was war mit einem Fahrer namens Alberto Carnello, war der auch noch da?«

»Ich kann mich entsinnen, dass er gefahren ist, aber nicht, wie lange.«

»Aber es wäre theoretisch möglich gewesen, dass er noch anwesend war.«

»Nun, manche von uns werden auch direkt angerufen und haben private Fahrten, die nicht über die Zentrale und damit über den Funk laufen. Dann bekommen das die anderen nicht mit. Also ja, durchaus möglich, dass Carnello noch unterwegs war.«

»Okay! Eine ganz andere Frage: Ein fremdes Taxi, das nicht nach Kitzingen gehört, wäre Ihnen das aufgefallen?«

Stirnrunzelnd blickte Fletcher auf den Kommissar. »Wie darf ich das verstehen?«

»Nun, dass Sie doch sicherlich auf ein ortsfremdes Taxi mit auswärtigem Kennzeichen aufmerksam geworden wären, oder?«

»Denkbar schon, aber das ist nichts Ungewöhnliches. Es sind auch nachts immer wieder mal Taxis bei uns unterwegs, die aus Würzburg, Schweinfurt oder Neustadt an der Aisch kommen, hier Fahrgäste ausladen und wieder verschwinden. Gut, ich registriere das vielleicht, habe aber kein Augenmerk darauf, weil es keine Besonderheit ist. Ich weiß nicht, worauf Sie hinauswollen.«

»Also könnte theoretisch auch ein fremdes Taxi einen Fahrgast einladen.«

»Rein theoretisch ist das durchaus möglich.«

Hauptkommissar Habich merkte, dass er nicht weiterkam, und winkte ab. »Lassen wir das vorerst. Kommen wir mal zum ersten Augustwochenende vor drei Jahren, da war Sulzfelder Weinfest. Können Sie sich noch daran erinnern?«

»Was soll da gewesen sein?«

»Auch damals hat es ein Opfer gegeben. Ebenfalls eine junge Frau, die danach tot aufgefunden wurde.«

»Ach ja, ich weiß, von was Sie sprechen. Die Tote am Repperndorfer Sportplatz.«

Ohne auf Fletchers Bemerkung einzugehen, fuhr Habich fort: »Hierzu suchen wir auch ein Taxi, in das die Frau eingestiegen sein soll. Laut den Unterlagen Ihres Chefs waren Sie an dem Wochenende ebenfalls im Dienst.«

»Du meine Güte! Herr Kommissar, wissen Sie, wie es an einem Weinfest zugeht? Hauptsächlich zum Ende hin wollen viele Leute eine Fahrgelegenheit, um nachhause zu kommen ... Da sind wir teilweise pausenlos im Einsatz ... Da kommt Anruf auf Anruf ... Aber an die wenigsten Fahrgäste kann man sich im Nachhinein erinnern ... Außer an die, die unangenehm aufgefallen sind … Betrunkene und Krakeeler halt.« Fletcher machte eine kurze Pause. »Von allen anderen, die in mein Taxi steigen, kann ich mir keine Gesichter merken. Wenigstens mir geht es so. Ich habe diese Menschen größtenteils am nächsten Tag vergessen. Wie gesagt nur die, die irgendwelche bleibenden Eindrücke hinterlassen, hat man noch eine Zeitlang im Gedächtnis …«

»Das bedeutet wohl, dass Sie auch nicht mehr wissen, wer an diesen Tagen alles gefahren ist?«

»Tut mir leid, damit kann ich nicht dienen. An den Wochenenden fahren oftmals Aushilfen auf 450-Euro-Basis und die festen Fahrer wechseln sich ab, damit man auch mal freie Wochenenden hat.«

»Wie lange sind Sie eigentlich schon bei Segert?«

»So etwa zwölf Jahre.«

»Wenn Sie sich nicht mehr drei Jahre zurückerinnern, hat es wohl wenig Sinn, Sie nach früheren Zeiträumen zu befragen, oder?«

»Wie viel früher?«

»Das Ereignis müsste so etwa acht Jahre zurückliegen.«

Fletcher lachte. »Wo denken Sie hin. Hat es da auch etwas gegeben?«

»Ja, einen weiteren unaufgeklärten Mord.«

»Und da brauchen Sie ein weiteres Mal Taxifahrer als Zeugen?« Wieder lachte der kräftige Halbamerikaner. »Sollen wir jetzt mithelfen alle ungeklärten Mordfälle zu lösen?« Dann bewies er plötzlich Scharfsinn. »Nun mal Butter bei die Fische, Herr Hauptkommissar. Sie suchen doch einen von uns, oder nicht?«

»Bisher suchen wir nur Zeugen«, wich Habich aus. Dann wurde er etwas ungehalten. »Übrigens ist es so gedacht, dass ich hier die Fragen stelle, und Sie sollen sie beantworten und nicht andersherum.« Dann kam ihm eine Idee.

»Damals war Heribert Segert noch der Chef, als Sie anfingen. Wie war der so?«

»Hmm! Er war schon ein bisschen ...« Fletcher zögerte mit der Antwort. »... ein bisschen ... Ja wie soll ich mich ausdrücken ... seltsam, skurril oder so. Segert sprach wenig und war meistens in sich gekehrt. Wenn er etwas sagte, bezog er immer wieder bei bestimmten Bemerkungen seine Frau mit ein, obwohl Frau Segert zu der Zeit ja schon länger vermisst wurde ...«

»Waren die Äußerungen über seine Frau positiv oder negativ?«

»Man merkte, dass sie ihm sehr fehlte. Er sprach immer liebevoll von ihr und so, dass man meinte, sie müsse gleich wieder auftauchen.«

»Wie muss ich mir das vorstellen? Haben Sie Beispiele?«

»Nun, zum Beispiel sagte er oft ›Helga würde das auch begrüßen‹ und ›ganz in Helgas Sinne‹ oder so ähnlich. Ich denke, der alte Segert hat das Verschwinden seiner Frau nie verkraftet.«

Habichs letzte Fragen hatten eigentlich mehr mit Rautners Fall zu tun als mit dem der toten Frauen, aber etwas Unterstützung für Chris konnte ja nicht schaden, darum bohrte er weiter.

»Wie verhielten sich denn die Kinder? Haben Sie da etwas bemerkt?«

Irritiert erkundigte sich Fletcher: »Was hat das denn alles mit Ihrer Zeugensuche zu tun?«

»Sie müssen schon mir überlassen, welche Fragen ich stelle, schließlich hat die ganze Familie, außer dem alten Segert und Frau Wissmann, einen Taxischein«, wies Habich sein Gegenüber zurecht.

»Bertram hat sich nichts anmerken lassen und der Jüngere, denn habe ich kaum gesehen.«

»Und wie gab sich Alfred, der Bruder der Verschwundenen?«

»Der wirkte immer sehr mitgenommen, wenn das Thema zur Sprache kam. Aber als ich anfing bei Segert zu fahren, lag das Ereignis ja schon rund drei Jahre zurück.«

»Vorher waren Sie bei …«

»Bei Taxi Koch. Aber die haben aus Altersgründen aufgehört und es waren keine Nachkommen da, die das Geschäft weiterführen konnten.«

An der Stelle brach der Hauptkommissar seine Befragung ab. Sowohl in seinem als auch in Rautners Fall, war er keinen Schritt weitergekommen.

Fletcher wollte sich gerade erheben, als Habich doch noch eine Frage stellte: »Sie waren zweimal verheiratet, ist das richtig?«

»Gehört das hierher? Warum wollen Sie das wissen?«

»Tut nichts zur Sache. Nur mal so.«

»Ja! Ich habe zwei kläglich gescheiterte Versuche mit dem weiblichen Geschlecht hinter mir.« Dann begann er zu grinsen. »Ach, Sie meinen, weil ich bei meiner Mutter wohne.« Habich sah ihn erwartungsvoll an. »Tja, die zwei Scheidungen haben Geld gekostet. Danach konnte ich mir erst mal keine eigene Bude leisten. Meine Mutter hat eine große Eigentumswohnung und reichlich Platz. Und da war es für mich hilfreich, dort mietfrei unterzukommen. War's das?«

»Nein!« Dem Hauptkommissar war ein weiterer Gedanke gekommen. »Lassen Sie uns ein letztes Mal auf die Samstagnacht vor vierzehn Tagen kommen. War bei den Fahrern, die an diesem Abend Dienst hatten, auch Peter Lackner dabei?«

Fletcher dachte kurz nach, dann schüttelte er den Kopf.

»Am Tag zuvor ist er gefahren, dass weiß ich genau, aber am Samstag meine ich, ihnen nicht gesehen zu haben. Tut mir leid, ich bin mir nicht ganz sicher.«

Mit einem wortlosen Nicken entließ ihn Habich.

Im Anschluss saßen der Hauptkommissar und Jasmin einem weiteren Verdachtskandidaten, Theodor Krafft, gegenüber. Der Vierzigjährige war verheiratet, aber kinderlos, entnahmen die beiden ihren Notizen, ansonsten gab es bei ihm keine Auffälligkeiten. Wohnhaft war er in Mainstockheim. Ein Teil seiner Nachbarn bezeichnete ihn als ruhig, der andere Teil als zurückhaltend, aber alle als sehr fleißig. Mit seinem Bruder zusammen bewirtschaftete er in den Weinlagen seiner Heimatgemeinde knapp einen Hektar Weinberg im Nebenerwerb und fuhr ansonsten Taxi, wenn es seine Zeit erlaubte. Weder zum aktuellen Fall noch zu den Altfällen konnte der Befragte neue sachdienliche Hinweise geben. Krafft war ein schmächtiger wortkarger Mann, aus dessen Mund nur spärliche Antworten kamen. Seine häufigsten Wörter waren »Ja«, »Nein« oder »Weiß nicht«. Auch er arbeitete in Teilzeit für Segert, aber erst seit fünf Jahren, seit der Junior das Geschäft übernommen und erweitert hatte. Vorher war er für Taxi Köhler gefahren. Bis auf sein verschlossenes Wesen fanden Theo und Jasmin keine Anhaltspunkte, die irgendwelche Verdachtsmomente hätten liefern können.

Als Nächstes nahmen sie sich Erhard Brückner und den gebürtigen Italiener Alberto Carnello vor.

Brückner war, nach Habichs Eindruck zum Ende der Befragung, derjenige, der am wenigsten für die Taten infrage kam. Hierbei ließ sich Habich von seinem Gefühl leiten, das während des Gespräches entstand. Ganz von der Liste der Verdächtigen wollte er ihn jedoch nicht streichen. Der korpulente Vierundsechzigjährige wirkte völlig entspannt.

Mit über seinem Bauchansatz gefalteten Händen harrte er der Dinge. Laut seiner eigenen Aussage war er nur noch auf seinen bevorstehenden Ruhestand fixiert, der in einem halben Jahr beginnen sollte. Ruhig und gelassen beantwortete er alle Fragen des Hauptkommissars, obwohl er schon alles bei Habichs Kollegen zu Protokoll gegeben hatte. Auch von ihm war nichts Neues zu erfahren. Seine Vermutung hinsichtlich der Verdächtigungen gegen Taxifahrer gingen in die gleiche Richtung wie bei Fletcher. Das bestätigte er mit seiner Äußerung »Sollten Sie in Erwägung ziehen, dass die Taten von einem von uns begangen wurden, so sind Sie auf dem Holzweg«. Ein weiteres Mal äußerte Habich, dass man nur Zeugen suchen würde. Dabei klang ihm das Argument selbst abgedroschen und billig in den Ohren. In Wirklichkeit waren es Verdächtige, die er aber offiziell noch nicht so bezeichnen wollte und konnte. Genauso wie Fletcher war auch Brückner bei Habichs abschließender Frage der Meinung, dass Lackner an dem besagten Abend, um den es ging, nicht gefahren sei. Zumindest habe er ihn nicht gesehen, sagte Brückner aus.

Das genaue Gegenteil von Krafft und Brückner war der temperamentvolle Alberto Carnello. Er erzählte, dass er vor 34 Jahren mit seinen Eltern und seinem Bruder nach Deutschland gekommen war, wo sein Vater wenige Jahre später eine eigene Pizzeria eröffnet hatte, die sein Bruder nun führte. Sein Verhalten konnte man weder als wortkarg noch als gelassen bezeichnen. Er sprach akzentfreies Deutsch, da er hier in Deutschland die gesamte Schule durchlaufen hatte. Das bedeutete aber nicht, dass er nicht auf Italienisch fluchen und schimpfen konnte. So zumindest kam es den beiden Kommissaren vor, wenn ihm Worte oder Sätze in seiner Muttersprache über die Lippen kamen.

Zuerst mal war er ungehalten, sein freies Wochenende auf dem Polizeirevier verbringen zu müssen anstatt mit seiner Familie. Zudem fühlte auch er sich wie ein Verdächtiger behandelt. Jasmin versuchte ihm die Notwendigkeit der Vorladung zu erklären, worauf sich Carnello langsam beruhigte. Dafür versuchte er nach geraumer Zeit mit der Kommissarin zu flirten, was Jasmin mit deutlichen Worten unterband. Er entpuppte sich dabei als ein kleiner Schürzenjäger, der zwar von seiner Frau und seinen beiden *Bambini* schwärmte, aber anderen Frauen gegenüber nicht abgeneigt zu sein schien. Viel mehr als bei der ersten Befragung war aber auch bei ihm nicht zu erfahren.

Als letzter Kandidat kam Jawad Ahmadzai dran. Geduldig hatte er im Flur gewartet, bis er an der Reihe war. Warten, Hartnäckigkeit und Geduld habe er gelernt, als es damals um sein Asylverfahren ging, erzählte Ahmadzai, als Habich sich bei ihm für die lange Wartezeit entschuldigte. Aus den Akten erfuhr der Hauptkommissar Einzelheiten über Ahmadzais Leben. Der Afghane war vor gut 20 Jahren als junger Mann nach Deutschland gekommen und hatte Asyl beantragt. Sowohl er als auch sein Vater waren in ihrer Heimat politisch engagiert gewesen. Die Taliban hatten seinen Vater und seine Mutter ermordet und seine Schwestern verschleppt, nur er konnte fliehen. Jawad Ahmadzai erhielt auf Grund dessen ein dauerhaftes Aufenthaltsrecht. Während der ersten Monate hier im Land lernte er eine afghanische Flüchtlingsfamilie und deren Tochter kennen. Zwei Jahre später heirateten sie. Seit fast 15 Jahren fuhr er Taxi. Zuerst in Würzburg und später in Kitzingen. Auch dieses Mal verlief die Vernehmung ergebnislos. Ahmadzai konnte keine neuen Details seiner ersten Aussage hinzufügen, genauso wenig, wie er sagen konnte, ob Lackner an diesem Abend gefahren war oder nicht.

Selbst die in dieser Nacht diensthabende Dame von der Zentrale, die ein uniformierter Kollege befragt hatte, war sich bei der Frage nach Peter Lackner nicht sicher.

Nach den fünf Befragungen saßen Jasmin und Habich nicht gerade hoffnungsvoll in ihrem Büro.

»Und, wie ist dein Eindruck?«, wollte der Hauptkommissar von Jasmin wissen.

»Ehrlich?«

»Natürlich!«

»Niederschmetternd!«

»Warum?«

»Sowohl ihre Aussagen als auch ihr Hintergrund bieten bei keinem der fünfen ein Motiv oder irgendeinen sonstigen Auslöser für die Taten.«

Habich nickte schwer atmend und seufzte. »So geht es mir auch. Sollten wir total falsch liegen? Haben wir etwas übersehen?« Halb zu sich selbst und halb an Jasmin gewandt murmelte er in Gedanken: »Ermitteln wir in die völlig falsche Richtung? Müssen wir unsere Ansätze neu überdenken?«

»Welche andere Richtung meinst du?«

»Dass es vielleicht nichts mit einem Taxi zu tun hat und die jungen Frauen zufällig ausgewählt wurden. Bisher haben wir keine Zusammenhänge oder Gemeinsamkeiten zwischen den drei Opfern gefunden.«

»Meinst du damit auch mehrere Täter?«

»Das eigentlich weniger.« Theo schüttelte den Kopf. »An der Theorie, die mir auch Frau Doktor Wollner bestätigt hat, halte ich eigentlich fest «

Ein Klingelton unterbrach das Gespräch. Der Anruf kam vom Erkennungsdienst, der inzwischen die Fingerabdrücke der Leiche aus der Gerichtsmedizin bekommen und ausgewertet hatte.

»Der Tote ist hundertprozentig Peter Lackner«, bestätigte der Kollege am anderen Ende.

»Lackner können wir definitiv von unserer Liste streichen«, sagte Habich, nachdem er aufgelegt hatte, »die Leiche ist identifiziert.«

»Er ist es also?«

Der Hauptkommissar nickte. »Ja, leider! Jetzt gilt es abzuwarten, was die Gerichtsmedizin herausfindet.«

»Wie lässt sich dieser neue Mord in unseren Fall einordnen?«

»Vorsicht! Erst mal abwarten, ob es ein Mord war. Genauso wenig, wie sicher ist, dass das aktuelle Ereignis mit unserem Fall zu tun hat.«

Jasmin fragte verwundert: »Zweifelst du daran? Wie soll er sonst mit der Verwundung in den Kofferraum seines eigenen Wagens gekommen sein? Zudem wäre es ein großer Zufall, wenn gerade der Tod unseres so dringend Gesuchten nichts mit den restlichen Morden zu tun hätte.«

»Im Prinzip ist gegen deine Schlussfolgerung nichts einzuwenden, aber sie ist noch nicht offiziell.« Das Stirnrunzeln Jasmins nötigte ihn zu einer weiteren Erklärung. »Solange die Umstände seines Todes nicht zweifelsfrei von unserem Gerichtsmediziner festgestellt wurden, ist alles Spekulation. Also können wir zum derzeitigen Zeitpunkt nichts ausschließen.«

»Okay! Theoretisch hast du Recht, aber glaubst du an etwas anderes als Mord?«

Mit der Hand fuhr sich der Hauptkommissar über das Gesicht. Erneut kam ein Seufzer aus seiner Brust.

»Eigentlich nicht. Nur ist das im Moment meine kleinste Sorge«, gestand Habich. »Ich muss zu Kriminaloberrat Schössler und ihn auf den neuesten Stand unserer Ermittlungen bringen«, stöhnte er. »Und unser neuester Stand ist der alte

Stand. Es gibt keinerlei Fortschritte zu vermelden. Wir treten auf der Stelle.« Er erhob sich. »Dann will ich mal unseren Chef ins Bild setzen.«

Eine halbe Stunde später tauchte Habich wieder auf. Abschätzend sah Jasmin ihn an, um von seinem Gesicht abzulesen, wie die Unterhaltung mit Schössler gelaufen war. Der zusammengepresste Mund und die Stirnfalten bedeuteten nichts Gutes, war Jasmins erster Eindruck. Ihre Blicke trafen sich. Erwartungsvoll der von Jasmin, nachdenklich der von Habich.
»Wie ich es mir dachte«, unterbrach der Hauptkommissar die Stille. »Schössler war nicht gerade begeistert über die fehlenden Fortschritte. Und jetzt noch ein neues Opfer. Aber die Sonderkommission bleibt weiterhin bestehen. Wir können so viel Leute einsetzen, wie wir brauchen. Einerseits müssen wir mal abwarten, ob Berbakowski irgendetwas herausbekommen kann, und dann werden wir noch eine Aktion starten. Morgen, am Sonntag, wo die meisten Leute bei dem schlechten Wetter zuhause sein dürften, werden wir einen Großeinsatz in der Ernst-Reuter-Straße durchführen, wo Tanja Böhmert zuletzt war. Wir klappern die ganzen Hochhäuser dort ab, ob nicht jemand zufällig am 29. Oktober in der Frühe das Mordopfer gesehen hat oder sogar, wie sie in ein Auto stieg.« Habichs ausgestreckter Zeigefinger deutete abwechselnd auf sich selbst und dann auf die junge Kommissarin. Gleichzeitig sagte er: »Wir beide werden den Einsatz morgen koordinieren und sämtliche Informationen sammeln und auswerten. Alle, die an der Aktion teilnehmen, bekommen ein Bild von Tanja Böhmert und Lackners Auto zum Vorzeigen. Vielleicht hat jemand die junge Frau oder auch den Wagen zufällig gesehen und kann sich erinnern. Du sagst den Kollegen Bescheid, was ihnen bevorsteht. Wir treffen uns morgen früh um neun Uhr

in der Kitzinger Polizeidienststelle, da wir von dort personelle Verstärkung für den Einsatz bekommen.« Habich sah auf die Uhr und erhob sich. »Ich werde jetzt unseren Gerichtsmediziner in Schwung bringen. Mal sehen, ob er schon Ergebnisse hat.« Mit diesen Worten stürmte er aus den Diensträumen.

Zielstrebig schritt Habich in der Rechtsmedizin auf den Raum zu, in dem alle Leichen landeten, die den Weg hierher fanden. Das Bild, das sich ihm bot, war die bäuchlings liegende nackte Leiche auf dem Seziertisch und dahinter der Doktor in einem blauen Kittel und Einweggummihandschuhen. Er war über den Toten gebeugt und inspizierte mit Lupe und Pinzette die Kopfwunde. Beim Eintritt hob der grauhaarige Mediziner den Blick und beäugte Habich über den Rand seiner Brille.

»Wie immer von der schnellen Truppe. Sie können es einfach nicht abwarten, bis Sie meinen Bericht bekommen«, sagte der Doc leicht genervt.

»Wie immer brennt uns die Zeit unter den Nägeln«, entgegnete Habich ungerührt. »Ihre Patienten halten still, die Gauner und Verbrecher leider nicht.«

Es war ein altes Ritual, das die beiden praktizierten. Seitdem Habich bei der Kripo war und seitdem er den Gerichtsmediziner wegen irgendwas hatte aufsuchen müssen, verlief die Begrüßung stets nach dem gleichen Muster. Der Doc empfing ihn mit Murren wegen Habichs Ungeduld, dieser konterte jedes Mal. Ein bisschen hatte dem Hauptkommissar der kleine Disput gefehlt, seit der Doc vor einem Jahr in Rente gegangen war. Sein vorläufiger Vertreter war humorlos und wortkarg gewesen, bis ... Ja, bis die Neue gekommen war. Angenehm erregt dachte er an das hübsche Gesicht und die attraktive Erscheinung von Dorothea Wollner, der neuen Rechtsmedizinerin. Habich unterdrückte seine Gedanken und konzentrierte sich auf den Mediziner, der seine Untersuchung fortsetzte.

»Haben Sie schon neue Erkenntnisse? Todesart, Todeszeitpunkt und so weiter«, ließ der Hauptkommissar nicht locker.

Derweil hantierte sein Gegenüber, durch eine Lupe schauend, mit einer Pinzette in der Kopfwunde herum. Er holte mehrere winzige Teile heraus und legte sie in eine kleine Schale. Mit der Schale in der Hand wandte er sich um und kehrte dem Hauptkommissar den Rücken zu. Auf einem Arbeitstisch befand sich ein Mikroskop unter welches er das Behältnis mit den winzigen Teilchen stellte. Ohne sich von seinem Besucher beirren zu lassen, setzte er sich auf einen Drehstuhl, schob seine Brille auf die Stirn und betrachtete den Fund ausgiebig durch das Mikroskop. Erst nach einem endlos erscheinenden Zeitraum drehte er sich schwungvoll auf seinem Stuhl herum.

»Also, dann will ich Sie mal nicht dumm sterben lassen. Der Mann hier ist schon zirka vierzehn Tage tot. Wie man unschwer erkennen kann, gewaltsam ums Leben gekommen, aber …«. Der Doktor hob den Zeigefinger. »… nicht durch die Wunde an seinem Kopf …«

»Wie dann? Ich sehe keine anderen Verletzungen …«

»Aber ich! Das ist der Unterschied zwischen Ihnen und mir«, frotzelte der alte Mediziner, »mir erzählt der Tote mehr als Ihnen.«

»Na, dann lassen Sie mal hören. Wie ist er umgekommen?«

»Er wurde erdrosselt.« Der Doktor ging wieder zur Leiche und zeigte auf den Hals. »Hier auf der Haut haben wir eindeutige Merkmale eines Seils, mit dem man ihm die Luft abgeschnürt hat.«

»Ich vermute, der Schlag machte ihn aber zumindest bewusstlos.«

»Davon kann man ausgehen.«

Habich stieß einen leisen Pfiff aus. »Die Tötungsart geschah danach genau wie bei den Frauen, nur nicht mit einem Seidenschal oder Gürtel. Lässt sich das Seil näher bestimmen?«

»Wenn überhaupt, dann können Ihnen die Kriminaltechniker weiterhelfen. Ich habe ihnen Fotos der Strangulationsabdrücke geschickt. Außerdem habe ich kleine Fasern gefunden, die ich auch an die Kollegen weitergegeben habe.«

»Was ist mit der Wunde am Kopf? Sie haben doch dort auch etwas entdeckt?«

»Sehr richtig!«. Der Gerichtsmediziner nickte. »Ich vermute, es sind Partikel von Rost und anderen Substanzen.« Er hob das Schälchen mit den verschiedenen winzigen Teilchen in die Höhe. »Aber das muss noch analysiert werden.«

»Könnten die Substanzen von der Waffe stammen, mit der der Tote niedergeschlagen wurde?«

»Das wäre durchaus denkbar.«

»Irgendeine Ahnung, um was es sich bei der Waffe handelt?«

»Nein, bisher nicht die geringste.« Der Doc schüttelte den Kopf. »Dazu muss ich unserem Opfer an dieser Stelle den Schädel rasieren, um die genaue Form der Wunde zu erkennen und vielleicht bestimmen zu können. Sie sehen, ich bin noch lange nicht fertig. Das, was ich bis jetzt weiß, haben Sie erfahren, alles andere lesen Sie später in meinem Bericht.«

Der Hauptkommissar erkannte die versteckte Aufforderung an ihn, sich gefälligst zu entfernen. Dem kam er auch unverzüglich nach, nachdem er sich für die Vorabinformation bedankt hatte. Überrascht schaute ihm der betagte Mediziner erneut über den Rand seiner Brille nach und brummte: »Was ist denn in den gefahren? Bedanken! Das hat er sonst nie gemacht. Hat ihm die Neue scheinbar schon Manieren beigebracht.« Schmunzelnd wandte er sich wieder dem Toten zu.

Ortskenntnisse

Nachdem Jasmin durch den Anruf zu so früher Stunde aus dem Bett geholt worden war, hatte Jan sich noch einmal umgedreht und weitergeschlafen. Gegen 8.30 Uhr wurde er erneut wach und entschloss sich eine halbe Stunde später endlich aufzustehen. Ein Blick in den Kühlschrank sagte ihm, dass es um sein Frühstück schlecht bestellt war, ein trostloser Anblick empfing ihn. Neben zwei Joghurtbechern fristeten darin lediglich zwei überreife Tomaten, eine in Ansätzen runzelige Paprika, zwei Scheiben Käse, die vor sich hin gammelten, und ein Becher Streichbutter ihr trauriges Dasein. Seufzend schloss Berbakowski die Kühlschranktür und zog sich an. Er würde wohl oder übel aus dem Haus müssen, wenn er nicht auf sein Frühstück verzichten wollte. Gegen einen Verzicht der Nahrungsaufnahme sträubte sich sein knurrender Magen vehement. Nun musste die nächste Entscheidung fallen: auswärts frühstücken oder einkaufen. Jan entschied sich für die zweite Variante, sonst stünde er morgen früh wieder vor dem gleichen Problem, und schließlich würde sein Aufenthalt ein paar Tage dauern. Aus dem Kofferraum seines Wagens holte er sein Fahrrad, zog seinen Rucksack über und radelte los. Mit diesem Rucksack voller Lebensmittel kam er eine halbe Stunde später wieder zurück, entsorgte die alten Sachen aus dem Kühlschrank und füllte ihn mit den neu eingekauften Waren. In der Zwischenzeit lief der Kaffee durch die Maschine und verbreitete einen angenehmen Duft. Jan genoss das Röstaroma in der Nase, während er den Tisch für sich deckte. Dann gönnte er sich ein ausgiebiges Frühstück mit frischen Brötchen, Marmelade, mehreren Scheiben Wurst und zum Abschluss herzhaftem Käse.

Während seiner Mahlzeit warf er hin und wieder einen ersten Blick auf eine Auflistung, die ihm Kriminaloberrat Schössler besorgt hatte. Es handelte sich dabei um sämtliche Straßennamen von Kitzingen und seinen Stadtteilen in alphabetischer Reihenfolge, von der *Adalbert-Stifter-Straße* bis *Zum Oberbäumle*. Zu jeder Straße fand er dahinter eine Erklärung, zu welchem Gebiet (Siedlung, Hoheim, Etwashausen ...) diese gehörte und die daran angrenzenden Straßen. Als für ihn hilfreich erwies sich zudem Google Maps, wo er zusätzlich das Stadtgebiet von Kitzingen aufrief und anhand der Karte die Straßennamen suchte. Er verbrachte den Vormittag und den halben Nachmittag damit, die Namen zu büffeln und anschließend ihre Position auf der Karte nachzuvollziehen. Dann war sein Lernwille aufgebraucht und er rief Jasmin an.

»Hey, was machst du gerade?«

»Schreibarbeit. Wir haben unsere Befragungen abgeschlossen und ich aktualisiere die Unterlagen. Und wie kommst du voran?«

»Mir brummt der Schädel vor lauter Straßennamen.«

Jasmin musste lachen. »Ich werde dich heute Abend abfragen.«

»Oje! Drohst du mir?«, erkundigte sich Jan scherzhaft.

»Nein, ich will dich nur vorwarnen.«

»Na gut, komm erst mal nachhause, dann werden wir sehen. Aber etwas anderes ist mir eingefallen. Es wäre nicht schlecht, wenn ich wüsste, auf welche Taxifahrer ich mein Augenmerk richten soll. Kannst du mir über eure Hauptkandidaten Informationen besorgen? Mich in die Fallakte einzulesen wäre nicht schlecht.«

»Ich kümmere mich darum. Werde sehen, was sich machen lässt. Ich muss weitermachen. Wir sehen uns später.« Jasmin beendete das Gespräch in dem Moment, als Habich von seiner Besprechung mit dem Kriminaloberrat zurückkam.

Beide Versprechen machte Jasmin wahr. Sie brachte Berbakowski Kopien der Unterlagen mit, die sie über den Fall und die fünf Taxifahrer angelegt hatten, und sie überprüfte Jans erlernte Ortskenntnisse. »Das muss noch besser werden«, kritisierte sie seine Büffelei grinsend in Schulmeistermanier.

Der Sonntag sollte wettertechnisch gar nicht so schlecht werden, gab Radio Charivari Würzburg bekannt. Während Berbakowski den Vorhersagen beim Frühstück lauschte, war Jasmin gerade in Kitzingen dabei, die uniformierten Kollegen auf die großangelegte Befragung in der Ernst-Reuter-Straße einzuweisen.

Der Hauptkommissar vom LKA hatte die Kitzinger Straßenliste neben sich liegen, als ihm beim Biss in sein Marmeladenbrötchen eine Idee kam. Bisher hatte er nur in der Theorie gelernt, warum nicht auch in der Praxis. Der Wetterbericht sagte zwar nur einstellige Temperaturen voraus, dafür sollte es aber trocken bleiben und es gab sogar die Aussicht auf Auflockerungen in der Wolkendecke, also beste Voraussetzungen für eine Aktivität an der frischen Luft. Warum sollte er sich nicht sportlich betätigen und gleichzeitig dabei lernen? Eine Radtour nach Kitzingen und dann ein bisschen quer durch die Stadt fahren, quasi *learning by doing*, erschien Berbakowski gar nicht so verkehrt. Nach wenigen Augenblicken stand sein Entschluss fest und eine halbe Stunde später radelte er mit seinem Mountainbike los. Er nahm den Weg am Main entlang. Über Randersacker, Giebelstadt und Sommerhausen erreichte er Ochsenfurt. Dort überquerte er den Fluss, um nach Marktbreit, Marktsteft und schließlich nach Kitzingen zu gelangen. Bei der Stelle, wo man Lackners Auto mitsamt seiner Leiche gefunden hatte, machte Berbakowski einen kurzen Stopp, sah sich den Fundort an und Schritt die Strecke vom Radweg zum Wasser ab. Die Blicke anderer Radfahrer, als er über das Polizeiabsperrband stieg, ignorierte er. Etwas zu finden hoffte der Hauptkommissar nicht, die Spurensicherung war sicherlich gründlich gewesen, aber der Mann vom LKA wollte sich selbst ein Bild machen.

Eine Zeitlang später stieg er wieder auf sein Zweirad. Gegenüber dem Radfahrweg, auf der anderen Seite der Straße, lag der Ort Hohenfeld. Jan erinnerte sich, dass er dort bei dem Taxiunternehmen Segert morgen früh vorstellig werden sollte. Warum nicht schon heute mal einen Blick riskieren, schoss es ihm durch den Kopf. Kurzentschlossen bog er vom Weg ab und überquerte die Straße. Dabei fiel ihm ein, dass er die genaue Adresse nicht wusste. Die lag in Jasmins Wohnung bei den Unterlagen. Aber das Glück war ihm hold. Auf der Marktstefter Straße begegnete ihm ein Paar, das er ansprach und nach der Familie Segert fragte. Der Mann erklärte ihm, wie er fahren musste, und Jan nahm den Anstieg den Hügel hinauf durch das Wohngebiet in Angriff.

Schweratmend erreichte er das Anwesen, stieg vom Fahrrad und riskierte einen Blick in den Hof hinein. Um nicht aufzufallen, gab er sich, als wenn er eine kleine Verschnaufpause einlegen müsste. Er trank aus seiner Wasserflasche, während er seine Blicke über den Hof wandern ließ. Im gleichen Augenblick kam eine bildhübsche blonde junge Frau, Jan schätzte sie auf Ende zwanzig, eiligen Schrittes aus dem Haus. Ihr folgte ein sportlich schlanker junger Mann, der auf sie einzureden schien. Der junge Mann holte die Frau ein und hielt sie am Arm fest. Wie zwei Kampfhähne standen die beiden voreinander. Es entstand ein Streitgespräch, von den der Hauptkommissar jedoch keine Silbe verstand, dazu war er zu weit entfernt. Es war aber eindeutig, dass die junge Frau sauer oder verärgert war und der Typ sie beschwichtigen wollte oder Erklärungen abgab. Sie riss sich los, bestieg einen VW Beetle, der im Hof parkte, und knallte die Fahrertür zu. Gleich darauf startete sie das Fahrzeug und gab Gas. Der gestikulierende Mann, der ihr gefolgt war, blieb stehen und sah resigniert dem weißen Wagen hinterher. Dabei hatte es den Anschein, als wenn er auf den Radler aufmerksam geworden wäre und diesen einen Moment beäugte, bevor er wieder im Haus verschwand. Berbakowski schwang sich auf sein Rad und fuhr weiter, nachdem der VW mit der Frau am Steuer in einem forschen Fahrstil an ihm vorbeigerauscht war. Das hatte nach einem Beziehungsstreit ausgesehen, war sich Jan sicher. Wer die beiden Personen waren, entzog sich seiner Kenntnis. Vielleicht war es ja sein zukünftiger Chef gewesen, den er auf diese Weise kennenlernen durfte. Berbakowski wusste nur, dass Segert Anfang dreißig sein musste, wie er aus seinen Unterlagen entnommen hatte.

Der Mann vom LKA sah auf seine Uhr, während er weiterfuhr. Es ging stark auf Mittag zu und sein Magen begann sich zu melden. Nach den sportlichen Anstrengungen mit entsprechendem Kalorienverbrauch war Nachschub in Form von Kohlenhydraten dringend notwendig. Jan überlegte, ob er Jasmin anrufen sollte, damit sie sich zum Essen irgendwo treffen könnten, entschied sich aber dagegen. Stattdessen machte er sich auf den Weg dorthin, wo Jasmin mit ihren Kollegen im Einsatz war. Er wollte sie überraschen und gleichzeitig war es eine gute Übung für ihn, die richtige Straße zu finden. Vorbei an dem Pavillon, wo man die dritte Frauenleiche gefunden hatte, radelte Berbakowski nach Sickershausen. Von dort aus gelangte er in die Kitzinger Siedlung und in die Ernst-Reuter-Straße. Sein Pech war, bis er dort ankam, war die großangelegte Befragung in den Hochhäusern ringsherum gerade zu Ende gegangen. Jan sah noch den letzten Streifenwagen abfahren. Sein nächster Weg führte ihn in die Innenstadt zum hiesigen Polizeirevier. Der diensthabende Polizist sah ihn ein bisschen kritisch an, als er in seinem Radler-Outfit erschien und nach den Kommissaren Habich und Blume fragte. Erst als er seinen Ausweis vom Landeskriminalamt zückte, wurde der Uniformierte dienstbeflissen. Die Nachbesprechung des beendeten Einsatzes war in vollem Gange. Sämtliche Aussagen mussten protokolliert werden.

Jasmin hob überrascht den Kopf und fragte: »Was machst du denn hier?«, als Berbakowski von dem uniformierten Kollegen in den Besprechungsraum geführt wurde. Jan sah in seiner professionellen Radfahrermontur aus, als wenn er gerade von der Tour de France käme. Er trug eine lange, eng anliegende gepolsterte Radlerhose aus Polyamid, ein Shirt vom gleichen Material, darüber eine leichte Wetterjacke, Basecap und spezielle Schuhe.

»Na was wohl, ich mache meine Hausaufgaben in der Praxis«, meinte er lächelnd.

Hauptkommissar Habich, der gerade etwas abseits ein Gespräch mit dem Leiter der Dienststelle führte, drehte sich um und nickte anerkennend. »Sportlich, sportlich, Herr Kollege!« Dann nahm er Berbakowski beiseite und raunte ihm zu: »Warum outen Sie sich als Polizist, Sie sollen doch verdeckt ermitteln!«

»Aber ich ermittle doch nicht im Milieu von Schwerverbrechern oder der Mafia. Haben Sie Angst, dass einer der Polizisten hier den Taxifahrern verrät, wer ich bin?«, antwortete Berbakowski grinsend. »Ich dachte, die Kollegen sollten wissen wer ich bin, falls ich in eine Kontrolle gerate oder zu schnell unterwegs bin.« Verschmitzt zwinkerte er Habich zu.

Der Würzburger Hauptkommissar gab sich geschlagen angesichts solcher Argumente. Er bewunderte den Nürnberger Kollegen erneut hinsichtlich dessen Frohnatur – das hatte er schon im Schwanbergfall getan – und stellte den Anwesenden den Ankömmling vor. »Das ist Hauptkommissar Berbakowski vom LKA und er hilft uns in unserem Mordfall. Falls Sie ihn demnächst am Steuer eines Taxis sehen, denken Sie sich nichts dabei. Der Hauptkommissar wird sich ein bisschen in der Taxifahrerszene umsehen.« Habich nickte bedeutungsvoll. »Sie wissen sicherlich, wie ich das meine. Darüber dringt kein Sterbenswörtchen nach draußen. Ich hoffe, das haben alle verstanden.«

Einstimmiges Kopfnicken war die Antwort.

»So, dann wäre das geklärt«, meinte Berbakowski und wandte sich an Jasmin. »Habt ihr schon einen Überblick, ob die Befragung etwas gebracht hat?«

»Nein, bisher nicht.«

»Was ›nicht‹? Noch keinen Überblick oder nichts gebracht?«

»So weit ich das bis jetzt überschauen kann, haben wir nicht viel. Die meisten Bewohner haben nichts gesehen oder gehört. Ansonsten haben wir von weißen Mäusen über rosa Elefanten bis hin zu Außerirdischen alles im Programm, was Leute gesehen haben wollen. Einer glaubt, sich an den schwarzen Astra erinnern zu können, ein anderer hat nachts ein Taxi bemerkt, aber keiner von beiden ist sich sicher, dass es in der Nacht vom 28. auf den 29. Oktober war. Es fehlen aber noch etliche Anwohner, die wir nicht angetroffen haben«, war Jasmins erstes Fazit der Aktion.

»Das ist wenig bis gar nichts«, mischte sich Habich ein. »Jetzt hoffen wir mal, dass Sie mehr Erfolg haben«, sagte er zu Berbakowski. Seine nächsten Worte richtete er an die versammelten Polizisten. »Wenn alle ihre Befragungsnotizen abgegeben haben, dann können wir für heute Schluss machen. Ich danke Ihnen für Ihre Mithilfe.«

»Gut, dann kann ich ja Mittag essen gehen. Jasmin, kommst du mit?«

»Du zahlst?«

Jan lachte. »Ja, natürlich, ich zahle.«

Die Empfehlung der Kitzinger Kollegen brachte die beiden ins Gambrinus, ein gemütliches Bistro in der Fußgängerzone. Jan bestellte ein deftiges Steak mit Beilagen und Jasmin einen Salatteller.

»Was hast du heute noch alles vor?«, erkundigte sich Jasmin, während sie sich mit der Serviette den Mund abwischte.

»Ein bisschen Kitzingen unsicher machen«, antwortete er kauend. »Ich werde noch etwas kreuz und quer durch die Stadt und die Stadtteile fahren. Kann ja nicht schaden für meinen neuen Job, oder?«, meinte Jan und schob sich einen weiteren Bissen Steak in den Mund.

»Übernimm dich nicht«, grinste Jasmin anzüglich.

»Wobei? Beim Radfahren oder beim Job?«

»Bei beidem!«

»Machst du dir Sorgen um mich?«, fragte er, legte das Besteck auf die Seite und sein Kinn auf die verschränkten Hände.

»Vielleicht! Wäre das schlimm?«

»Nein, ganz im Gegenteil. Ich finde es süß.«

»Du amüsierst dich darüber?«

»Ganz sicherlich nicht«, antwortete er ernst. Er blickte verlegen vor sich auf den halbleeren Teller. »Es ist schön, wenn sich jemand um einen Gedanken macht. Früher hat mir das alles nichts ausgemacht, aber ich glaube, ich werde alt.«

»Davon will ich aber nichts hören, ich steige doch nicht mit einem alten Mann ins Bett«, kicherte die junge Kommissarin.

»Kann ich dich dann dazu überreden, einen *alten Mann* auf eine Hochzeitsfeier zu begleiten?«

»Du meinst …, ich soll …«

»Mit mir auf die Hochzeit meines kleinen Bruders gehen.«

»Deine … deine Familie kennt mich doch gar nicht.«

»Dann wird es Zeit, dass wir das ändern. Was sagst du dazu?«

Jasmin wirkte leicht irritiert. »Das kommt jetzt ganz schön überraschend. Habe ich eine Chance, mir das zu überlegen?«

»Na klar, aber es wäre schön, wenn du ja sagst.«

»Wann ist denn der Termin?«

»Direkt an Weihnachten.«

»Ein sehr außergewöhnlicher Termin. Und da kann man heiraten?«

»Scheinbar geht es.« Jan zuckte die Schultern. »Mein Bruder hat gemeint, er wolle dieses Jahr zu Weihnachten mal was Besonderes machen. Also haben seine Verlobte und er beschlossen sich da trauen zu lassen.«

»Ach herrje, ich habe nichts Vernünftiges zum Anziehen für so ein Fest.«

»Du siehst doch in allem gut aus und …«

»Davon hast du keine Ahnung«, schnitt sie ihm das Wort ab. »In den Klamotten, die ich im Schrank habe, kann ich auf keinen Fall gehen.«

»Nun, dann gehen wir bei Gelegenheit shoppen und kaufen dir etwas Schönes. Ich brauche auch ein neues Outfit.«

Mit den Worten »Noch habe ich nicht zugesagt« beendeten sie das Thema und sie aßen schweigend fertig.

Während Jasmin mit ihrem Wagen nachhause fuhr, überquerte Berbakowski mit dem Rad noch zweimal den Main. Über die Alte Mainbrücke, vorbei an der von Balthasar Neumann errichteten Kreuzkapelle gelangte er nach Etwashausen. Der Stadtteil hatte sich durch seit dem 18. Jahrhundert existierende Gartenbaubetriebe einen Namen als Gartenvorstadt gemacht. Von da aus erkundete er die Kitzinger Siedlung, deren Straßennamen, wie die Memelland-, Posener oder Böhmerwaldstraße, an die Besiedelung nach dem Zweiten Weltkrieg durch Vertriebene erinnerten. Berbakowski fuhr bis nach Hoheim, dem östlichsten Stadtteil Kitzingens. Durch seinen Aufenthalt in der Kitzinger Polizeiinspektion und das Essen mit Jasmin war Jans Zeitplan etwas durcheinandergeraten. Zudem begann sich der Himmel wieder merklich einzutrüben, sodass Berbakowski seinen Vorsatz, zurück nach Würzburg zu radeln, aufgab. Stattdessen nahm er über die Konrad-Adenauer-Brücke den Weg zum Bahnhof. Samt Fahrrad fuhr er mit dem Zug zurück in die Großstadt am Main. Im Abteil fiel ihm ein, dass er Repperndorf, einen weiteren Stadtteil von Kitzingen, ganz außen vor gelassen hatte. Aber das war nun nicht mehr zu ändern.

Auf Jasmins Frage, als er in ihrer Wohnung ankam, »Hast du tatsächlich den ganzen Weg zurück mit dem Fahrrad gemacht?«, antwortete er verschmitzt: »Nein, ich wollte mir noch etwas Kraft und Energie für die Nacht aufsparen.«

»Haben Sie schon einmal Taxi gefahren?«, kam die Frage von Bertram Segert an sein Gegenüber. Der junge Unternehmer mit dem Aussehen eines Mitglieds einer Rockerband, schmuddelige Jeans, verknitterte Jacke, Tattoos bis zum Hals und Basecap, lümmelte lässig in seinem Ledersessel hinter dem Schreibtisch.

»Ist schon ein paar Jahre her«, gestand sein Gesprächspartner, der kein anderer als Hauptkommissar Berbakowski vom LKA war, »aber ja, ich bin schon in München Taxi gefahren.«

»Und jetzt hat es Sie in die Provinz verschlagen«, stellte der junge Segert fest.

»Na ja, was man nicht alles für die Liebe tut«, grinste Berbakowski schräg.

Die Antworten gehörten zu seiner Legende, die man sich in Würzburg auf der Dienststelle zusammen mit den Kollegen ausgedacht hatte. Aber irgendwie stimmten sie auch. Schließlich war es nicht gelogen mit seinen Taxikenntnissen, und wegen der Liebe hierher, na ja, irgendwie war das ja auch nicht ganz verkehrt, gestand sich Jan ein.

»Dann wollen wir der Liebe mal eine Chance geben. Wann könnten Sie anfangen?«

»Sofort!«

Segert nahm sein Handy zur Hand und rief jemanden an. »Wo bist du?«, fragte er und schien eine Antwort zu bekommen. »Okay, das passt. Komm hier vorbei und lerne einen neuen Kollegen an.« Ohne auf eine Antwort zu warten, beendete Bertram das Gespräch und reichte Berbakowski die Hand. »Herzlichen Glückwunsch, Sie haben den Job. Mein Onkel wird gleich mit einem Taxi vorbeikommen und Sie einweisen.« Berbakowskis neuer Chef überlegte. »Ich denke, Sie werden sich mit Erhard ein Taxi teilen.« Der fragende Blick seines neuen Mitarbeiters nötigte Segert zu einer weiteren Erklärung. »Nun, Sie werden sich mit Erhard Brückner wochenweise beim Früh- und Spätdienst abwechseln. Brückner ist unser ältester Fahrer und geht in einem halben Jahr in Rente. Vielleicht können Sie dann sein Taxi komplett übernehmen.«

»Was heißt komplett?«

Bertram lachte gequält. »Mir fehlen leider Fahrer, um alle Taxis in Doppelschichten einzusetzen.«

»Was ist mit Wochenendeinsätzen?«

»Jederzeit gerne, wenn Sie möchten, aber bitte mit Absprache. Samstags und sonntags versuche ich verstärkt mit Aushilfen zu arbeiten, damit meine Fahrer auch freie Wochenenden haben. Wenn Sie natürlich unbedingt fahren wollen, will ich Sie nicht davon abhalten.« Demonstrativ hob Segert beide Hände in die Höhe. »Je mehr Einsätze, desto mehr Kohle.«

Nur wenige Minuten nach dem Telefonat tauchte ein Taxi im Hof auf. Ein fülliger Mann mit Halbglatze stieg ächzend und schnaufend aus dem Mercedes aus. Er trug eine graue Cordhose und ein dickeres schwarz-rot kariertes Hemd. Auf der kahlen Stirn thronte die unverzichtbare Lesebrille. Mit behäbigen Schritten überquerte er den Hof und betrat das Büro. Von Kopf bis Fuß musterte er Berbakowski mit abschätzenden Blicken. Das Ergebnis seiner Beurteilung schien zumindest nicht negativ ausgefallen zu sein. Der Mann streckte dem Hauptkommissar die Hand entgegen, während Bertram ihn als Onkel Alfred vorstellte und diesem Berbakowskis Namen nannte.

»Dann wollen wir mal«, nickte Alfred Wissmann und verließ das Büro ohne viele Worte. Der Hauptkommissar folgte ihm zum Taxi. Die Einweisung dauerte den ganzen Tag. Zuerst erlebte Jan seine neue Aufgabe vom Beifahrersitz aus, am Nachmittag durfte er erstmals selbst hinters Steuer.

Fernweh

Während Berbakowski den Tag im Taxi verbrachte, Jasmin die Ereignisse des Wochenendes dokumentierte und Habich den Kriminaloberrat in Kenntnis setzte, begab Rautner sich auf die Suche nach den beiden Freundinnen von Helga Segert. Nach mehreren Telefonaten konnte Rautner den alten Grundschullehrer der Toten ausfindig machen. Der pensionierte Lehrer ging schon stark auf die 90 zu, hatte aber noch ein phänomenales Gedächtnis. Gerade an diese Schulklasse konnte er sich noch gut erinnern, da es seine erste Klasse gewesen war, die er unterrichtet hatte. Darunter seien aber keine Mädchen mit Namen Ela und Kathi gewesen, meinte er und war sich dabei ziemlich sicher. Er verwies den Kommissar an die weiterführende Schule nach Kitzingen, auf die Helga Segert nach Beendigung der Grundschule wechselte. Auch dort konnte man Rautner nicht weiterhelfen.

Chris legte den Hörer auf, lehnte sich zurück und verschränkte die Hände im Nacken. So saß er minutenlang regungslos und starrte auf die gegenüberliegende Wand, bis Jasmin aufmerksam wurde.

»Was ist los mit dir?«

»Ich überlege.«

»Kann ich dir dabei helfen?«

»Wenn du mir sagen kannst, wo oder wie man Helga Segerts Freundinnen finden kann? Die Schulen waren schon mal eine Fehlanzeige. Es waren keine Klassenkameradinnen.«

»Von wem hast du diese Auskunft?«

»Zum einen von ihrem alten Lehrer aus der Grundschule

und zum anderen von der Rektorin des Armin-Knab-Gymnasiums – der ehemaligen Oberschule –, auf die sie wechselte. Sie hat die Klassenbücher des Jahrganges 1967 aus dem Archiv geholt und Helga Segert gefunden. Es gab aber auch da keine Klassenkameradinnen mit Namen Ela oder Kathi.«

»Die klingen doch wie Abkürzungen, oder ...«

»Ja, ja, so weit war ich auch schon. Ich habe sie als Elisabeth und Kathrin oder Katharina gedeutet. Oder was meinst du?«

Jasmin dachte kurz nach. »Bei Kathi könntest du Recht haben, aber bei Ela, das könnte auch Michaela, Daniela oder Manuela bedeuten.«

»Das wäre auch eine Möglichkeit. Da muss ich die Rektorin noch mal anrufen.«

Rautners Kollegin war mit den Gedanken schon wieder weiter. »Übrigens, hat Helga Segert einen Beruf erlernt? Denn studiert hat sie, soweit ich die Unterlagen in Erinnerung habe, nicht.«

»Gute Frage, ich weiß es nicht, warum?«

»Die Freundschaften könnten auch in der Berufsschule oder auf der Arbeit entstanden sein. Vielleicht sind es auch einfach nur ehemalige Spielkameradinnen aus dem Ort, die ein oder zwei Jahre jünger oder älter sind. Wenn sie nicht vom gleichen Jahrgang stammen, dann kannst du sie auch nicht in Helga Segerts Klasse finden. Womöglich waren sie ein Schuljahr über oder unter ihr.«

»Oh Mann, da steht mir noch Arbeit bevor. Aber deine Ideen sind echt spitze«, lobte Chris seine Kollegin.

Ein weiteres Mal griff Rautner zum Telefonhörer. Zuerst rief er bei Segert an und bekam Bertram ans Telefon.

»Herr Kommissar, Sie schon wieder? Was wollen Sie denn dieses Mal wissen?«

»War Ihre Mutter berufstätig oder hat sie einen Beruf erlernt?«

»Sie hat eine Ausbildung zur Steuerfachgehilfin gemacht und einige Jahre in Vollzeit in ihrem Beruf gearbeitet. Später, als Damian und ich auf der Welt waren, arbeitete sie nur noch halbtags. Als Vater sich selbständig machte, hat sie sich auch noch um seine Buchführung und Steuererklärung kümmern müssen.«

»Wissen Sie auch, wo sie arbeitete?«

Für einige Sekunden herrschte Stille am Telefon. »Den genauen Namen weiß ich nicht, war, glaube ich, Kerner oder Kremer oder so ähnlich. Ich müsste mal meinen Onkel oder meine Tante fragen.«

»Okay, wir belassen es erst mal dabei«, entschied Rautner. Er legte auf und wandte sich an Jasmin.

»Diese Vermisstensache Segert ist damals wirklich nur sehr oberflächlich behandelt worden.« »Diese zwei Freundinnen sind nirgendwo erwähnt und ihr ehemaliger Arbeitgeber auch nicht.«

»Was bedeutet, dass du jetzt entsprechend mehr tun musst.« Ihr Tonfall sollte bedauerlich wirken, tat es aber nicht.

Ohne auf Jasmins Anspielung einzugehen, widmete sich Rautner wieder seinen Aufgaben. Mehrere weitere Telefonate folgten.

»Das Steuerbüro heißt Kummer und existiert heute noch.«

Eine telefonische Nachfrage in der Kanzlei ergab, dass eine Frau mit dem Kürzel Kathi oder Ela dort niemals gearbeitet hatte. Es gab zwar eine Mitarbeiterin mit Namen Gabriela, aber die war Anfang zwanzig und schied somit aus. Der Seniorchef war fassungslos, als er erfuhr, dass man seine ehemalige Mitarbeiterin, oder das, was von ihr übrig war, gefunden hatte. Er habe sich ihr Verschwinden bis zum heutigen Tage nicht erklären können, erzählte er Rautner, dabei habe er sich so gut mit ihr verstanden und Frau Segert habe auch mit allen anderen ein gutes Arbeitsverhältnis gehabt. Bisher erfuhr der Kommissar nur Positives über die Frau. Scheinbar gab es niemand, der einen Grund gehabt haben könnte, ihr etwas anzutun.

Der greise Grundschullehrer brachte Rautner schließlich auf die Spur von Helgas Freundinnen. Er rief im Laufe des Tages bei Chris im Büro an.

»Herr Kommissar, sind Sie noch auf der Suche nach den beiden Namen? Ich glaube, ich habe etwas für Sie.«

»Na, dann lassen Sie mal hören.«

»Ich kann mich jetzt doch an zwei Mädchen aus Hohenfeld erinnern, deren Namen in Bezug zu Ihren Abkürzungen stehen könnten. Sie lauten Manuela und Katharina. Es war mir entfallen, da die drei erst ab der dritten Klasse zusammen waren, weil Helga Segert wegen vieler Fehlstunden aufgrund einer längeren Krankheit das Schuljahr wiederholen musste. Es hat etwas gedauert, bis mein altes, eingerostetes Gehirn wieder richtig funktionierte, aber dann hat es *Klick* gemacht. Später sind mir auch die kompletten Namen eingefallen. Es handelt sich um Manuela Richter und Katharina Kranz. Wo sich die beiden Frauen jetzt aufhalten oder zu finden sind, kann ich Ihnen jedoch nicht sagen.«

»Kein Problem, Sie haben mir sehr geholfen«, bedankte sich Rautner. »Jetzt, wo ich Namen habe, sollte es nicht allzu schwierig sein, die zwei Personen ausfindig zu machen.«

Es wurde trotzdem noch ein kleiner Telefonmarathon. Zahlreiche Anrufe bei Behörden und Ämtern mit der entsprechenden Geduld, Ausdauer und Hartnäckigkeit waren notwendig. Rautner erhielt mehrmals einen negativen Bescheid in Form von »bedauere« oder »tut mir leid«, wurde weiterverbunden oder hing minutenlang in Warteschleifen, bis er endlich Erfolg hatte. Genervt, aber zufrieden, legte Chris schließlich den Hörer auf.

»So, nun habe ich Helga Segerts Freundinnen endlich gefunden.«

»Na also! Nur nicht aufgeben«, meinte Jasmin erfreut, »auch wenn es manchmal etwas mühsam ist. Und, wo sind sie?«

Chris sah auf seine Notizen. »Manuela Richter wohnt inzwischen in Gerbrunn und heißt mit Nachnamen Thomsen. Bei Katharina Kranz war es etwas komplizierter. Sie war eine verheiratete Demmler und wurde geschieden. Vor ein paar Jahren hat sie erneut geheiratet und den Namen Herweg angenommen. Ihr neuer Wohnsitz ist Sommerhausen. Jetzt werde ich mal mit den Damen einen Termin ausmachen.«

Am Nachmittag traf er sich als Erstes mit Manuela Thomsen. Rautner hielt vor einem gepflegt aussehenden Haus in der Landgartenstraße in Gerbrunn. Das Gebäude erstrahlte in Schneeweiß und der Garten und die Grünanlage drum herum waren tipptopp in Ordnung. Auf sein Klingeln öffnete ihm eine attraktive Frau mit graumelierten schulterlangen Haaren, bei der die Wechseljahre scheinbar keine großartige Gewichtszunahme zur Folge gehabt hatten. Sie war sportlich schlank und wirkte sehr agil.

»Haben wir miteinander telefoniert?«, fragte sie, nachdem sich Chris ausgewiesen hatte.

»Ja, das war ich.«

Sie bat den Besucher herein und führte ihn ins Wohnzimmer. Das war sehr geschmackvoll in einer Kombination aus alt und modern eingerichtet. Holzböden und Holzmöbel wetteiferten mit Schwarz und Grau, sowie Edelstahlakzenten, Hochglanzlack und Glaselementen um den Blickfang.

»Bitte, nehmen Sie Platz. Kann ich Ihnen etwas zu trinken anbieten?«

Rautner lehnte dankend ab.

»Sie wollen also mit mir über Helga Segerts Verschwinden sprechen?«, erkundigte sie sich, während sie sich in einen Sessel setzte.

»Ja!«

»Warum jetzt? Warum nach so vielen Jahren?«

»Frau Segert wurde gefunden.«

Ohne Umschweife begann der Kommissar die Frau über den Fund von Helgas menschlichen Überresten aufzuklären.

»Den Gedanken an ein Verbrechen habe ich immer verdrängt«, meinte sie erschüttert, nachdem Rautner geendet hatte. »Wie kann ich Ihnen helfen? Was wollen Sie wissen?«

»Vorab mal eine Frage nur so aus Neugier. Hat man Sie damals kontaktiert, nachdem Frau Segert vermisst wurde? Ich meine von Seiten der Polizei oder der Familie.«

»Nein! Weder noch!«

»Sie hatten aber Kenntnis, dass Helga Segert gesucht wurde?«

»Ja!«

»Woher?«

»Ich stamme aus Hohenfeld und meine Eltern wohnten zu der Zeit noch dort. Inzwischen sind beide gestorben. Es war lange das Tagesgespräch im Ort. Meine Mutter wusste, dass wir Freundinnen waren, und hat mich telefonisch informiert. Sie hat mich auch auf dem Laufenden gehalten, mir also erzählt, dass die Suche ergebnislos war und es auch nach Monaten kein Lebenszeichen von ihr gab.«

»Sie selbst haben es nicht für nötig befunden sich zu melden?«

»Warum? Was hätte ich zu ihrem Auffinden beitragen können? Ich hatte keine Ahnung, wo sie hätte sein können, und gemeldet hat sie sich bei mir auch nicht.«

»Hatten Sie bis dahin noch persönlichen Kontakt mit Frau Segert?«

»Ja, ja! Wir ..., das heißt Helga, Kathi ... also Katharina ... damalige Frau Demmler, jetzige Herweg und ich haben uns alle sechs oder acht Wochen getroffen. Mal in Kitzingen, mal in Würzburg, oder wir sind zusammen mit dem Zug nach Nürnberg gefahren, um zu bummeln. Nur in der Zeit, in der Helgas Kinder noch ziemlich klein waren, konnte sie nicht immer kommen und die Abstände unserer Zusammenkünfte waren manchmal größer.«

»Kannten Sie die Familie Segert? Ich meine, den Rest der Familie, ihren Mann, die Kinder, ihren Bruder und dessen Frau.«

»Nicht wirklich.« Manuela Thomsen schüttelte den Kopf. »Mann und Bruder habe ich auf Helgas Hochzeit kennengelernt, aber das war der erste und einzige Kontakt. Ich weiß gar nicht, ob ihr Bruder zu diesem Zeitpunkt schon verheiratet war. Gut, von den Kindern hat uns Helga mal Bilder gezeigt ‚als sie noch klein waren, aber mehr auch nicht.«

»Sie waren nie bei Segerts zuhause, obwohl sie seit jungen Jahren dicke Freundinnen waren?« Rautner schüttelte ungläubig den Kopf.

Die Frau lächelte ein wenig verlegen. »Wir haben uns von Anfang an immer irgendwo auswärts getroffen und das haben wir so beibehalten. Obwohl«, überlegte sie, »Helga war zweimal in meiner Wohnung, einmal als ich noch in der Stadt wohnte, und einmal hier. Aber bei ihr und Katharina waren wir nie. Na ja, bei Kathi war das sowieso schwierig. Sie ist ständig umgezogen und dann hat sie geheiratet, wurde wieder geschieden, hat einen Neuen kennengelernt, ist zu dem gezogen und so weiter. Bei Helga hatte ich manchmal das Gefühl, sie wollte uns nicht in ihrer Wohnung haben. Vielleicht wegen ihrem Mann, den Kindern oder weil sie sich wegen irgendwas schämte. Ich kann es beim besten Willen nicht sagen. Es war so und wir haben uns deswegen auch keine großen Gedanken gemacht. Meine ersten Buden, in denen ich hauste, waren auch nicht gerade vorzeigbar. Zuerst habe ich in München Lehramt studiert, da konnten wir uns nur treffen, wenn ich bei meinen Eltern in Hohenfeld war. Erst später habe ich mich hier in Würzburg niedergelassen, dann wurden die Treffen wieder regelmäßiger.«

»Können Sie sich noch an Ihre letzten Treffen mit Frau Segert erinnern?«

»Natürlich! Nachdem mir irgendwann nach Helgas Verschwinden bewusst wurde, dass es das letzte Treffen war, habe ich es in guter Erinnerung behalten.«

»Hat Frau Segert von irgendwelchen Ärgernissen oder Problemen mit jemand erzählt?«

»Nein, ganz sicher nicht.«

»War sie anders als sonst? Hat sie über besondere Dinge gesprochen oder solche erwähnt?«

Frau Thomsen blickte nachdenklich durch die Glasscheibe der Verandatür in den herbstlichen Garten. »Doch, Sie haben Recht. Jetzt wo Sie fragen, fällt mir etwas ein … Aber ich weiß nicht, ob es etwas zu bedeuten hat oder …«

»Jedes noch so kleine Detail könnte wichtig sein.«

»So blöd es vielleicht klingt, aber wie ich das erste Mal von Helgas Verschwinden hörte, war mein erster Gedanke, sie sei ausgewandert …«

»Wie kommen Sie darauf?«

»Hmm! Dazu muss ich etwas ausholen. Helga hat Tiere über alles geliebt. Wir waren mit ihr zweimal im Nürnberger Zoo.

Sie wollte da unbedingt hin und nach zwei oder drei Jahren nochmal. Außerdem hat sie davon geträumt, einmal in ihrem Leben nach Afrika zu fahren und sich Tiere in der freien Wildbahn anzuschauen. Ich weiß noch, dass sie sagte, wenn sie es sich finanziell würde leisten können, wollte sie es verwirklichen. Leider wäre ihr Mann für so etwas gar nicht zu haben, hat sie mal erzählt, aber notfalls wollte sie die Reise auch ohne ihn antreten. Nun hat sie bei unserem letzten Treffen freudestrahlend berichtet, dass sie vielleicht ihren Traum verwirklichen könne. Ihr Vater hat einen Teil seiner Ersparnisse an die Kinder, also an Helga und ihren Bruder, verteilt und seine Äcker und Felder an die beiden abgegeben. Zudem hat ihr Vater Helga auch das Elternhaus überschrieben. Darüber gab es wohl Unstimmigkeiten zwischen Vater und Bruder. Helga hat mal angedeutet, dass ihr Bruder etwas leichtfertig mit seinem Geld umgehen würde, und daher habe ihr Vater bezüglich des Erbes so entschieden. Nun gut, auf jeden Fall war sie Feuer und Flamme hinsichtlich der neuen finanziellen Situation und plante tatsächlich eine Reise nach Afrika. Sie wollte sich *Bekannten* anschließen, die scheinbar auch vorgehabt hatten dorthin zu …«

»Hat sie in dem Zusammenhang Namen genannt?«

»Nein! Wer das gewesen sein könnte, weiß ich leider nicht. Dadurch kam mir wie gesagt spontan der verrückte Einfall, dass sie tatsächlich dorthin gereist sei und in Afrika geblieben wäre.« Frau Thomsen schüttelte gleich darauf energisch ihren Kopf. »Ich habe den Gedanken aber schnell wieder verworfen, weil ich mir nicht vorstellen konnte, dass Helga ihre Kinder so einfach hätte verlassen können. Außerdem glaube ich, dass sie nicht so ohne Abschied von uns gegangen wäre. Das mit der Reise nach Afrika war eigentlich das einzig Auffällige, an das ich mich in Verbindung mit Helga bei unserem letzten

Treffen erinnere. Ob Ihnen das jetzt für Ihre Ermittlungen weiterhilft, kann ich nicht sagen, aber ich hoffe inständig, dass Sie denjenigen finden, der es getan hat.«

»Wissen Sie, ob Frau Segert noch andere Kontakte außerhalb ihrer Familie pflegte oder was sie sonst in ihrer Freizeit tat?«

»Freizeit hatte Helga wenig oder gar nicht, außer den Stunden, die sie mit uns verbrachte. Mann, Kinder, Wohnung und Arbeit nahmen sie voll in Anspruch. So wenigstens hat sie uns immer erzählt. Mehr fällt mir jetzt beim besten Willen nicht ein.«

Damit waren die Auskünfte der Frau erschöpft. Chris bedankte sich und verließ Manuela Thomsen.

Für den nächsten Tag war er mit Helgas zweiter Freundin verabredet. Katharina Herweg war so ziemlich das Gegenteil von Frau Thomsen. Sie war etwas rundlich und war nicht so sehr auf ihr Äußeres bedacht, zumindest nicht in ihren eigenen vier Wänden. Den Besucher empfing sie in Jogginghose und einem zu weiten Pullover, der leger wirken sollte, aber wie ein Sack an ihr hing. In dem Altbau mit viel Fachwerk und Holz herrschte eine gewisse Unordnung, die mit einer kleinen Steigerung jederzeit in einem Chaos enden konnte, hatte der Kommissar den Eindruck. Frau Herweg führte ihren Gast in ein Zimmer, das durch ein Regal von einem anderen Raumteil abgegrenzt wurde. Wahrscheinlich war der Bereich als Wohnzimmer gedacht. Neben einer Sitzgruppe war darin ein überdimensionaler Fernseher das vorherrschende Mobiliar. Der angrenzende Rest des großen Zimmers bestand aus einer Essecke mit Küchenzeile, Spüle und Arbeitsplatte. Die letzten beiden Einrichtungsgegenstände waren gut zur Hälfte mit benutztem Geschirr – vermutlich von Frühstück und Mittagessen – belegt. Während sich Rautner umsah, räumte Katharina Herweg in aller Ruhe einige Kissen, eine benutzte Wolldecke und zwei Stapel Zeitungen und Illustrierte weg, bevor sie dem Kommissar Platz anbieten konnte. Scheinbar hatte sie es sich vor Rautners Besuch unter der Decke bequem gemacht und die Zeitschriften studiert. Ein Pelletofen verbreitete wohlige Wärme.

Nach den ersten Worten wurde dem Kommissar schnell klar, dass er von der Frau keine neuen Informationen bekommen würde. Katharina Herweg wirkte zerfahren und oberflächlich. Sowohl das Verschwinden damals wie auch der Fund der Leiche zeigten bei ihr weit weniger Regung als es bei Manuela Thomsen der Fall gewesen war. Auch konnte sie sich nicht mehr so genau an das letzte Treffen und etwaige Besonderheiten erinnern. Erst als Rautner sie auf Frau Thomsens Hinweis mit der Afrikareise ansprach, meinte sie: »Oh, ja, ja, das könnte durchaus sein.« Richtige Freundschaft sah für den jungen Kommissar anders aus, urteilte er über Herwegs Reaktion. Ohne übermäßig viel Zeit zu vergeuden verabschiedete er sich sehr schnell wieder.

Einen Augenblick blieb Chris im Wagen sitzen und dachte über die beiden Gespräche nach. Wo sollte er jetzt bei dem neuen Hinweis mit der Reise ansetzen? Keines der Familienmitglieder hatte davon erzählt. Entweder hatte niemand von Helgas Plan gewusst, anderenfalls war es bewusst verschwiegen worden, oder diejenigen, die davon wussten, hatten es nicht für wichtig genug gehalten, es zu erwähnen. Auf jeden Fall wollte er das klären und versuchen die *Bekannten* ausfindig zu machen, mit denen Frau Segert hatte mitreisen wollen. Entschlossen gab er Gas und fuhr los.

»Was wissen Sie über eine geplante Afrikareise Ihrer Mutter?« Am darauffolgenden Tag war der Kommissar bei Segert aufgetaucht und hatte ihm diese Frage gestellt.

»Meine Mutter wollte was? Nach Afrika reisen? Weißt du was davon?«, gab er die Frage an Onkel Alfred weiter, der gerade das Büro betrat. »Ich jedenfalls nicht.«

Beide schauten sich sekundenlang überrascht und sprachlos an. Bertram wirkte ratlos und Alfred Wissmann schluckte mehrmals heftig.

»Eine ..., eine Reise ... nach Afrika? Deine Mutter?«, erkundigte er sich verblüfft und schüttelte den Kopf. »Das ist das erste Mal, dass ich davon höre. Wann hätte sie das machen wollen?«

»So genau ist das noch nicht geklärt, aber Frau Segert hatte es wahrscheinlich im Zeitraum ihres Verschwindens oder kurz danach vor.«

Wissmann ging zum Telefon und rief über den Hausanschluss seine Frau im gegenüberliegenden Gebäude an. Er stellte ihr die gleiche Frage, die Kommissar Rautner den beiden gestellt hatte. Als er auflegte, schüttelte er erneut den Kopf.

»Auch meine Frau hat keine Ahnung. Sie sagt, Helga hätte mal von so einer Reise geschwärmt, aber dass sie sie hatte antreten wollen, davon ist ihr nichts bekannt.«

»Also können Sie sich vielleicht vorstellen, wem sie sich auf so einer Reise hätte anschließen können? Sie hat nämlich mit ihren Freundinnen darüber gesprochen und dabei *Bekannte* als Begleiter erwähnt.«

»Bekannte ... Bekannte! Wenn, könnte sie damit gemeint haben?«, überlegte Helgas Bruder. »Helga hatte keinen Bekanntenkreis, sie lebte sehr zurückgezogen.«

Rautner beobachtete Wissmann und seinen Neffen während des Gespräches intensiv. Der junge Mann war konsterniert über das, was er zu hören bekam, und seinem Onkel war die Verwirrung deutlich anzusehen. Erneut folgte nur hilfloses Kopfschütteln.

»Nun, irgendjemand muss es gegeben haben, mit dem oder denen sie auf Reisen gehen wollte«, ließ Rautner nicht locker. »Vielleicht waren es Leute aus der Nachbarschaft, mit denen sie Kontakt hatte.«

»Meinen Vater und Damian brauchen wir deswegen, glaube ich, auch nicht zu fragen«, meinte Bertram, der die Sprache wiedergefunden hatte. »Soweit ich mich zurückerinnern kann, hat sich Vater nur für seine Arbeit interessiert und mein Bruder war genau wie ich in einem Alter, wo andere Dinge mehr Bedeutung haben als die Bekannten von Mama. Wenn, dann könnte noch am ehesten Tante Hannelore von deren Existenz gewusst haben.«

Erneut rief Wissmann seine Frau an, erneut kam auch von ihrer Seite eine verneinende Antwort.

»Meine Frau meint, von den Nachbarn kann es niemand gewesen sein. Bis auf ein ›Hallo‹ und einige belanglose Worte auf der Straße oder beim Metzger und Bäcker gab es keine näheren Beziehungen zu den Leuten drum herum. Außerdem hat niemand von denen je eine Reise nach Afrika unternommen. Hannelore sollte es eigentlich wissen, da wir lange Zeit nur zwei Häuser weiter wohnten und meine Frau bei Helga tagtäglich ein und aus ging. Die einzige Möglichkeit, die Hannelore einfällt, wäre, dass es jemand von ihrer Arbeit war.«

Für den Moment beendete der Kommissar seine Befragung und verabschiedete sich. Auf dem Hof traf er mit Berbakowski zusammen. Die beiden taten, als wenn sie sich nicht kennen würden.

Der Tipp von Hannelore Wissmann mit der Arbeit erwies sich als Volltreffer. Ein Telefonat mit Helga Segerts ehemaligem Arbeitgeber brachte die Antwort.

»Ja, ich kann mich erinnern«, bestätigte Herr Kummer. »Es kann sich dabei nur um Maria Deschner handeln. Die hatte damals eine vierwöchige Safari mit ihrem Mann geplant und Frau Segert wollte sich anschließen. Zu der Zeit hatte mein Vater noch die Leitung der Kanzlei und der hat sich ein bisschen geziert, zwei Mitarbeiterinnen im gleichen Zeitraum so lange Urlaub zu geben. Wen ich mich recht entsinne, war Helga Segerts Urlaubsantrag noch nicht abgesegnet und es gab da scheinbar auch noch finanzielle Probleme. Ich weiß, dass die Reise nicht ganz billig war. Zu guter Letzt kam Frau Segerts Verschwinden dazwischen und die Deschners haben die Reise alleine angetreten.«

»Wie und wo kann ich Frau Deschner erreichen?«

»Sie ist vor zwei Jahren in Rente gegangen, aber ich habe ihre Adresse und Telefonnummer. Die kann ich Ihnen geben.«

Nach mehreren vergeblichen Versuchen erreichte Rautner schließlich Maria Deschner. Er suchte sie in ihrem Haus im Winterleitenweg auf. Rautner traf dort auf zwei aktive und unternehmungslustige Rentner, die viel auf Achse waren. Das Wort führte ausschließlich die Frau, die dem Kommissar erzählte, dass sie ständig mit ihrem Wohnmobil unterwegs seien, ausgiebige Wanderungen und Radtouren machten und auch hin und wieder noch in die Ferne reisten. Daher seien sie oft nicht zu erreichen, erklärte ihm Frau Deschner ausführlich. Der Kommissar ließ den Redeschwall über sich ergehen und wartete geduldig, bis die Frau ausgiebig Luft holen musste. Diesen günstigen Augenblick nutzte er, sein Anliegen vorzubringen.

»Um Reisen geht es eigentlich auch«, begann Rautner seine Einleitung. »Es geht um Ihre Afrikareise, die Sie vor etlichen Jahren unternommen haben.«

»Welche meinen Sie? Wir waren bisher dreimal dort.«

»Eine Safari vor rund fünfzehn Jahren, wo Frau Segert mitreisen wollte.«

»Oh natürlich, ich erinnere mich. Die arme Helga … Einfach so verschwunden … Nie wieder aufgetaucht. Ja, ja, sie wollte damals mit, was ja leider nicht klappte. Geht es nun um unsere damalige Reise oder um Helga Segert?«, erkundigte sich Maria Deschner scharfsinnig.

»Um Frau Segert. Sie wurde mittlerweile gefunden.«

Ein weiteres Mal musste Rautner vom Fund der menschlichen Überreste und der Gewissheit, dass es Helga Segert sei, berichten.

»Ach Gott, wie schrecklich«, kommentierte Frau Deschner Rautners Bericht. »Die arme Helga. Wir haben lange Zeit gehofft, dass sie wohlbehalten gefunden wird. War es ein Verbrechen?«

»Das wollen wir jetzt klären«, wich Rautner der Frage aus. »Dazu bin ich hier, um vielleicht von Ihnen etwas zu erfahren, was wir noch nicht wissen.«

»Dann fragen Sie nur.«

»Wie würden Sie Helga Segert beschreiben? Was war sie für ein Mensch?«

Die Gefragte musste nicht lange überlegen. »Helga war ruhig, ausgeglichen und freundlich. Zumindest habe ich sie so kennengelernt und so war sie auch auf der Arbeit. Privat hatten wir wenig miteinander zu tun.«

»Wie war das nun mit der Reise, auf die Frau Segert mitgehen wollte?«

»Na ja, ich habe halt irgendwann im Büro davon erzählt, dass mein Mann und ich eine Afrikareise vorhätten.« Maria Deschner musste kurz überlegen. »Ach ja, genau! Ein paar Tage später, nachdem ich es erwähnt hatte, kam Helga das erste Mal zu mir und wollte ein bisschen mehr über die Reise wissen. Danach kam sie noch mehrmals und fragte mich aus ...«

»Sie meinen über Details der Reise?«

»Richtig! Sie wollte wissen, was so was kostet, welche Dokumente man braucht, was für Vorsorgeimpfungen notwendig sind, und Näheres über unsere Reiseroute und die Ziele auf der Strecke erfahren. Ich habe sie dann direkt gefragt, ob sie auch Interesse an so einer Reise hätte, was sie bejahte. Als ich ihr dann vorschlug, ihr die Reiseunterlagen zu geben, damit sie sich schlaumachen konnte, wehrte sie ab. Auf mein ›Warum nicht?‹ meinte sie nur, sie hätte niemanden als Begleitung, der mitmachen würde. Ich habe mich dann mit meinem Mann beraten und wir sind uns einig gewesen, ihr vorzuschlagen, dass sie sich uns anschließt, wenn sie möchte. Das habe ich ihr dann auch einige Tage danach mitgeteilt. Helga war zuerst Feuer und Flamme, um gleich darauf einzugestehen, dass es bei ihr vermutlich Probleme geben würde ...«

»Hat Frau Segert erzählt, um welche Probleme es sich handelt?«

»Zuerst druckste sie herum, rückte aber dann doch mit der Sprache heraus. Sie befürchtete, ihr Mann würde ihr Schwierigkeiten machen, und außerdem ging es um finanzielle Dinge, die noch zu klären seien.«

»Geht es noch genauer?«

»So wie ich sie verstanden habe, hatte sie von ihrem Vater Grundstücke, Wiesen, Äcker oder irgendwas in der Art überschrieben bekommen. Es war wohl ihre Überlegung, davon etwas zu verkaufen, um damit die Reise zu finanzieren. Aber sie brauchte eben auch erst mal einen Käufer.«

»Dann war ihr Plan mitzufahren wohl ernst gemeint?«

»Davon gehe ich mal ganz stark aus. Wir haben einen Tag vor ihrem Verschwinden noch miteinander telefoniert. Das heißt, sie hat mich angerufen und klang ganz begeistert. *Ich werde verkaufen und gehe mit nach Afrika*, sagte sie mir festentschlossen.«

»Hatten Sie danach mit ihrer Familie mal Kontakt?«

»Nein!« Frau Deschner schüttelte energisch den Kopf. »Nachdem wir von Helgas Verschwinden hörten, haben wir abgewartet, was passiert, und sind schließlich drei Monate später alleine auf Reisen gegangen.«

»Es hat auch sonst niemand wegen Frau Segert versucht mit Ihnen Kontakt aufzunehmen? Polizei oder dergleichen?«

Wieder verneinte die Frau und sah hinüber zu ihrem Mann. Der hatte bisher schweigend dabeigesessen, bestätigte aber nun die Aussage seiner Ehefrau.

Im Büro fasste der junge Kommissar die Gespräche der letzten Tage mit den beiden Freundinnen, der Familie Deschner und der Familie Segert gedanklich zusammen. Er schrieb Notizen und Stichworte auf einen Schmierzettel, strich durch, korrigierte oder machte Randbemerkungen. Dazu murmelte er zwischendurch halblaut Worte, wie ein Schamane oder Geistheiler bei einem Ritual, bis seine Kollegin aufmerksam wurde.

»Was machst du da?«, fragte Jasmin. »Willst du den Fall durch Beschwörung lösen? So hört es sich zumindest an«, scherzte sie.

»Schön wäre es, wenn das ginge«, brummte Chris entmutigt. Er hob entnervt die Hände. »Ich habe leider immer noch nicht den geringsten Beweggrund für ihren Tod oder vielmehr für einen gewaltsamen Tod. Helga Segert hat ein so unauffälliges Leben mit extrem wenigen Kontakten geführt, dass ich nirgendwo ansetzen kann. Nicht mal der kleinste Verdachtsmoment gegen irgendjemand ist in Sichtweite. Es ist zum Verzweifeln. Nach derzeitiger Sicht der Dinge könnte es sich um einen Einbrecher gehandelt haben, den Frau Segert überrascht hat und der sie versehentlich oder mit Absicht tötete.«

»Oder die Tat geschah in der Familie und die hält zusammen.«

»Der Grund! Nenn mir einen Grund! Jede Tat hat einen Grund oder einen Auslöser.«

Jasmin stand auf und kam zu Rautners Schreibtisch. Über dessen Schulter las sie seine Gedanken, die er handschriftlich festgehalten hatte.

»Das mit dem Einbrecher finde ich die unwahrscheinlichste Variante. Was soll bei den Segerts zu holen gewesen sein? Nichts! Wie wäre es damit, wenn es wegen des geplanten Grundstückverkaufes zu Streitigkeiten gekommen wäre? Oder ihr Mann hat von der Reise erfahren und wollte es verhindern? Nimm dir sämtliche Familienmitglieder noch mal einzeln vor und konfrontiere sie mit diesen Vermutungen. Beobachte, wie sie reagieren. Vielleicht macht sich jemand verdächtig oder wird schwach. Etwas Besseres fällt mir jetzt im Moment auch nicht ein.«

Neue Hinweise

Während Rautner sich am Montagfrüh auf die Suche nach den beiden unbekannten Freundinnen Helga Segerts gemacht hatte, waren zwei dünne Aktenmappen auf Hauptkommissar Habichs Tisch gelandet. Die erste enthielt den Obduktionsbericht aus der Gerichtsmedizin und die zweite die Ergebnisse der Kollegen der Kriminaltechnischen Untersuchung. Beide Abteilungen waren übers Wochenende fleißig gewesen. Der alte Gerichtsmediziner hatte seine Arbeiten abgeschlossen, bei der KTU war es ein vorläufiger Bericht, da gewisse Untersuchungen noch nicht ganz beendet werden konnten.

Ausgiebig las er zuerst die abschließenden Ergebnisse des Mediziners. Arg viel mehr, als er schon am Samstag persönlich vom Doc erfahren hatte, stand nicht in den Unterlagen. Nur ein einziger Punkt war neu. Die Tatwaffe, die für die Wunde an Lackners Kopf verantwortlich war, hatte der Gerichtsmediziner bestimmen können. Mit ziemlicher Sicherheit war es ein größerer Schraubenschlüssel, wie er in jedem Schlüsselset oder Heimwerkerkasten zu finden war.

Interessant war hierzu die Ergänzung des KTU-Ergebnisses. Der vom Doktor vermutete Rost wurde bestätigt. Es handelte sich hierbei um ganz gewöhnliche Partikel von Flugrost, die auftraten, wenn Werkzeug nicht häufig benutzt wurde. Die anderen Substanzen aus der Wunde analysierten die Kriminaltechniker als handelsübliche Öle und Schmierstoffe, die in vielen Bereichen Verwendung fanden.

Auf der zweiten Seite des KTU-Berichtes begannen die Ergebnisse der Untersuchung von Lackners Wagen. Neben den Fingerabdrücken des Wageneigentümers fanden sich noch weitere Abdrücke von Segerts Automechaniker, der den Wagen regelmäßig gewartet hatte, und einer unbekannten Person, die noch nicht identifiziert werden konnte, da sie nicht im System war. Viel später stellte sich heraus, dass die unbekannten Abdrücke von einer flüchtigen Bekannten stammten, die ab und zu mitgefahren war.

Seil und Stiel, die im Wagen verwendet worden waren, hatte man ebenfalls gründlich unter die Lupe genommen. Besonders hilfreich waren die Ergebnisse auf den ersten Blick aber nicht. Der Stiel gehörte zu einem handelsüblichen Straßenbesen, der im Baumarkt in Kitzingen gekauft worden war. Viel mehr an Hinweisen gab es zu dem Teil nicht festzustellen. Das Seil, mit dem das Lenkrad fixiert worden war, bestand aus dem gleichen Material wie das, mit dem man das Opfer erwürgt hatte. Dies ergab ein Vergleich der Fasern, die der Gerichtsmediziner am Hals gefunden hatte, mit denen des vorhandenen Seiles aus dem Wagen. Zum Seil selbst las Habich in dem Bericht, dass es sich um ein älteres Stück handelte, das es aktuell nicht mehr im Handel gab und das lang nicht benutzt worden war. Zu dieser Feststellung kamen die Kollegen der KTU aufgrund von Dreck- und Staubpartikeln, die man tief zwischen den einzelnen Seilsträngen gefunden hatte. Diese Art von Seilen war – laut Bericht – früher sowohl privat als auch auf dem Bau oder im Handwerk und in der Landwirtschaft verwendet worden. Eine eindeutige Herkunft und die ehemalige Verwendung waren somit auch nicht feststellbar. Das einzige fremde Teil, das die Techniker noch im Wagen gefunden hatten, war ein schwarzer Hemdknopf, den sich der Täter wahrscheinlich beim Hineinbeugen in das Fahrzeug abgerissen hat. Dieser Fund konnte aber auch vom Besitzer des Wagens stammen. Da man aber Lackners gesamten Kleiderschrank überprüft hatte und kein Hemd mit fehlendem Knopf gefunden wurde, erhärtete sich die Vermutung der Kollegen der KTU.

Zu guter Letzt hatten die Kriminaltechniker einen gut erhaltenen Fußabdruck Größe 44 sichergestellt, der mit ziemlicher Sicherheit vom Täter stammte. Er fand sich an einer Stelle, von wo aus Lackners Fahrzeug zu der Fahrt durchs Gebüsch gestartet worden war. Dort musste die Person gestanden haben, die den Wagen auf seine letzte kurze Reise geschickt hatte. Beim plötzlichen Gangeinlegen hatten die Räder kurzfristig durchgedreht und entsprechende Spuren hinterlassen. Somit war dieser Ort zweifelsfrei zu bestimmen.

Habich legte die beiden Berichte auf die Seite und hob den Kopf. Jasmin wurde aufmerksam und sah ihn fragend an.

»Deinem Gesichtsausdruck nach zu urteilen haben wir nicht wirklich was greifbar Neues«, stellte sie fest, stand auf, griff sich die Akten und überflog sie.

»Ja und nein! Es gibt neue Hinweise, aber die sind nicht so verwertbar, wie ich es mir gewünscht hätte. Sie ergeben keine eindeutige Spur in irgendeine Richtung.«

»Was glaubst du? Ist der Täter derselbe wie bei den Frauen?«

»Hmm …! Ich befürchte schon.«

»Was könnte diese Tat ausgelöst haben?«

»Vielleicht hat Lackner den Täter beobachtet oder ist ihm einfach in die Quere gekommen.«

»Aber das ist doch mehr als nichts«, widersprach Jasmin, nachdem sie die Berichte überflogen hatte. »Wir haben hier einen Hinweis auf einen Werkzeugschlüssel und Schmiermittel, wir haben außerdem ein Seil und einen Fußabdruck.«

Habich nickte stumm und suchte die Unterlagen der fünf Kandidaten heraus, die in der engeren Auswahl für die Liste der Verdächtigen standen.

»Also lass uns mal überlegen. Rein theoretisch könnte jeder der fünf solche Gegenstände im Besitz haben.«

»Das sehe ich etwas anders«, grübelte Jasmin, um gleich darauf zu antworten: »Da fällt bei mir definitiv Carnello, der Italiener, raus …«

»Wie kommst du darauf?«

»Gehen wir mal davon aus, dass die Fundstücke und die Tatwaffe aus dem Besitz des Täters stammen, dann rutscht Carnello für mich an die letzte Stelle. Er hat eine Mietwohnung und kein eigenes Haus oder sonstigen Grundbesitz. Hauptberuflich fährt er Taxi und hilft nebenbei bei seinem Bruder in der Pizzeria mit. Er vergöttert seine Familie und tut alles für sie. Aber einen Mord zu begehen? Mir fehlt da absolut ein Motiv. Und außerdem, glaubst du wirklich, dass so jemand großartig mit Fetten und Schmiermitteln hantiert, alte Seile herumliegen hat und mit Schraubenschlüsseln umgehen kann?«

»Okay! Das lassen wir mal so stehen.«

»Eine ähnliche Situation hinsichtlich der Gegenstände sehe ich bei Jawad Ahmadzai, dem Pakistani. Er rutscht für mich auf unserer Verdächtigenliste ebenfalls nach hinten.«

»Gut! Weiter! Du bist gerade so schön im Gedankenfluss.«

»Kommen wir zum nächsten! Mark Fletcher! Er wohnt bei seiner Mutter in einer Eigentumswohnung. Also vergleichbare Wohnsituation wie bei den anderen beiden. Bei ihm habe ich auch meine Zweifel, ob er solche Dinge wie Seil und Werkzeugschlüssel in seinem Besitz hat.«

»Wenn du alle ausschließt, bleibt uns ja kein Verdächtiger übrig«, beschwerte sich der Hauptkommissar.

»Langsam, noch haben wir zwei Kandidaten.«

»Also schieß los.«

»Kommen wir nun zu Erhard Brückner und Theodor Krafft. Brückner betreibt nebenbei noch ein bisschen Landwirtschaft. Bei ihm sollten sich solche Dinge wie Schmiermittel, Werkzeug und Seile finden lassen. Es gibt aber einen Punkt, weswegen ich ihn auch nicht unbedingt in die engere Wahl nehmen würde: Er ist mir zu alt.« Jasmin bemerkte Habichs Stirnrunzeln. »Unser Täter hat einen Bezug zu jungen Frauen. Irgendetwas an ihnen animiert ihn, regt ihn an oder beeinflusst ihn. Solche Neigungen kann ich an einem Vierundsechzigjährigen gemütlich wirkenden Fastrentner nicht erkennen und ... wie dir der Kollege der KTU am letzten Tatort schon verdeutlichte«, meinte Jasmin und grinste, »wie soll jemand mit einer so ... so, sagen wir mal, kräftigen Statur die Aktion mit dem Wagen und dem Gangeinlegen durchführen?«

Ein kurzer strafender Blick war alles, wozu sich Habich herabließ, da er die Anspielung auf sich selbst sehr gut verstanden hatte.

»Nun unser letzter Kandidat, Theodor Krafft. Er ist Nebenerwerbswinzer und somit quasi auch ein Landwirt, dem solche Gerätschaften nicht fremd sein sollten und durchaus im Besitz haben könnte.«

»Wenn ich dich richtig verstehe, ist er dein Hauptverdächtiger auf Grund der Beurteilung, die du gerade abgegeben hast.«

»Nun ja, er wirkte bei dem Gespräch sehr verschlossen und ein bisschen frustriert. Ich sehe hier auch vom Seelischen her ein gewisses Täterpotential.«

Jasmins Chef hob überrascht die Augenbrauen. »Jetzt wird es psychologisch. Wie kommst du darauf?«

Sie blätterte in Kraffts Akte und las in den Informationen,

die von den Kollegen durch Befragung zusammengetragen worden waren. »Sein Kinderwunsch wurde bisher nicht erfüllt. Eine Adoption hat seine Frau abgelehnt mit der Begründung, sie wolle kein fremdes Kind im Haus. Er hat vermutlich aus Frust vor einigen Jahren ein Verhältnis mit einer jüngeren Frau angefangen, was aber nicht sehr lange anhielt. Seine Frau hat ihm zwar verziehen und ihn wieder aufgenommen, aber ich vermute, dass die Beziehung nicht mehr so hundertprozentig ist wie vor dem Seitensprung. Böse Zungen behaupten, er wäre nur aus finanziellen Gründen wieder zu seiner Frau zurückgekehrt, da sie gut verdient. Frau Krafft hat einen Posten im öffentlichen Dienst in gehobener Position. Womöglich sind da irgendwelche Auslöser zu suchen, die dazu führen, dass er sich an anderen jungen Frauen auslässt. Das wäre damit derzeit mein Hauptverdächtiger.«

»Eine interessante Theorie«, meinte Habich nachdenklich. »Bist du fertig?«

»Ja, das sind unsere fünf Kandidaten oder Favoriten, wenn du es so nennen willst. Habe ich jemand vergessen?«

»Nicht jemand, du hast bei deiner These etwas übersehen.«

Jetzt war es an Jasmin überrascht zu blicken.

Habich hielt ihr den Bericht der Kriminaltechniker hin. »Lies mal auf Seite drei, hier, die Zeilen.« Er deutete mit dem Zeigefinger auf den entsprechenden Absatz im Schriftstück.

»… entspricht die Position des Fahrersitzes einer Person der Größe zwischen 1,75 bis maximal 1,80 Meter …«

»Damit hast du deinen Knackpunkt. Wie groß ist Krafft?«

»Knapp 1,90 groß«, gestand Jasmin kleinlaut, bekam aber gleich wieder Oberhand. »Und wenn der Täter den Sitz wieder in die Ausgangsstellung gebracht hat?«

»Denkbar schon, aber dann lies weiter.«

»… der Fahrersitz lässt sich auf Grund des Alters und einiger Beschädigungen nur schwer verstellen …«

»Also höchst unwahrscheinlich, dass sich der Täter abgemüht hat, den Sitz auf seine Größe zu verstellen, und dann daran denkt, ihn wieder zurückzustellen. Darüber erfährst du auch noch mehr im nächsten Satz des KTU-Berichtes.«

»… Es wurden keine frischen Spuren, die es bei einer Sitzverstellung hätte geben müssen, festgestellt. Daher kann eine Veränderung der Sitzposition zweifelsfrei ausgeschlossen werden.« Jasmin schloss die Akte. »Damit hast du meine Theorie zu Fall gebracht«, gestand sie seufzend. »Wir müssen uns neue Verdächtige suchen. Und jetzt? Beginnen wir wieder bei null?«

»Nein, keineswegs. Wir haben nur gedanklich gespielt und eine Theorie aufgestellt. Das heißt noch lange nicht, dass sie richtig sein muss. Vielleicht haben wir einen wichtigen Aspekt übersehen. Außerdem vergisst du eines, wir haben noch mehr Personen, die infrage kommen. Wir haben den Kreis nur auf Grund bestimmter Faktoren eingeengt, nämlich der Tatsache, dass alle diese fünf Männer an besagten Wochenenden im Einsatz waren. Nicht mehr und nicht weniger. Bisher hat sich niemand von ihnen verdächtig gemacht und wir konnten den Verdacht bei keinem erhärten. Was wäre, wenn uns einer durch die Lappen gegangen ist, der auch unterwegs war? Nur eben nicht offiziell.«

»So ganz verstehe ich dich jetzt im Moment nicht.«

»Ganz einfach! Nehmen wir das Beispiel Segert. Das Unternehmen hat fünf Taxis, aber an den Wochenenden sind maximal zwei bis drei der Autos im Einsatz. Das heißt andersherum, mindestens zwei Stück stehen auf dem Hof und werden nicht genutzt. Was wäre, wenn sich jemand, der Zugang zum Schlüssel hat, nachts eines der Fahrzeuge schnappt und damit unterwegs ist. Wir müssen schauen, wie es bei den anderen Unternehmern ist.«

»Wie willst du den finden? Außerdem dürfte das nicht so einfach sein. Du vergisst, dass die Wagen einen Taxameter und einen Kilometerzähler haben. Gefahrene Kilometer werden mit beiden Geräten festgehalten. Differenzen und Unstimmigkeiten beim Kilometerstand könnten leicht auffallen.«

»Könnten! Müssen aber nicht. Oder man kann die Zahlen anderweitig manipulieren.«

»Oder es ist tatsächlich kein Taxifahrer und wir sind auf dem Holzweg.«

»Tja, darüber denke ich auch schon die ganze Zeit nach.«

»Wäre es jetzt nicht an der Zeit, einen Profiler vom LKA anzufordern?«

»Geben wir erst einmal Hauptkommissar Berbakowski eine Chance.«

»An wen hast du gedacht, als du sagtest, es kämen noch mehr Personen infrage?«

Habich lehnte sich in seinem Bürosessel zurück. »Mir ist da folgender Gedanke gekommen: Lackner hat bei Segert nebenbei Taxi gefahren. Segerts Mechaniker, wie heißt der noch …?

»Kaspar Vollmer.«

»Also, dieser Kaspar Vollmer hat sich um Lackners Wagen gekümmert, das besagen seine Fingerabdrücke im Fahrzeug. In der Werkstatt finden sich üblicherweise solche Werkzeugschlüssel, dort wird mit Ölen und Schmiermitteln gearbeitet und in Segerts ehemaliger Landwirtschaft dürften eventuell solche Seile vorhanden sein.«

»Du glaubst also jetzt, dass es dieser Vollmer sein könnte?«

»Nicht zwingend, aber das Tatwerkzeug könnte aus der Werkstatt stammen. Darauf Zugriff haben sicherlich noch mehr Leute. Was wissen wir eigentlich von diesem Vollmer?«

Jasmin konnte Antwort geben: »Er ist gleichaltrig mit Bertram Segert und ein Schulkamerad aus der Grundschule. Während Segert, aufs Gymnasium wechselte, absolvierte Vollmer die Hauptschule mit einem qualifizierten Abschluss. Er beendete eine Lehre als Automechaniker bei einem Kitzinger Autohaus und blieb dort, bis dieses vor ein paar Jahren schließen musste. Das war etwa zu der Zeit, als Bertram das Geschäft übernahm und einen eigenen Mechaniker für seine Taxis suchte. Der junge Segert stellte seinen ehemaligen Schulkameraden ein. Vollmer ist ein sehr guter Mann auf seinem Gebiet. Bertram hatte das schnell erkannt und Reparaturaufträge für Freunde und Bekannte angenommen. Die Qualität von Vollmers Arbeit hat sich herumgesprochen und nun hat er so viel Nachfragen, dass er händeringend nach einem zweiten Mann sucht. Übrigens hat Vollmer schon vor seiner Festeinstellung nebenbei für Segert gearbeitet und dessen Taxis gewartet. Damit hat er sich am Wochenende noch ein Taschengeld dazuverdient.«

»Und was ist mit Vollmers privatem Umfeld?«

»Völlig unauffällig. Er ist ein gebürtiger Hohenfelder, wohnt im Elternhaus in der Dachwohnung und hat zwei Geschwister.«

»Frau, Freundin oder sonst eine Beziehung?«

»Nichts!«

»Nichts bekannt oder wirklich nichts?«

»Laut Ermittlungen der Kollegen aus Kitzingen gibt es keine näheren Kontakte zu weiblichen Personen.«

»Schwul oder schüchtern?«

»Würde eher sagen schüchtern. Sehr schüchtern! Seine Eltern haben erzählt, dass er bisher noch keine Freundin hatte. Er geht auch nicht aus und wenn, dann höchstens mal auf ein Bier ins Sportheim oder sonntags zum Sportplatz.«

»Also eine männliche Jungfrau.«

»Womöglich! Wie sollen wir jetzt weiter vorgehen?«

»Ich denke, wir sollten uns mal ausführlich mit Vollmer unterhalten und die Werkstatt näher in Augenschein nehmen. Das Erste machen wir, das Zweite unsere Kriminaltechniker.« Habich erhob sich. »Ich kümmere mich um einen Beschluss.«

»Und du versprichst dir etwas davon?«, traute sich Jasmin den im Hinausgehen begriffenen Hauptkommissar zu fragen.

Habich drehte sich um und sah sie scharf an. Jasmin hatte im gleichen Moment das Gefühl, die falsche Frage gestellt zu haben. Seine Entscheidung anzuzweifeln war vielleicht in der derzeitigen Situation doch nicht so gut gewesen. Sie hielt die Luft an und erwartete etwas ganz anderes, als dann kam, er grinste nämlich und meinte: »Nein, versprechen tue ich mir nichts, aber ich habe mich entschieden etwas Staub aufzuwirbeln. Vielleicht machen wir den Mörder damit unsicher und er begeht einen Fehler.«

Rumms, mit Schwung knallte Jasmins Chef die Tür zu und war verschwunden.

»Warum nicht, auch eine Idee«, murmelte sie ihm angesichts seiner Reaktion etwas verwirrt hinterher.

Die ganze Aktion begann am nächsten Morgen und dieser war so grau und trüb, wie man es sich im November nur vorstellen konnte. Hauptkommissar Habich stand um 7 Uhr vor Bertrams verschlossenem Büro. Inzwischen hatte man aber im Haus gegenüber die Ankunft der Polizei mitbekommen. Mit noch schläfrigen Augen, zerzausten Haaren und barfuß trat Bertram aus der Haustür. Am Leib trug er nur eine legere Jogginghose und ein T-Shirt. Sein Bruder erschien nur Sekunden später völlig angekleidet neben ihm. Damian war zu dieser Stunde schon eindeutig aufnahmefähiger. Sein Outfit ließ darauf schließen, dass er auf dem Weg zur Arbeit war.

Habich wedelte mit der richterlichen Zustimmung, das Anwesen durchsuchen zu dürfen, vor Bertrams Nase herum.

»Was ist das? Was soll das? Was wollen Sie hier?«, knurrte der junge Segert die drei Fragen heraus.

»Ein Durchsuchungsbeschluss, der uns ermächtigt, das Grundstück und die Räumlichkeiten abzusuchen ...«

»... um was zu finden?«

»Hinweise auf Täter oder Tatwerkzeug ...«

»... wegen meiner Mutter?«, unterbrach Bertram den Hauptkommissar entgeistert.

»Nein, wegen eines anderen Mordes ...«

»Und da kommen Sie zu uns?«

»Herr Segert, können wir in Ruhe darüber reden? Ich werde Ihnen alles erklären. Lassen Sie bitte meine Kollegen inzwischen ihre Arbeit machen«, versuchte der Hauptkommissar beruhigend auf den jungen Unternehmer einzuwirken, da er merkte, dass dessen Empörung zunahm.

»Ähh ..., kann ich gehen? Ich müsste auf meine Arbeit«, meldete sich der schlanke junge Mann neben Bertram. Er blickte dabei gelangweilt auf Habich.

»Sie sind sicherlich der Bruder?«

»Genau!«

»Sie haben doch auch einen Taxischein, wenn ich mich recht erinnere.«

»Ja, den habe ich.«

»Fahren Sie denn auch?«

»Ganz selten einmal. Wenn mir langweilig ist und ich gerade keine Freundin habe«, grinste er ein wenig verlegen.

»Haben Sie im Moment eine Freundin?«, fragte Habich unverblümt.

Für Sekunden war Bertrams Bruder verdutzt. »Ähh ... Nein ... Nein, habe ich nicht.«

»Aha, danke!«

»Und was ist jetzt? Ich komme sonst zu spät. Rushhour und so.«

»Spricht nichts dagegen, dass Sie gehen«, nickte Habich.

Ohne ein weiteres Wort wandte Damian Segert sich zum Gehen. Mit lässigen Schritten überquerte er den Hof und stieg in seinen Wagen. Habich sah ihm gedankenversunken nach. Der junge Mann hatte trotz seiner kurzen Gesichtsentgleisungen kalt und emotionslos gewirkt. Scheinbar ließ er die Sache mit seiner Mutter und alles, was hier passierte, so von sich abprallen, dachte Habich. Jeder reagierte eben anders.

»So, wir können«, sagte in dem Moment Bertram, der zurück ins Haus gegangen war und nun mit Schuhen an den Füßen und einer Strickweste über dem Shirt zurückkam. Zusammen mit dem Hauptkommissar ging er hinüber ins Büro. Dort erst nahm er die richterliche Verfügung zum ersten Mal in die Hand. »Nun, dann erklären Sie mir mal, was das Ganze hier soll.«

»Ihr Aushilfsfahrer Peter Lackner wurde am Wochenende tot aufgefunden.«

»Sch…! War das der Tote am Main in seinem Wagen? Ich habe davon gehört. Was ist passiert?

»Er wurde niedergeschlagen und erdrosselt, dann hat man versucht ihn mit seinem Wagen im Fluss zu versenken.« Habich hatte die Details weggelassen und die Kurzfassung gewählt.

»Und was suchen Sie da jetzt bei uns?«

»Hinweise! Hinweise auf den Täter und das Tatwerkzeug.«

»Wieso hier? Glauben Sie, einer von uns hat ihn umgebracht?«

»Eine mögliche Schlussfolgerung.«

»Blödsinn! Eine völlig falsche.«

»Wir werden sehen«, sagte Habich unbeirrt. »Wie war Ihr Verhältnis zu Lackner?«

»Ich hatte nicht viel mit ihm zu tun. Alfred kümmert sich um die Fahrereinteilung und Lackner war ja nur eine Aushilfe, die hin und wieder am Wochenende im Einsatz war. Ich habe ihn selten gesehen.«

»Ihre Fahrzeuge werden doch grundsätzlich hier am Hof von den Fahrern übernommen oder nimmt jemand sein Taxi mit nachhause?«

»Eigentlich nicht. So etwas wäre eine Ausnahme.«

»Dann kommt jeder hier am Hof an die Fahrzeuge dran?«

»Wie darf ich das verstehen?«

»Na ja, jeder, der an die Schlüssel rankommt, könnte sich eines der Taxis nehmen und damit losfahren.«

»Im Prinzip schon.«

»Und wer kommt alles an die Schlüssel? Das heißt, wo werden die überhaupt aufbewahrt?«

»Drüben im Aufenthaltsraum gibt es einen codierten Schlüsselkasten, darin befindet sich von jedem Taxi ein Schlüssel. Jeder unserer Fahrer kennt den Code, holt sich bei Dienstantritt den entsprechenden Schlüssel und hängt ihn zum Ende seiner Schicht wieder dorthin. Fertig! Und hier im Büro habe ich die Ersatzschlüssel unter Verschluss.«

»Okay!« Der Hauptkommissar machte sich entsprechende Notizen. »Fahren Sie eigentlich auch noch selbst Taxi?«

»Kommt ab und zu mal vor. Wird aber immer seltener. In der Hauptsache kümmere ich mich um die Werkstatt. Zurzeit suche ich einen zweiten Mechaniker – will die Werkstatt erweitern – und brauche für die Schriftlichkeiten hier im Büro zumindest eine Halbtagskraft. Das sind für mich Aufgaben genug, so dass an Fahren momentan nicht zu denken ist. Daher bin ich ganz froh, dass Onkel Alfred mir beim Taxigeschäft einiges abnimmt. Aber zurück zu Ihrer Aktion hier. Wer von uns soll um Himmels willen einen Grund gehabt haben Lackner etwas anzutun?«

»Eins nach dem anderen, niemand wird verdächtigt«, beruhigte Habich. »Wir haben die Fingerabdrücke von Ihrem Mechaniker in Lackners Auto gefunden. Lackner wurde mit einem Maulschlüssel niedergeschlagen, unsere KTU hat Schmierstoffe nachgewiesen, wie sie in Werkstätten benutzt werden, und die eigentliche Tatwaffe könnte aus der Landwirtschaft stammen. Sie müssen zugeben, alles Argumente, die für Ihren Hof sprechen ...«

»... oder für jeden ähnlichen Betrieb im Landkreis und darüber hinaus.«

»Ihr Betrieb ist aber naheliegend«, beharrte Habich.

»Die Fingerabdrücke Kaspars im Wagen sind ganz normal. Lackners alte Kiste hatte ständig irgendeinen kleinen Defekt, den er bei uns machen ließ. Allein nur einen Gedanken daran zu verschwenden, Kaspar könnte Lackner etwas getan haben, ist völlig absurd, Kaspar kann keiner Fliege etwas zuleide tun.«

»Wir werden sehen, was unsere Spurensicherung findet. Wann erscheint Vollmer zur Arbeit?«

»Der hat um 8 Uhr Arbeitsbeginn, müsste also bald auftauchen. Verschrecken Sie mir den Jungen nicht, ich lege meine Hand für ihn ins Feuer.«

Das Gespräch mit Kaspar Vollmer brachte keine neuen Erkenntnisse. Der junge Mechaniker brachte kaum ein verständliches Wort heraus. Er stotterte sich einen ab und war hypernervös. Dass er nicht in Tränen ausbrach, war alles. Habich beendete die Befragung nach zehn Minuten. Im Stillen musste er Bertram Segert Recht geben, dieser junge Mann war wirklich nicht zu einer Gewalttat fähig, weder an Lackner noch an den jungen Frauen.

Zu keinem außergewöhnlichen Ergebnis kam man auch bei der Durchsuchung der Werkstatt und des Anwesens. Die von der Größe her passenden Maulschlüssel wurden konfisziert, ebenso wie die Seile, die man fand. Von den vorhandenen Schmierstoffen wurden Proben genommen, dann zog der ganze Tross wieder ab. Zurück blieb ein verärgerter Bertram Segert, der Werkstattkunden vertrösten musste, da der Zeitplan – und damit geplante Kundentermine – für den heutigen Tag, wie er es bezeichnete, beim Teufel waren.

Gegen Mittag waren Jasmin und ihr Chef wieder in Würzburg auf ihrer Dienststelle. Kaum dort angekommen klingelte das Telefon an Habichs Platz. Am anderen Ende war Frau Doktor Wollner, die Gerichtsmedizinerin. Habich strahlte, sie rief ihn an. Leichtes Herzklopfen machte sich bei ihm bemerkbar, als er ihre Stimme hörte.

»Hallo Herr Hauptkommissar, melde mich zurück«, sagte sie scherzhaft dienstbeflissen.

»Schön, Sie wieder bei uns zu haben«, antwortete Habich freudig. »Was verschafft mir die Ehre Ihres Anrufes?«

»Zuerst das Dienstliche«, sagte sie und wurde ernst. »Ich befürchte, meine Vertretung, Doktor Bernheim, hat etwas übersehen …«

»Sie sprechen von der Leiche vom Wochenende?«

»Genau! Nicht dass ich seine Arbeit nicht schätze, aber ich habe mir den Toten noch einmal angeschaut und da ist mir etwas aufgefallen …«

»Ich bin ganz Ohr.«

»Apropos Ohr. Mir sind ein paar ganz winzige Kratzer am

Ohr aufgefallen. Dann habe ich mir die Kopfseite oberhalb des Ohres angeschaut ...«

»Doktor Bernheim hat doch den Kopf und die Verletzung durch den Schlüssel untersucht«, wunderte sich Habich. »Ist ihm da nichts aufgefallen?«

»Diese Wunde, die Sie meinen, liegt auf der anderen Schädelseite. Das, was ich gefunden habe, war durch das Haupthaar des Toten verdeckt. Es waren Abschürfungen, die erst durch eine Rasur deutlich sichtbar wurden. In den Kratzern befanden sich kleine feine Holzsplitterchen, die ich zur Analyse ins Labor gegeben ...«

»Wie ist Ihr erster Eindruck? Woher könnte diese Verletzung stammen?«, fragte Habich ungeduldig.

»Wenn ich eine Vermutung anstellen müsste, würde ich sagen, der Kopf ist gegen ein Stück Holz oder ein Brett geschlagen und daran entlanggerutscht. Daher rühren meiner Ansicht nach die leichten Schürfwunden.«

»Könnte man ihn auch mit einem Brett geschlagen haben?«

»Nein, das ergäbe ein anderes Verletzungsmuster.«

»Gut! Sehr gut! Dann warten wir mal die Analyse des Holzes ab. Tja, leider ist der alte Doc scheinbar doch nicht mehr so gut wie früher. Er hat an Gründlichkeit eingebüßt. Na ja, er ist halt schon über 70 und ein bisschen aus der Übung.« Es entstand eine sekundenlange Pause. »Ähh, Sie sagten, *zuerst das Dienstliche*, kommt da noch etwas?«

Dorothea Wollner räusperte sich. »Ich wollte mich für Ihre Einladung revanchieren und fragen, wie es bei Ihnen am nächsten Wochenende aussieht. Hätten Sie Zeit, mit mir essen zu gehen?«

Beinahe hätte Habich einen kleinen Freudensprung gemacht. Er hatte sich aber im Griff und ließ nur sein Herz freudig hüpfen. Alles andere wäre ihm jetzt kindisch vorgekommen, obwohl er sich so aufgeregt wie ein kleines Kind fühlte.

»Von meiner Seite spricht nichts dagegen. Also soll ich mir Gedanken machen, wohin es gehen soll, oder haben Sie einen Wunsch?«

»Nein, nein, das überlasse ich ganz Ihnen.«

»Samstag 18 Uhr? Ich hole Sie ab?«

»Wunderbar!« Plötzlich wurde sie schnell. »Ich muss Schluss machen, bei mir kommt Arbeit herein. Also bis Samstag.« Bevor der Hauptkommissar noch etwas erwidern konnte, hatte Frau Doktor Wollner aufgelegt.

Gedankenversunken starrte er noch einen Moment aufs Telefon, bis er merkte, dass Jasmin zu ihm herüberblickte und ein Lächeln um die Mundwinkel hatte.

»Was ist? Was schaust du so?«

»Ach nichts. Verrätst du mir, was sie gesagt hat …? Natürlich nur das Dienstliche«, beeilte Jasmin sich anzufügen. »Dein Samstagabend-Date geht mich nichts an«, grinste sie herausfordernd.

»Ihr mit euren neumodischen Begriffen immer. *Date, Date*, muss denn immer alles englisch sein. Ich gehe Abend essen mit Frau Wollner. Sie kennt sich in Würzburg nicht aus und sucht Empfehlungen.« Es klang fast wie eine Rechtfertigung. Aber er wischte das Thema beiseite. »Ach ja, sie hat noch etwas an Lackners Leichnam gefunden.« Habich erzählte Jasmin das Gleiche, was er von der Gerichtsmedizinerin gerade zu hören bekommen hatte.

»Dann warten wir mal ab, was die vom Labor dazu sagen«, meinte Jasmin.

Taxi, Taxi

Knapp zwei Tage – vom montäglichen Vorstellungsgespräch an gerechnet – dauerte Jans Einweisung, dann schien Alfred Wissmann zufrieden zu sein. Nun könne man ihn alleine mit dem Taxi *auf die Menschheit loslassen*, wie er es scherzhaft bezeichnete.

Berbakowskis erster Einsatz als Taxifahrer begann morgens. Wissmann, der für die Einteilung der Fahrer zuständig war, hatte ihn entsprechend eingeplant. Unverzüglich nachdem Jan den Funk eingeschaltet hatte, bekam er seinen ersten Auftrag. Die arbeitsreiche Phase hielt über drei Stunden lang an, bevor die Stimme aus dem Funkgerät schwieg und er zum Taxistand am Falterturm fahren konnte. Dort reihte er sich in die Schlange der wartenden Kollegen ein. Einige der selbstfahrenden Unternehmer und der Fahrer hatte er schon in den beiden Einarbeitungstagen kennengelernt.

Vier davon standen rauchend zusammen. Zu denen gesellte sich der Hauptkommissar. Als er näher kam, vernahm er, dass sich die vier über einen ehemaligen Kollegen unterhielten, der sein Rentendasein nicht lange hatte genießen können, da er verstorben war.

»Na, heute zum ersten Mal alleine unterwegs?«, fragte die einzige Frau aus der kleinen Runde, während sie den Rauch in die kühle Novemberluft blies. »Wie waren die ersten Stunden? Feuertaufe überstanden?«, erkundigte sie sich lächelnd.

Henriette Volkers – den Namen kannte Berbakowski aus den Polizeiunterlagen – war eine von mehreren langjährigen

Taxiunternehmern, die ausschließlich selbst mit ihrem einzigen Wagen fuhren. Die Zweiundsechzigjährige war schon seit Jahrzehnten im Geschäft und hatte alle Höhen und Tiefen der Branche miterlebt.

»Anstrengend!«, gestand Jan. »Da ich nicht von hier bin, fehlen mir halt ein paar Ortskenntnisse. Besonders wenn die Zentrale keine Adresse durchgibt, sondern nur einen Geschäfts- oder Firmennamen. Woher soll ich als Neuer wissen, wo die sind? Dann hätte ich einmal beinahe vergessen den Taxameter anzumachen und beim nächsten Mal habe ich ihn angemacht, obwohl es nicht notwendig war. Das war so eine Krankenfahrt mit einem Wisch von der Krankenkasse.«

»Ja, ja, unsere gute Seele geht immer davon aus, dass alle genauso viel wissen wie sie selbst«, lachte Henriette.

»Ist gar nicht so schwer«, mischte sich einer der Männer ein. »In ein paar Wochen hast du das drin«, tönte er mit rauchiger Stimme.

Der korpulente Mann mit der Igelfrisur und den guten Ratschlägen hieß Paul Vollmund und fuhr für das Unternehmen Sahrmann, wie Berbakowski wusste.

»Frag einfach über Funk nach. Irgendeiner wird dir dann schon erklären, wo es ist oder wie du hinkommst«, riet ihm der große kräftige Mann neben Vollmund, der sich dabei die zweite Zigarette ansteckte.

Ihn hatte der Hauptkommissar gleich am Morgen des ersten Tages kennengelernt. Es war Markus Fletcher, der Sechsundfünfzigjährige mit dem amerikanischen Vater, der auch für Segert fuhr. Stumm blieb dagegen der dritte Raucher, eine große schlanke Erscheinung, auch ein Fahrer von Berbakowskis derzeitigem Arbeitgeber. Wissmann hatte Jan den Kollegen als Theodor Krafft vorgestellt. »Der redet nicht viel, dem musst du die Worte aus der Nase ziehen«, hatte Alfred Wissmann ihm erklärt. Krafft war neben Fletcher ebenfalls einer der Kandidaten, die auf Habichs Verdächtigenliste ganz oben standen, da sie an allen drei Mordwochenenden gefahren waren.

»Bin zuversichtlich. Wird schon werden«, nickte Berbakowski den anderen Fahrern zu. »So wie es aussieht, wird es bei euch ja auch nicht langweilig und im Augenblick ganz besonders«, schickte er gezielt eine Bemerkung hinterher.

Die Stimme aus der Zentrale unterbrach das Gespräch. Krafft, der mit seinem Fahrzeug Erster in der Reihe war, bekam einen Fahrauftrag und verschwand.

»Was meinst du damit?«, erkundigte sich Vollmund und warf seinen Zigarettenstummel in den großen Ascheneimer, der neben dem Eingang stand.

»Was ich meine, ist die große Aufregung im Moment wegen des toten Mädchens aus Hohenfeld. Habe gehört, ihr wurdet alle befragt.«

»Na ja, die suchen halt einen Taxifahrer als Zeugen.«

»Ach so, als Zeugen«, tat Jan unwissend, »ich dachte ... «

»Hey, glaubst du etwa, es war jemand von uns? Das kann doch nicht dein Ernst sein. Was bist du denn für einer?«

Paul Vollmunds Stimme wurde energischer und seine Gesichtsfarbe trotz der kühlen Temperaturen rötlich. Wissmann hatte ihn gewarnt, dass Vollmund ein Kollerkopf und Klugscheißer wäre, dem man am besten aus dem Weg gehen sollte. Fletcher wollte etwas darauf erwidern, wurde aber durch die Zentrale daran gehindert, die ihm als Nächsten am Stand Arbeit verpasste.

»Paul, kannst du dir da so sicher sein?«, kam der Einwand von Henriette, die ebenfalls ihr nächste Zigarette inhalierte.

Ihre Augen bewegten sich dabei wie zufällig zu dem letzten angekommenen Taxi, das sich hinten eingereiht hatte. Vollmund bemerkte es und folgte ihrem Blick.

»Henriette, du spinnst doch!« Paul nahm kein Blatt vor den Mund. »So, wie nicht jeder Afrikaner ansteckende Krankheiten hat, ist nicht jeder Syrer ein Terrorist und nicht jeder Ausländer gleich ein potentieller Gauner oder sogar Mörder.«

»Afghanistan, er ist Afghane und ich bin ... Um Gottes willen, ich will nichts gesagt haben ... Nicht dass ich hier noch falsch verstanden werde, aber damals ...« Sie brach ihre stockende Rede ab.

Ein Fahrgast war zum Taxistand gekommen und da Henriette Volkers' Fahrzeug das vorderste in der Reihe war, wurden ihre Dienste gefragt.

»Sie hat mal schlechte Erfahrungen mit einer Gruppe junger Ausländer gemacht, die mit ihr gefahren ist. Seit dieser Zeit ist sie etwas ..., ich würde mal sagen, vorbelastet gegen *Nichtdeutsche*.«

»Wie ... was? Das verstehe ich jetzt nicht«, stellte sich Jan, als wenn er die Andeutung nicht kapiert habe.

»Na ja, sie hat mal drei Asylanten gefahren und es kam am Zielort zum Streit über den Fahrpreis. Einer der drei hat sie dann *bedroht und beschimpft*, wie sie es bezeichnete. Ihre Sympathie für Migranten ist dadurch deutlich gesunken, wenn ich es mal so ausdrücken will«, erklärte Vollmund. »Trotzdem ist sie eine ganz Liebe und du kannst alles von ihr haben.«

»Hat sie sich an die Polizei gewandt?«

»Klar hat sie Anzeige erstattet, aber die Sache ist im Sande verlaufen. Der junge Ausländer hat ausgesagt, er wäre ein bisschen erregt gewesen wegen des Fahrpreises und habe durch sein schlechtes Deutsch etwas falsch verstanden. Seine zwei Kameraden haben natürlich das Gleiche ausgesagt. Von Bedrohung und so wollte keiner was wissen. Bist halt bei solchen Sachen der Arsch, wenn du keine Zeugen hast, die für dich sprechen. Vielleicht will man auch den einen oder anderen

Vorfall mit Asylanten, Migranten, oder wie immer man die auch nennt, unter den Teppich kehren, damit nicht zu viel Unmut in der Bevölkerung entsteht.« Er zuckte mit den Schultern. »Weiß nicht. Ist halt meine Meinung.«

Der Funk rief Berbakowskis letzten Gesprächspartner zum Einsatz und nur Sekunden später war er selbst dran.

Die Gelegenheit zum nächsten Plausch kam erst um die Mittagszeit, da wurde das Geschäft ruhiger. Dieses Mal fehlte Henriette Volkers in der Runde, dafür gesellte sich Harald Burger hinzu, ein Unternehmer mit nur einem Taxi, das er selber fuhr.

Gerade sprach Fletcher auf den schweigsamen Krafft und auf Jan ein. »Wisst ihr eigentlich, was gestern früh bei uns auf dem Hof los war?«

Berbakowski war informiert, schwieg aber vorerst dazu.

»Von was sprichst du?«, erkundigte sich Krafft.

»Na, von irgendeiner Polizeiaktion im Geschäft in Hohenfeld. Hast du nichts mitbekommen? Die müssen doch den Laden auf den Kopf gestellt haben.«

»Keine Ahnung«, brummte Krafft. »Als ich früh meinen Wagen geholt habe, war nichts und als ich ihn nachmittags wieder hingestellt habe, war auch nichts.« Ein langer Satz, zu dem sich der sonst so wortkarge Mann durchgerungen hatte.

»Und du hast auch keine Ahnung, was los war?«, sprach Fletcher den Hauptkommissar an.

»Die werden etwas gesucht haben. Vermutlich ging es um den Toten vom Wochenende.«

»Was weißt du darüber?«

»Nicht viel. Ich habe nur gehört, es soll einer der Aushilfsfahrer sein, ein Lackner oder so ähnlich.«

»Ach, dieser komische Kauz.« Fletcher runzelte die Stirn. »Den habe ich schon ewig nicht mehr gesehen. Habe gar nicht gewusst, dass der noch bei uns gefahren ist.«

»Alfred hat mir erzählt, der wäre nur am Wochenende im Einsatz gewesen.«

»Trotzdem! Ich fahre ja fast jedes Wochenende, aber dieser Lackner sicherlich schon länger nicht mehr.«

»Wird dir nur nicht aufgefallen sein.«

»Hallo! Ich bin doch nicht meschugge und sehe, was ich sehe, und weiß, was ich weiß. Aber Lackner war definitiv seit Wochen schon nicht mehr da. Frag doch Jawad, den Afghanen, der kann es dir garantiert bestätigen. Mit dem habe ich die letzten Wochenenden Dienst geschoben. Warum interessiert dich das so?«, erkundigte sich der Halbamerikaner misstrauisch.

»Ich kenne jemand, der Lackner kennt«, wich Berbakowski aus. »Er schuldet demjenigen noch ein bisschen Geld.«

»Das wird der sich jetzt abschminken können.«

»Wie lange glaubst du Lackner nicht mehr gesehen zu haben?«, hakte der Mann vom LKA nach.

Fletcher überlegte kurz. »Mindestens sechs bis acht Wochen schon nicht mehr. Du willst es aber genau wissen. Möchte wissen, warum dich das so interessiert.«

»Reine Neugier. Nichts als Neugier. Meinem Bekannten, dem er Geld schuldet, hat er nämlich gesagt, er bekäme sein Geld bald wieder, da er fleißig Taxi fahre.«

Wieder wurde die Unterhaltung unterbrochen. Neueingehende Fahraufträge sprengten die Runde. Im Nu waren alle unterwegs. Eine alte Dame, die vom Friseur kam, wurde Jans nächster Fahrgast. Während der Fahrt zu ihr nachhause bemerkte sie mehrmals, wie froh sie sei, dass es die Taxis gäbe. »Ohne euch käme ich nicht mehr aus dem Haus. Mein Mann ist schon verstorben und die Kinder wohnen weiter weg. Da muss ich mir halt so behelfen«, erklärte sie Jan, der geduldig zuhörte. Er hatte schnell gemerkt, dass Taxifahren mehr bedeutete als nur ein einfacher Fahrdienst. Wenigstens für manche, in der Hauptsache ältere Menschen, die regelmäßig diesen Dienst in Anspruch nahmen. Fahrten zum Arzt, zum Friedhof, zum Einkauf, zum Friseur waren fester Bestandteil ihres Lebens geworden. Zwischen Fahrer und Fahrgast entstand eine gewisse Vertrautheit, wenn sich des Öfteren die gleiche Konstellation ergab. Man erfuhr auch so manches aus dem privaten Umfeld der Fahrgäste, die fast täglich ein Taxi benutzten und dabei den einen oder anderen Plausch anstrebten.

Als Berbakowski wieder frei war, rief er sofort Jasmin an und fragte nach: »Sag mal, dieser Lackner, der hat doch bei Segert gefahren.«

»Ja, warum?«

»Ihr habt doch Unterlagen, aus denen hervorgeht, wann er bei Segert im Einsatz war, oder?«

»Richtig! Wir haben Personalpläne, aus denen ersichtlich ist, wann wer gearbeitet hat. Warum, was ist denn los?«

»Schau mal bitte, wann Peter Lackner dort zum letzten Mal auf der Einteilung auftaucht.«

Berbakowski hörte es durchs Telefon rascheln, als Jasmin die Listen durchforstete. Dann war ihre Stimme wieder zu hören. »Den letzten Eintrag über Lackner haben wir an dem Wochenende als Tanja Böhmert verschwand ...«

»Und wann war er davor aktiv?«

»Verrätst du mir auch mal, was deine Fragerei soll?«, murmelte sie, den Hörer zwischen Schulter und Ohr eingeklemmt, während sie weiter in den Unterlagen blätterte.

»Gleich, gleich.«

Erneut wurden Blätter umgeschlagen, dann kam eine Antwort von Jasmin. »Ich bin jetzt nochmal vier Wochen zurückgegangen. Er steht an jedem der Wochenenden für Freitag und Samstag drin. Also sagst du mir nun, was los ist?«

»Hatte gerade ein kleines Gespräch mit Markus Fletcher, der steif und fest behauptet Lackner schon seit fast zwei Monaten nicht mehr in einem Taxi gesehen zu haben. Das stimmt aber mit den Unterlagen von Segert nicht überein. Irgendwas ist da faul.«

»Vielleicht täuscht sich dieser Fletcher.«

»Er hat Stein und Bein geschworen, dass Lackner nicht gefahren ist. Außerdem hat er mich an den Afghanen Ahmas… soundso…«

»Ahmadzai, Jawad Ahmadzai …«

»Genau, an den hat er mich verwiesen, der würde es bestätigen können. Ich fand die Aussage schon sehr überzeugend.«

»Aber so ganz habe ich jetzt nicht verstanden, warum das für uns relevant sein soll.«

»Ganz einfach. Es wird interessant, wenn an dem Samstag, als Tanja Böhmert verschwand, Lackners Taxi tatsächlich nachweislich im Einsatz war. Dann taucht nämlich die Frage auf: Wer hat es gefahren. Wir können ja jetzt davon ausgehen, dass Lackner nicht der Mörder der drei Frauen ist, weil er beim letzten Mord schon selbst über die Brücke ins Jenseits gegangen war.«

»Stimmt! Da werde ich mich wohl mal schlaumachen müssen.«

»Mach das. Entweder hat jemand gefahren, der nicht aufgeführt wurde, oder der Wagen hat gestanden.«

»Wie geht es sonst? Wie ist dein erster Tag alleine?«

»Erzähle ich dir heute Abend.«

Während seiner restlichen Schicht kam Berbakowski zu keinem weiteren Smalltalk unter Kollegen. Gegen 16 Uhr stellte er das Taxi auf dem Hof ab. Sein Blick fiel auf das Werkstatttor, das noch offen stand. Vermutlich war Kaspar, der Mechaniker, noch am Arbeiten. Jasmin hatte ihm vom gestrigen Auftritt hier auf dem Hof erzählt und von der Befragung Vollmers durch Habich. Spontan kam Berbakowski jetzt die Idee, mit Kaspar Vollmer ein Schwätzchen unter Arbeitskollegen zu halten. Vielleicht war ja auf diesem Wege etwas aus ihm herauszubekommen. Gemütlich schlenderte Jan über den Hof und näherte sich von der Seite der Werkstatt, als er daraus eine Stimme hörte. Augenblicklich blieb er stehen, um zu lauschen. »Ich kann dir nur das eine sagen, halt bloß die Klappe«, vernahm er aus dem Inneren. »Du weißt, was sonst passiert.« Die Antwort, die Kaspar gab, konnte Berbakowski nicht verstehen. Seine Stimme wirkte eingeschüchtert und sein leises Gestammel ging zwischen den Klängen von Hailee Steinfelds *Most Girls* unter. Das Gespräch verstummte und Jan ging weiter auf das Tor zu. Er betrat die Werkstatt und sah sich um. An der Werkbank stand Vollmer und ordnete sein Werkzeug, sonst war niemand zu sehen.

»Servus, mit wem hast du dich denn gerade unterhalten?«, fragte Berbakowski.

Erschrocken drehte sich der Mechaniker um. »Oh ... oh ... G... Gott, ha... haben Sie m... mich er... erschr... reckt.« Automatisch drehte er das Radio leiser.

»Hey, ich bin ein neuer Kollege und heiße Jan.« Er streckte Kaspar die Hand entgegen.

»Hal...lo! Ich ... ich ... bin Kas...p...par.«

Nochmal suchte der Mann vom LKA mit Blicken den Raum ab, konnte aber keine weitere Person ausfindig machen. »Du hast doch gerade mit jemand gesprochen«, erkundigte er sich ein zweites Mal.

»N... Nein, m... mit nie... niemand.« Vollmer schüttelte den Kopf und drehte dabei verlegen einen Schraubenzieher in der Hand. Verstohlen ging sein Blick dabei in den rückwärtigen Bereich der Werkstatt. Jan folgte seinen Augen und gewahrte zwischen einem Reifenmontiergerät und einer Standbohrmaschine eine feuerfeste Tür mit der Aufschrift *Notausgang*. Wahrscheinlich war dort die zweite Person verschwunden, deren Identität Kaspar nicht preisgeben wollte. Der Mann – es war eindeutig eine männliche Stimme – hatte eine deutliche Warnung ausgesprochen und Vollmer war entsprechend eingeschüchtert. Berbakowski war klar, dass er jetzt nichts aus ihm herausbekommen würde. Er beschränkte sich auf ein bisschen Konversation und aufs Kennenlernen. Womöglich konnte er so das Eis brechen und Vertrauen schaffen. Kaspar erzählte ihm stolz von seiner Arbeit. Man merkte ihm an, dass ihm die Autos über alles gingen. Es war für ihn nicht nur eine Beschäftigung, bei der man Geld verdient, es war echte Leidenschaft, die er dabei praktizierte. Während Kaspar stotternd erzählte, beobachtete ihn der Hauptkommissar vom LKA unauffällig. Was wusste Kaspar, was er nicht verraten durfte? Hatte es mit Helga Segerts Tod zu tun, mit dem der jungen Frauen und Lackner oder ging es hier um ganz etwas anderes? Berbakowski spürte, dass die Antwort bei dem jungen Mann, der vor ihm stand, liegen könnte. Nur wie sollte er an ihn herankommen? Ergebnislos machte Berbakowski Feierabend, vergaß aber nicht Jasmin über die Geschichte zu berichten.

»Würdest du die Stimme wiedererkennen?«, fragte sie beim Abendessen.

»Nein, ich glaube nicht.« Berbakowski schüttelte den Kopf. »Im Hintergrund lief Musik und da waren die Worte schon schwer zu verstehen.«

»Schade. Ist dir davor und danach niemand sonst begegnet?«

»Keiner weit und breit. Ich bin dann raus aus der Werkstatt und habe mich noch einen Augenblick im Anwesen herumgedrückt, habe aber keinen zu Gesicht bekommen.«

»Ich werde morgen mit Habich und Rautner darüber reden. Vielleicht können wir noch ein bisschen Druck ausüben und der junge Mann knickt ein.«

»Hast du was erreicht wegen des Taxis, das angeblich von Lackner an den Wochenenden bewegt worden sein soll?«

»Ja, der Wagen wurde definitiv bewegt. Ich habe mit Bertram Segert telefoniert und der hat es mir bestätigt. Obwohl, eins ist ihm auch komisch vorgekommen. An dem Samstag, als Tanja Böhmert verschwand, wurden mit dem Fahrzeug gerade einmal knapp 120 Kilometer am Abend gefahren. Das ist relativ wenig, wie mir der junge Segert sagte. Üblicherweise gäbe es an den Wochenenden mehr zu fahren und gewöhnlich wären 250 bis 300 Kilometer locker drin. Aber da die Einsätze, auch von der Zeit her, bei den Aushilfen freiwillig seien, wäre es auch ihre eigene Entscheidung, wie lange sie fahren würden. Entsprechend viel oder wenig Geld würden sie verdienen. Also hat sich niemand ernsthaft darüber Gedanken gemacht.«

»Aber es muss doch einen Nachweis über die Fahrten geben, oder?«

»Ja, ja, es werden sogenannte Fahrtenzettel ausgefüllt und zusammen mit der Abrechnung der Einnahmen abgegeben.«

»Und da ist auch nicht aufgefallen, dass Lackner nicht im Einsatz war?«

»Die Abrechnungen der Fahrer werden zusammen mit dem Geld in einen Nachttresor geworfen und wenn es keine Unstimmigkeiten bei der Abrechnung gibt, kräht kein Hahn mehr danach.«

Berbakowski schob sich eine Salamischeibe in den Mund und überlegte kauend. »Dann könnte *rein theoretisch* auch jemand anderer das Auto fahren, den Zettel mit Lackners Namen ausfüllen und niemand würde es merken.«

»Was ist mit dir? Du müsstest doch wissen, wie es dort läuft, oder machst du es anders?«

»Das war heute mein erster Tag, und da ich noch nicht so fit mit den Abrechnungen bin, habe ich mir die Unterlagen mitgenommen und werde sie erst nach dem Essen in Ruhe ausfüllen. Außerdem hat mir Wissmann gesagt, wir festangestellten Fahrer müssten nicht jeden Tag abrechnen. Es würde wochenweise reichen.«

»Na, dann mach dich mal ans Geldzählen und schau, ob du heute etwas verdient hast«, frotzelte Jasmin, während sie aufstand und den Tisch abräumte.

Späte Reue

Der Donnerstag begann wie einer der Tage, wo man am liebsten im Bett geblieben wäre und sich die Decke über den Kopf gezogen hätte. Ein typischer trostloser Herbsttag mit Regen und Sturm. Böen peitschten die Regentropfen mit Wucht an die Fensterscheiben und der Wind führte sich auf, als wollte er den Bäumen die letzten noch hängenden Blätter entreißen. Die gedrückte Stimmung hatte sich auf den Flur der Dienststelle für Kapitalverbrechen fortgepflanzt. Dort wartete die gesamte Familie Segert, die Rautner einbestellt hatte, auf ihre Vernehmung. Rautner war dem Rat von Jasmin gefolgt, die ihm empfohlen hatte, den Familienmitgliedern noch mal einzeln auf den Zahn zu fühlen.

Segert senior lief den Flur auf und auf und rieb sich die zittrigen Hände in der Hoffnung, baldmöglichst seinen Alkoholpegel wieder auffüllen zu können. Bertram, der Sohn, wirkte wie ein gereizter Tiger im Käfig. Er sah es als Schikane an, dass er sein Geschäft alleinelassen musste, um hier seine Zeit zu vergeuden, wie er es nannte. Alfred Wissmann versuchte Bertram zu beruhigen und zu besänftigen, was gründlich misslang. Seine Frau Hannelore saß schweigend auf ihrem Stuhl und redete kein Wort. Dafür sprach ihr kalkweißes Gesicht Bände. Ihre Nervosität und Anspannung waren greifbar. Unruhig rutschte sie auf dem Stuhl hin und her. Am wenigsten beeindruckt schien Damian zu sein. Ungerührt saß er mit emotionslosem Gesicht da und harrte der Dinge. Nur sein Blick, der hin und wieder zur Armbanduhr wanderte, ließ vermuten, dass es sein einziges Bestreben war, bald wieder zu seiner Arbeit zu können.

Rautner rief Bertram zuerst ins Vernehmungszimmer. Dieser hatte sich noch immer nicht beruhigt und sprach von Geschäftsschädigung und Polizeiwillkür. Seine lautstarke Beschwerde über die Behandlung erstarb erst, als Rautner energisch meinte: »Die Zeit sollte Ihnen Ihre Mutter wert sein.« Der junge Mann schwieg betroffen. Rautner ließ ihn ein bisschen zappeln und blätterte in seinen Aufzeichnungen, bevor er seine Befragung begann.

»Herr Segert, Ihre Aussagen bezüglich des Tages, an dem Ihre Mutter verschwand, sind leider nicht mehr nachvollziehbar.« Wieder sah der junge Kommissar in seine Unterlagen. »Ihre Angaben bezüglich Ihres Aufenthaltes an dem gesamten Wochenende können ebenso wenig belegt werden. Die Freunde, die Sie angegeben haben, konnten sich auch nicht mehr erinnern.«

»Ja, wie ich schon sagte, an diesem Wochenende war ziemlich viel Alkohol im Spiel. Nicht nur an diesem Wochenende«, meinte Bertram mit gequältem Lächeln. »Wir sind immer um die Häuser gezogen, waren da und dort, haben hier was getrunken und dort. Ich weiß es verdammt noch mal wirklich nicht mehr.« Er lehnte sich über den Tisch und sah Rautner direkt an. »Herr Kommissar, glauben Sie wirklich, ich hätte meiner Mutter etwas antun können? Nie … nie … niemals! Weder im nüchternen noch im besoffenen Zustand. Ich habe als junger Kerl viel Scheiße gebaut und bin heutzutage echt nicht stolz darauf, aber so etwas, nein, das ist unmöglich.« Immer noch hörte Rautner zu und sagte kein Wort dazu. »Ich schwöre Ihnen jeden Eid darauf, dass ich nichts mit Mamas Tod zu tun habe.«

Ohne auf Bertrams Emotionsausbruch zu reagieren, fragte Rautner weiter. »Wussten Sie von der geplanten Reise Ihrer Mutter nach Afrika?«

»Herrgott noch mal, nein. Ich habe zum ersten Mal davon gehört, als Sie davon anfingen. Ja, ich kann mich entsinnen, dass sie sich für Tiere interessierte, gerne Tiersendungen sah und Bücher darüber gelesen hat, aber mehr auch nicht.«

»Wie war das Verhältnis Ihrer Eltern zueinander? Ich meine, gab es mal Streit?«

»Weder von meinem Vater noch von meiner Mutter habe ich jemals ein böses Wort gehört. Mein Vater arbeitete viel und war eh kaum zuhause. Ansonsten war bei uns alles friedlich.«

»Kannte eigentlich Vollmer Ihre Mutter?«

»Wie kommen Sie jetzt auf Vollmer? Was hat der damit zu tun?«

»Lassen Sie das meine Sorge sein, welche Fragen ich stelle und warum. Ich höre?«

»Nein, nein, er kannte sie garantiert nicht.«

»Okay! Eine letzte Frage. Warum plötzlich das Wohnrecht für Ihre Tante und Ihren Onkel?«

»Wir fanden es nur gerecht. Onkel Alfred ist bei den Taxis inzwischen meine rechte Hand geworden und Tante Hannelore kümmert sich um den ganzen Haushalt. Wir wollten dafür sorgen, dass sie ein Dach über dem Kopf haben.«

»Wer ist wir?«

»Mein Vater, mein Bruder und ich.«

»Ihr Onkel kann nicht so gut mit Geld umgehen?«

»Stimmt! Er hat einiges verzockt.«

Rautner stand auf und sah durch das vergitterte Fenster dem stürmischen Treiben des Windes zu. Dann drehte er sich um und nickte. »Gut, Sie können gehen.« Der junge Segert hatte schon die Klinke in der Hand, als Rautner ihn fragte: »Vollmer hat doch auch einen Taxischein? Hat er ihn schon mal gebraucht? Ich meine, ist er schon mal gefahren?«

»Soweit ich weiß, hat er irgendwann mal einen Schein gemacht und sogar erneuert, aber er war noch keinen Meter damit im Einsatz. Das wäre, glaube ich, auch nichts für ihn. Er bekäme kein Wort heraus, wenn ein junger hübscher weiblicher Fahrgast zu ihm ins Auto steigen würde«, lachte Bertram.

»Danke!«

Als Zweiten holte sich Chris den Vater von Bertram herein. Rautner musterte den Alten intensiv. Trotz eines frischen Hemdes und einer sauberen Hose sah man ihm den Alkoholiker an. Scheinbar hatte ihn keiner aus seiner Familie dazu überreden können, zum Friseur zu gehen und sich zu rasieren. Während er sich setzte, wanderte sein unruhiger Blick durch den Raum, so als wäre er auf der Suche nach einer Flasche. Gleich darauf begann er unruhig auf dem Stuhl hin und her zu rutschen. Mit fahrigen Bewegungen ließ Segert seine Hände ständig über die Tischplatte gleiten. Der Alkoholentzug war ihm deutlich anzumerken. Rautner versprach sich keinen großen Nutzen von dem Gespräch, aber er wollte nichts unversucht lassen.

»Herr Segert, würden Sie mir noch mal ein paar Fragen beantworten?«

»Waren Sie nicht schon bei uns und haben Fragen gestellt?«, wollte Segert wissen und legte dabei den Kopf schief. »Sie haben mir doch von meiner Frau erzählt, dass sie wieder da ist.«

»Ja, wir haben Ihre Frau gefunden. Können Sie sich noch an den Tag erinnern, als sie verschwand?«

»Ich glaube, das ist schon lange her«, antwortete Segert und leckte sich die Lippen. »Hätten Sie vielleicht etwas zu trinken für mich?«

»Wasser kann ich Ihnen anbieten oder einen Kaffee.«

»Igitt, nein danke.«

»Dann kommen wir noch mal zu dem Tag, ab dem Sie Ihre Frau vermissten. Was wissen Sie noch davon?«

»Nichts, gar nichts mehr.«

»Gab es Streit oder Ärger mit Ihrer Frau? Haben Sie Ihrer Frau etwas angetan?«

»Ich habe meine Helga geliebt«, erwiderte er mit weinerlicher Stimme. »Ich habe ihr nie etwas getan. Warum ist sie davon?«

Rautner spürte, dass der alte Segert die Zusammenhänge nicht mehr begriff. Er konnte oder wollte nicht wahrhaben, dass sie tot war. Scheinbar war er immer noch der Meinung, sie sei ihm damals davongelaufen und die Polizei hätte sie nun wieder zurückgebracht.

»Herr Segert, Ihre Frau ist nicht weggegangen, sie ist tot. Wir haben ihren Leichnam gefunden.«

»Tot? Sie war aber doch plötzlich weg und wir haben sie gesucht. Nun haben Sie sie endlich gefunden. Warum ist sie jetzt auf einmal tot?«

Die Verwirrung Segerts schien sich im Laufe der Unterhaltung zu steigern. Er begann Vergangenheit und Gegenwart zu vermischen. Der Mann hatte seit Rautners Besuch bei den Segerts, wo er ihnen die traurige Nachricht überbracht hatte, mächtig abgebaut. Oder lag es tatsächlich nur an dem fehlenden Alkohol, der Segerts Sinne am Leben erhielt? Rautner brach an der Stelle die Befragung von Heribert Segert ab. Klare Antworten waren nicht mehr möglich. Der junge Kommissar ließ sein Bauchgefühl an sich ran und das sagte ihm spontan, dass Segert nie und nimmer seiner Frau etwas hätte antun können. Jedoch war sein Kopf nicht ganz frei von Zweifeln. Das letzte Quäntchen Unsicherheit blieb bestehen.

Der Nächste, den Rautner ins Zimmer rief, war Damian Segert. Mit zur Schau gestelltem Desinteresse lümmelte sich der junge Mann auf den Stuhl.

»Wie standen Sie zu Ihrer Mutter?«, fragte Rautner ihn direktheraus und ignorierte sein Verhalten.

»Wie meinen Sie das?«, fragte der junge Mann irritiert.

»Na, was empfanden Sie damals und empfinden Sie heute noch für Ihre Mutter? Das ist doch nicht so schwer zu beantworten, oder?«

Damian knabberte an seiner Unterlippe und war um eine Antwort verlegen. »Ich … Ich weiß es nicht genau«, kam die zögerliche Antwort.

»Haben Sie Ihre Mutter geliebt, war sie Ihnen egal oder haben Sie sie verachtet? Sie müssen doch irgendwelche Gefühle ihr gegenüber gehabt haben.«

»Sie war da und auch nicht«, überlegte Damian. »Sie hatte wenig Zeit für mich. Zuerst war sie halbtags in diesem Büro und wenn sie nachhause kam, dann ging es dort weiter mit Arbeit. An ihr ist alles hängengeblieben, da Vater fast nur mit dem Taxi unterwegs war.«

»Und das hat Ihnen nicht gefallen?«

»Ich kannte es nicht anders«, war die ausweichende Antwort.

»Ihre Tante hat ausgesagt, Sie hätten sehr unter dem Verlust Ihrer Mutter gelitten.«

»Natürlich war das für mich ein Schock.«

»Aber Sie waren ja die ganze Zeit der Meinung, Ihre Mutter hätte Sie verlassen, quasi sitzengelassen. Oder habe ich da etwas falsch verstanden?«

»Nein, nein, etwas anderes konnte ich mir nicht vorstellen.«

»Gab es einen besonderen Grund, warum Sie zu der Annahme kamen?«

»Möglich. So genau habe ich das nicht mehr im Kopf.«

»Versuchen Sie es. Womöglich ist es wichtig.«

Es entstand eine Pause, in der Damian überlegte, dann nickte er. »Ich kann mich dunkel erinnern Wochen, zuvor zufällig ein Telefonat meiner Mutter mitbekommen zu haben, in dem es um eine Reise nach Afrika ging.«

Demonstrativ blätterte Rautner in seinen Unterlagen. »Davon steht aber nirgendwo ein Wort. Wann wollten Sie etwas darüber aussagen?«, meinte Kommissar Rautner erbost.

»Es war bei mir in Vergessenheit geraten und nachdem Mutter jetzt gefunden wurde, war es ja wohl auch nicht mehr wichtig.«

»Aber damals wäre es wichtig gewesen. Zumindest hätte man in eine bestimmte Richtung suchen können. Warum haben Sie nichts gesagt? Hat es Sie nie interessiert, was mit Ihrer Mutter passiert ist?«

»Ich habe wohl was gesagt!«, protestierte Damian. Er war jetzt nicht mehr so selbstsicher wie zu Anfang des Gespräches. Plötzlich war er der kleine Junge, der spürte, dass er etwas falsch gemacht hat.

»Wie? Wann?«

»Ich habe Tante Hannelore von dem Telefonat erzählt und dass ich Angst hätte, Mama wandert aus und lässt uns zurück. Später habe ich sie erneut darauf angesprochen, als Mutter verschwunden war.«

»Wie genau haben Sie Ihre Tante angesprochen?«

»Ich habe sie gefragt: *Ist Mama jetzt weg nach Afrika?* Sie meinte nur, dass mit Afrika wäre nicht wichtig, ich sollte niemand davon erzählen.«

Rautner war hellhörig geworden. Hier ergab sich der erste Ansatz für Ungereimtheiten. Warum hatte man dem Jungen verboten über das Gehörte zu sprechen? Warum hatten alle geleugnet von der geplanten Afrikareise zu wissen?

»Wieso kommen Sie *jetzt* erst damit heraus?«

»Es war bis heute nie mehr die Rede davon. Die Erinnerung hat sich erst wieder aus unserem Gespräch ergeben.«

»Also wurde die Afrikareise bis heute mit keiner Silbe mehr erwähnt?«

»In meinem Beisein zumindest nicht.«

Der Kommissar klappte seine Akte zu. »Damit bin ich mit meiner Befragung zu Ende. Ich möchte aber, dass Sie die eben gemachte Aussage zu Protokoll geben und vorerst darüber schweigen.« Rautner rief einen uniformierten Kollegen, dem er den Sachverhalt erklärte und der den jungen Segert mitnahm.

Nachdem Damian den Raum verlassen hatte, stand Rautner erneut einen Moment am Fenster und lauschte fasziniert dem Sturm, der mit Vehemenz an dem Fenster rüttelte, als wollte er es aus den Angeln heben.

Rautners Gedanken befassten sich wieder mit dem Fall. Hatte er mit Damians Aussage einen Durchbruch geschafft? Warum war die Reise totgeschwiegen worden? Er dachte nach, wen von den beiden Übriggebliebenen er zuerst hereinholen sollte, und entschied sich für die Frau.

Hannelore Wissmann war sehr nervös, als sie das Vernehmungszimmer betrat. Stumm wies Rautner mit der Hand auf einen Stuhl. Er setzte sich ihr gegenüber, lehnte seine Unterarme auf den Tisch und tat so, als wenn er lesen würde. Dabei kannte er die dünne Akte schon auswendig. Wie bei den anderen Familienmitgliedern zuvor ließ er einige Sekunden vergehen, bis er die Frau ansprach. Der Kommissar hatte sich entschieden, auf Konfrontationskurs zu gehen und nicht lange um den heißen Brei herumzureden.

»Warum haben Sie mich belogen?«

»Be... belogen?«, stotterte Hannelore Wissmann entgeistert. Ihr Gesichtsfarbe unterschied sich kaum von der frisch getünchten weißen Wand im Hintergrund. »Ich ... ich weiß nicht, was Sie meinen?«

»Stichwort: Damian und die geplante Afrikareise von Helga Segert.«

Die Frau schien einer Ohnmacht nahe zu sein. Rautner stellte einen Pappbecher Wasser vor sie hin.

»Nun trinken Sie mal und dann überlegen Sie in Ruhe, was ich damit gemeint haben könnte. Ich bin sicher, Sie kommen drauf.«

Mit zittrigen Händen, schlimmer als die des alten Segert, nahm sie den Becher und nippte an der Flüssigkeit.

»Hat Damian etwas gesagt?«

»Aha, Sie sind auf der richtigen Spur. Ja, Damian hat zwar alles von damals verdrängt, konnte sich aber wieder an das Telefonat erinnern, von dem er Ihnen damals erzählt hatte. Sie wussten also von Frau Segerts Absicht.«

»Na ja, ich habe es mehr für einen Spleen gehalten«, kam sie langsam mit der Sprache heraus.

»Wem haben Sie noch davon erzählt?« Rautner war sich sicher, dass Frau Wissmann so etwas nicht hatte für sich behalten können.

»Nie... niemand!« Die Lüge stand ihr ins Gesicht geschrieben.

»Frau Wissmann, wem?«, wiederholte er mit Nachdruck. »Machen Sie reinen Tisch, Sie geraten immer mehr in Verdacht, etwas mit dem Tod Ihrer Schwägerin zu tun zu haben«, trumpfte Rautner auf.

»Meinem Mann«, hauchte sie ganz zaghaft.

»Sonst noch jemand?«

Heftiges Kopfschütteln war die Antwort.

»Hatte die Reise mit ihrem Verschwinden zu tun? Was ist passiert? Verdammt noch mal, reden Sie! Haben Sie sie umgebracht?«, fragte er energisch und schlug mit der flachen Hand auf den Tisch.

Hannelore Wissmann zuckte wie vom Blitz getroffen zusammen und wehrte ab: »Nein, nein, es war doch ...« Mitten im Satz brach sie ab und begann zu weinen. »Ich sage jetzt gar nichts mehr«, schluchzte sie, »ich kann nicht.«

Die Rädchen im Kopf des jungen Kommissars begannen sich zu drehen. Sollte diese kleine korpulente Person, die einen Kopf kleiner als Helga Segert war, ihrer Schwägerin etwas angetan haben? Was hatte es mit dieser verdammten Reise auf sich? Chris war ein Gedanke gekommen, der ihn nicht mehr losließ. Ein Verdacht stieg in ihm auf. Ihm fiel das Gespräch mit den Deschners ein, mit denen Helga Segert auf die Reise gehen wollte, und deren Telefonat mit Frau Segert einen Tag vor ihrem Verschwinden.

Abermals rief Rautner einen uniformierten Kollegen herbei und gab ihm den Auftrag, Hannelore Wissmann in ein anderes Zimmer zu bringen und dort mit ihr bis auf Weiteres zu warten.

Als Letzten der Familie nahm sich Rautner Alfred Wissmann vor. Überrascht sah sich dieser in dem leeren Raum um. »Wo ist meine Frau?«, fragte er den Kommissar. Sie war nicht aus dem Vernehmungszimmer herausgekommen, sondern war durch eine Verbindungstür nach nebenan gebracht worden.

»Nehmen Sie erst mal Platz«, bat ihn Rautner, ohne auf seine Frage einzugehen. Kaum hatte sich der gutbeleibte Mann mit der Halbglatze ächzend auf den Stuhl gesetzt, als Rautner seinen ersten Pfeil verschoss. »Herr Wissmann, wir haben Ihre

Frau verhaftet wegen des Verdachtes der Tötung von Helga Segert.«

Der Mann saß da wie vom Donner gerührt und starrte den Kommissar entgeistert an.

»Wieso Helga?«, waren die einzigen Worte, die ihm entwichen. Dann nach einer halben Ewigkeit: »Helga? Helga doch nicht.«

»Wollen Sie etwas dazu sagen?«

»Ich ... Ich ... Das ist ...« Alfred Wissmann brachte keinen vollständigen Satz heraus.

»Bedeutet ›Ich, ich‹, dass Sie es waren?«, schoss Chris seinen nächsten Pfeil ab.

»Nein, nein!«

»Also dann doch Ihre Frau.«

»Nein, nein!«, klang es verzweifelt.

»Ja was nun? Es gibt keinen Zweifel. An den großen Unbekannten, der Helga Segert etwas angetan haben könnte, glauben wir nicht. Herr Segert war mit dem Taxi unterwegs, die Kinder aus dem Haus und Sie hatten Spätschicht. Also bleibt nur Ihre Frau übrig. Sie ist doch bei Ihrer Schwägerin tagtäglich ein und aus gegangen. Vermutlich hat es Streit gegeben und dann ist er eskaliert und es ist passiert. Der Staatsanwalt ist der gleichen Meinung«, bluffte Rautner. »Oder wollen Sie mir eine andere Geschichte erzählen?«

Alfred Wissmann machte farblich gesehen seiner Frau Konkurrenz. Auch seine Gesichtsfarbe hatte sich in Kalkweiß verwandelt. Trotz der herbstlichen Temperaturen und obwohl in dem Zimmer keine Heizung an war, glänzte Wissmanns Halbglatze feucht und auf seiner Stirn bildeten sich dicke Schweißtropfen, die, kleine Rinnsale bildend, Wangen und Nacken hinunterliefen. Er schluckte und druckste herum, bis Rautner ihn erlöste.

»Kann es sein, dass Sie nur eine kurze Spätschicht hatten und früher von der Arbeit zurückkamen? Wir haben bei Ihrem ehemaligen Arbeitgeber einen entsprechenden Nachweis gefunden, der dies belegt. Sie sind zu Ihrer Schwester gegangen und haben mitbekommen, dass sie Grundbesitz verkaufen wollte. Richtig? Es kam zum Streit und da ist etwas passiert. Richtig?« Ganz zaghaft nickte Wissmann. »Was ist passiert? Erzählen Sie mal.«

Der korpulente Mann wischte sich mit einem Taschentuch den Schweiß aus Nacken und Gesicht, dann begann er mit leiser Stimme zu berichten: »Es ... es war ein Unfall. Ich habe das nicht gewollt. Helga hat gerade telefoniert und ich habe gehört, wie sie sagte, dass sie alles verkaufen wolle, um nach Afrika zu gehen. Von der Idee mit Afrika hatte ich ja schon einige Zeit vorher durch meine Frau erfahren. Ich sah unsere Existenz bedroht, da sie schon Wochen vorher versprochen hatte, uns, meiner Frau und mir, im elterlichen Anwesen ein Wohnrecht einräumen zu lassen. Unsere Wohnung war gekündigt, weil wir mit der Miete in Rückstand waren, und wir sollten den Umzug nach Hohenfeld mitmachen. Nun plötzlich der Schock, dass sie verkaufen wollte. Ich habe sie zur Rede gestellt und sie angeschrien. Sie meinte nur, das ginge mich nichts an, weil es ihr Erbteil wäre, und sie könne damit machen, was sie wolle. Es kam zur Rangelei und ich habe sie geschubst. Wir standen in der Nähe des Treppenabsatzes und mit einem Mal verlor sie das Gleichgewicht und stürzte die Treppe hinab.« Wissmanns Stimme wurde zittriger. »Ich habe sofort nach ihr gesehen, aber sie war tot. Die Panik über das Geschehene hat mich zu der Kurzschlusshandlung getrieben, ihren Leichnam im verlassenen Nachbaranwesen zu verstecken. Über Afrika haben wir nichts verlauten lassen, da vielleicht sonst jemand auf den geplanten Verkauf gekommen wäre und somit auf ein

Motiv. Außer Hannelore und Damian schien niemand etwas zu wissen. Es hat sich wegen der Reise auch nie jemand gemeldet.«

»Hat Ihre Frau von der Tat gewusst?«

»Ja, nein, ich weiß es nicht, aber ich glaube, sie hat die ganze Zeit etwas geahnt. Erst als Sie mit Ihren Nachforschungen begannen, habe ich es Hannelore gebeichtet.«

Rautner atmete hörbar aus. »Schlimm ist, dass Ihre Reaktion völlig überzogen war. Sie haben befürchtet Ihre Schwester wandert aus und bleibt in Afrika, aber davon war nie die Rede.«

»Es war eine Verkettung unglücklicher Umstände. Bei meiner Frau hat Helga immer wieder einmal verlauten lassen, ihr Leben solle, so wie es jetzt sei, nicht enden. Das bestärkte mich natürlich in meiner Vermutung, dass sie etwas Einschneidendes vorhatte«, meinte Wissmann kleinlaut. »Die letzten Wochen hat meine Schwester schon ein bisschen geheimnisvoll getan.«

»Sie wollte einzig und allein eine mehrwöchige Reise unternehmen und hat dazu Geld gebraucht. Sie hatte deswegen auch nicht vor *alles* zu verkaufen, das haben Sie falsch verstanden, sondern nur ein oder zwei ihrer Wiesen oder Äcker. Der Streit in Verbindung mit dem Tod Ihrer Schwester war also sinnlos.«

Jetzt gab es kein Halten mehr, der Wissmann brach weinend zusammen.

Nachteinsatz

Berbakowskis erster Wochenendeinsatz sollte Freitagabend um 18 Uhr beginnen. Er hatte sich freiwillig dazu einteilen lassen, übers ganze Wochenende zu fahren. Mittlerweile hatte sich der Verdacht erhärtet, dass es ein Taxifahrer war, der die drei Morde begangen hat. Habich glaubte einen Durchbruch geschafft zu haben, da sich zwei Zeugen gemeldet hatten, deren Beobachtungen sehr aufschlussreich waren.

Bei der großangelegten Befragung am vergangenen Sonntag in der Ernst-Reuter-Straße hatten die Kollegen mehrere Anwohner nicht angetroffen. Zwei waren im Krankenhaus gewesen und zwei in Urlaub. Von den vieren hatten sich zwei am Freitagmorgen bei der Polizei gemeldet. Ein älterer Herr sagte aus, die junge Dame – gemeint war Tanja Böhmert, das Opfer – frühmorgens gesehen zu haben. Er habe nicht mehr schlafen können und sei auf den Balkon gegangen, um eine Zigarette zu rauchen. Da habe er die junge Frau rauchend auf der Straße stehen gesehen. Kurz darauf sei ein Taxi gekommen, in das sie eingestiegen sei.

Der zweite Zeuge, eine fünfzigjährige Frau, bestätigte – unabhängig vom ersten – die Aussage des älteren Herrn. Sie war mit ihrem jungen Hund unterwegs, der dringend hätte Gassi gehen müssen. Gerade als sie sich von der Grünanlage Ecke Klettenberg auf den Rückweg hätten machen wollten, sei das Taxi vom Klettenberg her in die Ernst-Reuter-Straße eingebogen, berichtete sie der Polizei. Die Frau habe dann die Bremslichter gesehen und wie eine Person einstieg. Wer genau die Person war, konnte sie nicht sagen, sie sei zu weit entfernt gewesen. Dafür waren der Fünfzigjährigen andere Sachen nicht entgangen, von denen der ältere Herr nichts zu berichten wusste. Nachdem das Taxi losgefahren sei, wäre ein weiteres Auto vor ihr aus einer Parklücke losgefahren und es habe den Anschein gehabt, als wenn der zweite Wagen dem Taxi folgen würde. Sie habe die beiden Fahrzeuge mit den Blicken verfolgt, bis sie nach rechts in die Böhmerwaldstraße Richtung B 8 abgebogen seien. Das zweite Fahrzeug konnte die Frau nur als einen dunklen Wagen beschreiben. Mit Automarken konnte sie nicht dienen. Danach berichtete die Hundebesitzerin von einem dritten Ereignis, das sie auf dem Weg zur Eingangstür ihres Wohnblockes bemerkt hatte. Keine Minute nachdem die beiden ersten Fahrzeuge verschwunden waren, kam ein zweites Taxi und hielt auf der Straße. Diese Aussage deckte sich mit der des Taxifahrers Fletcher, der bei der ersten Befragung schon bestätigt hatte, zur Ernst-Reuter-Straße 8 geschickt worden zu sein, wo er aber keinen Fahrgast gefunden habe. Um das zweite Taxi habe sie sich aber nicht mehr gekümmert, meinte die Frau, da ihr kalt gewesen wäre und sie zurück in ihre Wohnung gewollt habe. Dort angekommen habe sie aus dem Fenster geblickt und gerade noch gesehen, wie das zweite Taxi sich wieder entfernte. Auf Nachfrage nach der Uhrzeit gab die Frau an, es sei genau halb sechs Uhr gewesen, als sie ihre Wohnung betreten habe.

Keiner der beiden Zeugen hatte den Fahrer des ersten Taxis erkennen können. Auch nicht ob Mann oder Frau, jung oder alt. Für den Herrn auf dem Balkon war die Entfernung zu weit und seine Augen zu schlecht, die Frau mit Hund hatte das Taxi nur von hinten gesehen und daher noch weniger Möglichkeiten, etwas zu erkennen. Ebenso wenig konnte sich einer von ihnen an eine Auto- oder Taxinummer erinnern. Es war halt ein gelbes Taxi mit leuchtendem Schild auf dem Dach. Nicht mehr und nicht weniger.

Nach diesen neuen Aussagen meinte Habich bei der Besprechung, an der auch Berbakowski teilnahm: »Es sieht tatsächlich so aus, als wenn da jemand mit einem Taxi sein Unwesen treibt. Jetzt müssen wir ihn nur noch erwischen.« Er wandte sich direkt an Jan. »Haben Sie schon einen Eindruck von den Fahrern?«

»Nicht wirklich«, schüttelte der Angesprochene seinen Kopf. »Bisher hatte ich nur mit wenigen Fahrern Kontakt. Es ist nur möglich, wenn mal eine kurze Ruhephase entsteht, und da müssen die anderen erst mal aus ihren Wagen steigen und bereit sein zu reden. Gut, dass die meisten Raucher sind und in den Taxis nicht geraucht werden darf. Dadurch entsteht eher mal ein Gespräch.«

»Okay! Dann lassen wir uns mal überraschen, was ihr erstes Wochenende ergibt. Sollte sich was ereignen und Sie Hilfe brauchen: Chris und Jasmin sind auf Bereitschaft und ich bin auch erreichbar«, gab Habich seine Anweisungen.

»Lege dich noch ein bisschen hin, es wird eine lange Nacht«, meinte Jasmin fürsorglich. Dem Ratschlag folgte Jan bereitwillig und verabschiedete sich.

»Was übersehen wir?«, fragte Habich laut in den Raum hinein. Zum x-ten Mal betrachtete er die Bilder der fünf Fahrer an der Plexiglaswand, die zum engeren Kreis der Verdächtigen gehörten. Bei keinem hatten sich weitere Verdachtsmomente ergeben, außer dem, dass alle Männer an den Tagen im Einsatz waren, als die drei jungen Frauen verschwanden.

»Vielleicht doch ein auswärtiges Taxi aus einem der benachbarten Landkreise«, meinte Rautner, der nach Beendigung seines eigenen Falles wieder im Team mitarbeitete.

Energisch schüttelte Jasmin den Kopf. »Das kann nicht sein. Berbakowski hat mir erklärt, dass du ein Funkgerät brauchst, um mitzubekommen, wo Fahrgäste stehen. Und welches fremde Taxi fährt schon in irgendwelchen unbekannten Siedlungen und Wohngebieten herum, um genau dort eine einzelne junge Frau zu finden, die ein Taxi braucht? Diese Theorie finde ich völlig an den Haaren herbeigezogen.«

»Gut, dann bitte andere Ideen«, forderte der Hauptkommissar sein junges Team auf.

»Da ist noch irgendwer nachts unterwegs, von dem die Kollegen nichts mitbekommen, weil er sich still verhält oder nur kurz und unauffällig in Erscheinung tritt«, kam der nächste Einfall von Jasmin. »Daher taucht er auch nicht auf unserem Schirm auf.«

»Das wäre dann eine Aufgabe für unseren verdeckten Ermittler vom LKA, auf solche Besonderheiten sein Augenmerk zu richten.«

»Ich werde ihn heute Abend darauf aufmerksam machen.«

Habich kratzte sich an der Stirn und blätterte in einem Bericht der Spurensicherung. »Sag mal, Jasmin, wurde eigentlich bei Lackner ein Handy gefunden? Ich lese hier nichts.«

»Kannst du auch nicht. Weder bei Lackner selbst noch im Wagen oder in der Wohnung haben die Kollegen etwas gefunden. Es ist zwar unwahrscheinlich, dass er kein Handy hatte, aber ...«, sie zuckte hilflos mit den Schultern, »... es gibt auch keine Unterlagen über einen Handyvertrag oder Ähnliches. Zudem konnte uns niemand aus Lackners kleinem Bekanntenkreis eine Handynummer von ihm geben. Selbst seine Ziehmutter in Österreich hat keine Nummer von ihm. Du wolltest sicherlich ein Bewegungsprofil erstellen lassen. Ich hatte schon die gleiche Idee, aber ohne Nummer und ohne den Namen eines Dienstleisters haben wir keine Chance.«

»Aber für unsere fünf Kandidaten müsste das doch möglich sein. Vielleicht bekommen wir so heraus, wer noch außer Fletcher mit seinem Taxi in der Ernst-Reuter-Straße war. Ich werde mal mit Kriminaloberrat Schössler darüber reden, ob wir eine Genehmigung dafür bekommen.«

Eine halbe Stunde vor Dienstantritt fuhr Berbakowski in Hohenfeld auf den Hof. Das Büro sah verlassen aus, aber in der Werkstatt brannte noch Licht. Eines der Taxis, ein Mercedes, thronte hoch droben auf der Hebebühne und der Mechaniker stand darunter.

»Hallo Kaspar, noch so fleißig!«

Der junge Mann erschien Jan heute wenig gesprächig. Wortkarg gab er Auskunft und meinte, er hätte keine Zeit zum Reden, da das Fahrzeug noch fertig werden müsste. Damit widmete er sich wieder seiner Arbeit und ließ Jan links liegen.

Weil Berbakowski auch sonst niemand zum Reden fand, ging er in den Aufenthaltsraum zum Schlüsselkasten und gab den Code ein. Mit einem Klick sprang die Tür auf und er entnahm den Zündschlüssel des Toyota Prius Hybrid, den er sich mit dem Kollegen Brückner teilte. Der Wagen war noch ziemlich neu – keine drei Monate alt – und ein Versuch von Bertram Segert, bei den Fahrzeugmodellen von den gängigen Typen VW und Mercedes auf wirtschaftlichere Taxis umzusteigen. Angeblich gehörte das neue Modell von Toyota dazu. Daneben hatte Segert noch zwei ältere Mercedes-Limousinen, einen VW Touran und einen neuen Opel Galaxy – auch als Umstiegsversuch – im Fuhrpark. Auf Grund der fehlenden Schlüssel stellte Jan fest, dass zwei der Taxis auf Tour sein mussten. Einen Mercedes und den VW vermisste der Hauptkommissar, als er sich auf dem Hof umblickte.

Geräuschlos angetrieben durch den Elektromotor verließ Berbakowski das Segert'sche Anwesen. Noch schwieg das Funkgerät, während er sich den Berg hinunter über Krauß- und Mainstraße in Richtung Kitzingen bewegte, aber die Ruhe war trügerisch. Schon an der nächsten Ampelkreuzung meldete sich eine weibliche Stimme über Funk. Ab dem Augenblick schickte sie einen Fahrauftrag nach dem anderen durch den Äther. Berbakowski sah auf die Uhr in seinem Display. Es war die Zeit, wo der Einzelhandel in der Innenstadt seine Pforten schloss, die letzten Patienten die Arztpraxen verließen und die Späteinkäufer zu den Märkten strömten, die noch bis 20 Uhr geöffnet hatten. Seine erste Tour führte ihn zum Ärztehaus in der Moltkestraße, von wo aus er eine Dame mit Rollator zum Winterleitenweg bringen musste. Inzwischen gab die Stimme aus der Zentrale bekannt, dass am Taxistand und am Rathaus jeweils Kundschaft wartete. Ein Kollege meldete sich und wurde zum Rathaus geschickt, ein weiterer Kollege nahm die Fahrgäste vom Taxistand mit. Neue Aufträge folgten. Mitarbeiter von in Kitzingen ansässigen Firmen wollten zum Bahnhof gebracht werden. Bahnreisende warteten am Bahnhof auf ein Taxi. Die nächsten zwei Stunden kam keine Langeweile für Berbakowski auf. Schließlich kam kurz vor 20 Uhr das vorläufig erste Finale seines Tourmarathons, das Einkaufsende bei E-Center, Kaufland, Norma & C, mit einem Ansturm von Fahrgästen mit Getränkekisten und massenhaft Einkaufstüten, als gäbe es am nächsten Tag keine Waren mehr. Darunter genervte Mütter und Väter mit ihren quengelnden Kindern, die sie mit Süßigkeiten und anderen Näschereien ruhigzustellen versuchten. Danach ebbte die Auftragslage ab und Jan fand zum ersten Mal Gelegenheit, zum Taxistand zu fahren. Während seiner Fahrten hatte er aufmerksam den Funk verfolgt, um einen

Überblick zu bekommen, wer heute Abend im Einsatz war. Einschließlich seiner selbst hatte er fünf Fahrer ausmachen können, die derzeit unterwegs waren.

Am Stand traf er auf Markus Fletcher, Paul Vollmund und Sarah Redig, die rauchend beieinanderstanden. Letztere war eine weitere Angestellte von Segert. Thema Nummer eins waren, wie kaum anders zu erwarten, die Ereignisse in der Familie Segert. Wie ein Lauffeuer hatte es sich herumgesprochen, dass Helga Segert durch ihren eigenen Bruder zu Tode gekommen war. Nur, so ganz genau wusste keiner Bescheid und damit war den wildesten Gerüchten Tür und Tor geöffnet. Wortführerin war Sarah, bei der jeder zweite Satz mit »Ich will ja nichts gesagt haben, aber …« oder mit »Meines Wissens …« begann. Fletcher grinste Jan zu und rollte hinter ihrem Rücken bedeutungsvoll die Augen. Ein ähnlich großspuriges Wort führte Vollmund, der sich in alle möglichen Mutmaßungen erging. Erwartungsvoll blickten sie dabei auf Fletcher und Jan in der Hoffnung, neue Details zu erfahren.

»Wenn ihr es genau wissen wollt, so fragt Alfred selber«, war die einzige Antwort von Fletcher.

»Ja, ist der denn nicht eingesperrt?«, erkundigte sich Sarah überrascht.

»Quatsch, Alfred ist doch kein Schwerverbrecher«, tönte Vollmund. »Wenn ich das richtig verstanden habe, war es mehr ein Unglücksfall als ein Verbrechen.«

»Aber man wird ihn doch sicherlich dafür bestrafen«, behauptete Sarah.

»Ich glaube, das sollten wir ein Gericht entscheiden lassen und ihn nicht vorverurteilen«, schaltete sich Berbakowski in das Gespräch ein.

Das Grüppchen wurde durch zwei Funksprüche getrennt. Redig und Vollmund erhielten Fahraufträge und mussten los.

»Sie ist eine recht nette Person, aber eine furchtbare Tratsche«, erklärte Fletcher dem Neuling und es war klar, wer damit gemeint war. »Sarah und der Besserwisser Paul, bei denen wird Rufmord zum Kavaliersdelikt. Ich hoffe, du behältst für dich, was ich hier sage.«

»Natürlich, Kollege«, grinste Jan Fletcher verschwörerisch zu.

Ein weiteres Taxi kam zum Stand. Es war Jawad Ahmadzai, der Afghane. Durch die Windschutzscheibe grüßte er Jan und Fletcher freundlich zu, blieb aber im Auto sitzen.

»Der hat es auch nicht einfach«, meinte Fletcher. »Er spricht wenig oder gar nichts mit uns und grenzt sich aus. Dadurch bleibt er ein Fremder unter Fremden. Ich verstehe nicht, warum er sich nicht ein bisschen mehr integriert.« Er winkte ab. »Na ja, muss jeder selbst wissen, was er macht.«

Berbakowski rief sich die Akte des Afghanen ins Gedächtnis. Er war schon über zwanzig Jahre hier in Deutschland, hatte eine Frau und drei Kinder. Seine Frau arbeitete als Reinigungskraft im Krankenhaus. Die Nachforschungen hatten ergeben, dass er an allen Tagen Dienst gehabt hatte, an dem die jungen Frauen entführt worden waren. Erschwerend kam für Habich und sein Team dazu, dass seine Frau im Krankenhaus sicherlich einfach an Betäubungsmittel kam. Aber Berbakowski hielt das für Blödsinn. Diese Art von Betäubungsmittel, die laut Gerichtsmedizinerin im Einsatz gewesen sein dürften, konnte man heutzutage ohne Schwierigkeiten übers Internet beziehen. Also war es für jeden anderen auch zugänglich. Jan nahm sich vor deswegen mit Jasmin zu reden, um eventuell die Internetaktivitäten der fünf Verdächtigen dahingehend zu überprüfen, ob einer so leichtsinnig gewesen war, über seinen eigenen Account so etwas zu bestellen.

Inzwischen hatte sich Fletcher eine neue Zigarette angesteckt und scherzte durchs offene Fenster mit der Frau in der

Zentrale. Jan beobachtete ihn nachdenklich. Verhielt sich so ein dreifacher Mörder? Wie verhielt sich so einer überhaupt? Gab es überhaupt ein Muster? Fletcher interpretierte den abschätzenden Blick von Berbakowski falsch.

»Ich weiß, ich weiß, ich rauche zu viel, aber irgendein Laster muss der Mensch ja haben.«

Seine Zigarette sollte Fletcher nicht mehr ganz genießen können. Mit leicht schwankenden Schritten näherte sich ein Mann, etwa Ende fünfzig und in Arbeitskleidung, dem Taxistand. Jans Kollege sah ihn zuerst kommen und meinte »Au weh!«. Zielstrebig steuerte der Alkoholisierte auf das erste Taxi zu und hob die Hand.

»Na, Manfred, wieder das Wochenende eingeläutet?«, meinte Fletcher, der den Mann zu kennen schien. Er hielt ihm die Tür auf und half ihm einzusteigen. »Und jetzt nachhause?« Der Angesprochene nickte nur, während er unbeholfen versuchte eine alte abgewetzte Arbeitstasche im Fußraum des Wagens zu verstauen. »Bitte anschnallen!«, wies Fletcher ihn an, schlug die Beifahrertür zu und ging grinsend auf die Fahrerseite. »Dann wollen wir mal, wie jeden Freitag«, meinte Fletcher und stieg ein. Umständlich hantierte der Mann mit dem Gurt, bis er eingerastet war, während Fletcher den Wagen startete. Später am Abend erzählte er Jan, dass dieser Manfred, den er da gefahren hatte, sich in schöner Regelmäßigkeit jeden Freitag betrank. Er arbeitete in Kitzingen in einem Handwerksbetrieb, seine Frau war vor zwei Jahren gestorben und Kinder habe er keine, wusste Fletcher. Also ging Manfred freitags nach Feierabend, also ab dem frühen Nachmittag, in seine Stammkneipe und blieb dort, bis er genug hatte. Dann wankte er zum Taxistand und ließ sich nachhause fahren. Ab und zu geschah dies auch unter der Woche, vermutlich wenn er frei oder Urlaub hatte. Sämtliche Kollegen kannten ihn mittlerweile.

Von den anderen Fahrern auf die Berbakowski sein Augenmerk richten sollte, war bisher keiner aufgetaucht. Der alte Brückner würde heute Abend nicht fahren, da Jan ja dessen Auto fuhr. Ob Krafft und Carnello noch erschienen, war fraglich.

Bei jeder Stimme am Funk spitzte Berbakowski die Ohren. Er wollte mitbekommen, ob und wann ein neues Taxi, ein Späteinsteiger, dazukam. Gegen 22 Uhr wurde er hellhörig. Eine ihm unbekannte weibliche Stimme meldete sich. Nach der Tonlage zu urteilen war die Fahrerin noch relativ jung. Auf jeden Fall hatte er mit dieser Kollegin noch keine Bekanntschaft gemacht, war er sich sicher. Er erhielt auch in dieser Nacht keine Chance. Mehrmals vernahm er ihre Stimme über Funk, aber am Taxistand tauchte sie nicht auf.

Bei passender Gelegenheit sprach er Fletcher auf die Frau an. Der gab bereitwillig Auskunft: »Das ist Tami, unser Küken.« Jans fragender Blick nötigte ihn zu weiteren Erklärungen. »Ich glaube, sie heißt richtig Tamara Hendriks, Alter so zirka Ende zwanzig, und wird bei uns nur Tami genannt. Fährt bei Köhler in Teilzeit, soweit ich weiß. Ist verheiratet und hat zwei kleine Gören. Sie ist eigentlich nur abends und nachts unterwegs, wenn die Kinder schlafen und ihr Mann auf sie aufpasst. Vormittags, wenn die Kleinen in der Kita sind, ruht sie sich aus, hat sie mir mal erzählt. Sie kann halt das Geld gut gebrauchen, da sie ein Häuschen gebaut haben.«

»Ich werde sie sicherlich irgendwann mal kennenlernen.«

»Tami ist höchst selten hier am Stand. Sie sucht sich ihre Kundschaft oft am Bahnhof, steht viel in der Siedlung oder hat Privatfahrten aus ihrem großen Bekanntenkreis. Manchmal hörst du sie ein- oder zweimal über Funk und dann stundenlang nicht. Wenn du denkst, sie hat schon Feierabend gemacht, ist sie plötzlich wieder da«, lachte Fletcher. »Von diesen Spezialisten haben wir mehrere, bei denen du nie weißt, fahren sie noch oder sind sie schon wieder zuhause.«

»So! Wer gehört denn da noch dazu?«, versuchte Berbakowski seinen Kollegen ein bisschen auszuhorchen.«

Fletcher überlegte kurz. »Na ja, Burger zum Beispiel. Das ist ein Unternehmer mit nur einem Auto. Normal fährt er tagsüber, aber hin und wieder erscheint er auch abends oder nachts. Dann schwirrt er eine Zeitlang in der Gegend herum und ist plötzlich wieder verschwunden. Berthold hat das auch ab und zu gemacht. In letzter Zeit aber scheinbar nicht mehr. Wenigstens habe ich nichts mehr mitbekommen. Damian, der Bruder von Berthold, hat auch diese Marotte. Wenn er Bock oder Zeit hat, schnappt er sich ein Taxi, ist manchmal nur drei bis vier Stunden da und mit einem Mal wieder weg. Na ja, der hat halt Narrenfreiheit, aber man kann sich nicht auf ihn verlassen. Mal da, dann wieder weg ist nicht gerade hilfreich, wenn viel zu fahren ist. Heute Abend scheint er nicht da zu sein. Wenn, dann kommt er eigentlich auch hauptsächlich samstagnachts. Carnello ist auch noch so ein Kandidat. Mal da und mal weg. Ich frage ihn dann immer scherzhaft, ob er wieder schnell für die Pizzeria seines Bruders ein paar Pizzen ausfahren musste«, lachte Fletcher herzhaft.

Da es in Kitzingen und Umgebung dieses Wochenende keine größeren Veranstaltungen gab, verlief der Abend bis Mitternacht relativ ruhig. Bis zu diesem Zeitpunkt hatte Jan nur freundliche und friedliche Fahrgäste zu verzeichnen, die größtenteils von kleinen privaten Feiern kamen oder gemütlich mit Freunden in einem Lokal gegessen und ein oder zwei Schoppen getrunken hatten. Hin und wieder entstanden kurze nette Unterhaltungen, bis man am Ziel war.

Dabei war ihm an sich selbst aufgefallen, dass er mit einem anderen Bewusstsein fuhr als damals in München als Student, wo es ihm nur um Geld gegangen war. Jetzt und heute nahm er die Leute wahr, die sich zu ihm ins Auto setzten. Es waren nicht einfach nur Fahrgäste, die von A nach B befördert werden wollten, es waren Menschen, jeder mit einem individuellen Charakter und eigenen Meinungen.

Zu feiern gab es scheinbar immer etwas und irgendwo war immer Party. So kam es Jan zumindest ab Mitternacht vor. Das junge Volk schien wach zu werden, um auf die Piste zu gehen. Fahrten mit jungen Leuten häuften sich. Es war schon fast ein Uhr, als er zu einer Adresse in der Siedlung geschickt wurde. Vier junge Kerle kamen gleich darauf aus dem Haus. Jeder hielt ein Flasche Bier in der Hand und man merkte ihnen an, dass es nicht die erste war. Sie hatten »vorgeglüht«, wie sie es nannten, und nun wollten sie in Würzburg durch die Discos ziehen. In bester Stimmung bestiegen sie das Taxi. Sie bezogen Berbakowski gleich ins Gespräch ein und quatschten ihn voll. Jan fühlte sich angesichts der Sprüche und Einstellungen seiner jugendlichen Fahrgäste schon vom Zuhören uralt oder, um in der Sprache der Kids zu bleiben, »megaalt«. Jeder ihrer Sätze wurde mit den Worten »eh, Alter« untermauert. Es fielen Begriffe wie »Bitch«, »fuck you«, »krass«. Von welchem Buschvolk stammen die denn ab? War das die übliche Sprache der Jugend? Nur wundern, nichts sagen, dachte sich Berbakowski, innerlich mit dem Kopf schüttelnd. Ihm wurde bewusst, dass der Zeitgeist der letzten Jahre und auch die Wandlung des Vokabulars fast spurlos an ihm vorübergegangen waren. Aber er hatte nicht geahnt, dass er sich dabei schon so weit von der nächsten Generation entfernt hatte. Zumindest im sprachlichen Bereich war er nicht mehr auf dem aktuellen Stand, musste er feststellen. In den letzten Jahren hatte er beruflich nicht mehr viel mit der Jugend zu tun gehabt. Seine Fälle waren alles Kapitaldelikte aus anderen Milieus gewesen. Froh war er, als die lärmende Bande in Würzburg das Taxi verließ.

Wenig später kam die Zeit, in der Kitzingens letzte noch offene Kneipen so langsam die Türen schlossen. Wer jetzt noch nicht genug hatte, der konnte nur noch privat weitermachen oder Würzburgs Nachtleben in Angriff nehmen. Jan hatte reichlich zu tun und kam nicht zum Nachdenken. Erst früh nach drei Uhr ebbte der Ansturm auf die Taxen ab und er kehrte zurück zum Stand.

Dem Mann vom LKA ging die letzte Unterhaltung mit Fletcher nicht aus dem Sinn. Ganz in Gedanken versunken saß Jan hinter dem Lenkrad. Er hatte gar nicht bemerkt, dass sich hinter ihm ein weiterer Wagen eingereiht hatte. Plötzlich wurde die Beifahrertür geöffnet und Fletcher ließ sich behäbig in den Sitz fallen.

»Und, wie war deine erste Nachtschicht?«

»Gewöhnungsbedürftig«, war Berbakowskis knappe Antwort.

»Wie gefällt dir überhaupt dein neuer Job?«

»Insgesamt gewöhnungsbedürftig.«

»Aha, dann sind deine Kollegen wohl auch *gewöhnungsbedürftig*«, stellte Fletcher lakonisch fest.

»Teilweise schon«, lächelte Jan zu ihm hinüber. »Ausnahmen bestätigen natürlich die Regel«, meinte er diplomatisch und lächelte erneut.

»Gute Antwort! Sehr gute Antwort.« Fletcher klopfte ihm freundschaftlich auf den Oberschenkel. »Ich finde dich ganz in Ordnung«, gab er offen zu. »Ich heiße Markus«, sagte er und reichte Berbakowski die Hand.

»Das freut mich. Mein Name ist Jan«, nickte Berbakowski, dann wurde er ernst. »Sag mal, du bist doch schon länger bei Segert.«

»Ja, ich habe damals unter dem Alten das zweite Taxi übernommen, gleich nachdem er es angeschafft hatte.«

»Wie lange ist das jetzt her?«

Einen Moment musste Fletcher überlegen. »Es müssten so rund zwölf Jahre sein.«

»Und vorher?«

»Habe ich bei Koch gefahren. Die hatten auch zwei Fahrzeuge, aber leider keinen Nachfolger. Als Koch aus Altersgründen aufhörte, hat Segert eines der Autos übernommen und so bin ich gleich mitgewechselt.«

»Kennst du eigentlich Damian, den Bruder des Chefs, näher?«

»Wie kommst du jetzt auf den?«, fragte Fletcher und legte die Stirn in Falten.

»Ach, einfach so. Mir fiel nur ein, was du vorhin über ihn gesagt hast mit dem Taxifahren und so. Ich habe ihn letztens mal gesehen, da hat er sich mit einer hübschen Blondine auf dem Hof gezofft.«

»Ja, ja, du meinst sicherlich Mareike.« Der Mann auf dem Beifahrersitz pfiff leise durch die Zähne. »Ein verdammt heißer Feger, aber kein bisschen eingebildet wegen ihres tollen Aussehens und unheimlich nett. Nur der Idiot von Damian versteht es irgendwie nicht mit den Frauen. Er kann keine dauerhaften Beziehungen führen. Anfangs hat er es länger mit seinen Freundinnen ausgehalten, aber die Intervalle werden immer kürzer. Das mit Mareike scheint auch schon wieder vorbei zu sein, ich habe sie oder ihr Auto schon seit Tagen nicht mehr gesehen.«

»Warum ist der Kerl so?«

»Keine Ahnung. Damian war mir schon immer ein Rätsel. Er ist in sich gekehrt und lässt niemanden an sich ran.« Fletcher hob warnend den Zeigefinger. »Aber das bleibt unter uns, was ich hier sage. Verstanden? Für mich wirkt er emotionslos und kalt. Ich befürchte, dadurch halten seine Beziehungen zum weiblichen Geschlecht nicht. Weiß gar nicht, was die Frauen an ihm finden.«

»War er schon immer so? Ich meine, seit du ihn kennst?«

»Ich glaube schon.«

»Und was ist mit dem Chef? Der scheint auch keinen Hang zu einer festen Beziehung zu haben.«

»Oh, der war früher ganz anders. Da war kein Rock vor ihm sicher. Aber seit er das Geschäft übernommen hat, verkriecht er sich hinter seiner Arbeit. Er hat sich völlig gewandelt und scheint beruflich noch einige Pläne zu haben.«

Fletcher wandte sich Berbakowski zu. »Warum bist du so neugierig, was Damian und Bertram betrifft?«

»Hmm!« Jan spürte, dass Fletcher misstrauisch wurde. »Liegt mir irgendwie im Blut«, wich Berbakowski aus. »Außerdem möchte ich schon gerne wissen, mit wem ich es zu tun habe», erklärte er und gähnte dabei herzhaft. »Ich denke, ich mache jetzt Feierabend. Muss mich erst an das *Nachtleben* gewöhnen.«

Bis mittags schlief Jan tief und fest. Erst ein herzhafter Duft von Gebratenem, der ihm in die Nase stieg, ließ ihn aus seinen Träumen erwachen. Verschlafen schälte er sich unter der Bettdecke hervor und betrat barfuß, nur mit einer Unterhose bekleidet, die Küche. Jasmin stand am Herd und schwang einen Holzlöffel, mit dem sie abwechselnd in zwei Pfannen rührte.

»Hmmh, das duftet! Du wirst ja ein richtiges Hausmütterchen«, scherzte Jan und blickte hungrig über Jasmins Schulter.

Das in der einen Pfanne definierte Jan als Bratkartoffeln und daneben in der anderen entstand eine ordentliche Portion Rührei mit Speck. Ihm lief das Wasser im Munde zusammen.

Drohend fuchtelte Jasmin mit dem Holzlöffel vor seinem Gesicht herum. »Unterstehe dich, unausgeschlafen solche Reden zu führen. Von wegen *Hausmütterchen* und so. Mach dich erst mal salonfähig, sonst gibt's nichts«, meinte sie scherzhaft und versuchte ihn davon abzuhalten sie zu küssen, ließ es aber schließlich doch geschehen. »So, jetzt aber ab ins Bad. Ich muss hier aufpassen, sonst verbrennt mir mein Essen und das willst du doch sicherlich nicht.«

Eine Viertelstunde später saßen sie am Tisch und aßen.

»Und, wie schmeckt es?«, erkundigte sich Jasmin.

»Köstlich!« Jan verdrehte die Augen und schaufelte eine neue Gabel voll Essen in den Mund.

»Und wie schmeckt deine neue Arbeit?«

Berbakowski wiegte den Kopf hin und her. »Man muss es mögen, um es dauerhaft zu machen«, war seine etwas ausweichende Antwort.

»Jede Arbeit, die man macht, sollte man mögen«, entgegnete Jasmin. »Was heißt das jetzt konkret?«

»Oh, das war nicht negativ gemeint. Der Job ist sehr facettenreich. Wenn du dir vorstellst, wem du da alles begegnen kannst! Deine Fahrgäste reichen, überspitzt gesagt, vom Geldadel bis zum Hartz-IV-Empfänger, vom eingebildeten Fatzke bis zu unheimlich netten Menschen. Ein Taxi benutzen ehrliche Menschen genauso wie Gauner, Menschen mit körperlichen und geistigen Behinderungen, Alt und Jung. Ganz zu schweigen von den Betrunkenen, die du aus Kneipen, von Partys oder Veranstaltungen nachhause kutschierst. Manche reden wie ein Wasserfall, andere schlafen ein, wieder andere werden aggressiv und dann gibt es noch die, bei denen du Gefahr läufst, dass sie dir ins Auto kotzen. Zudem wirst du mit allen möglichen Düften konfrontiert. Vom aufdringlichsten Parfüm bis zum penetrantesten Körpergeruch. In den Klamotten der Leute stecken die Gerüche von der Arbeit, Essensdüfte, Zigarettenqualm, Alkoholdunst und vieles mehr. Man muss so manches aushalten und darf nicht empfindlich sein. Nichts für sensible Nasen.«

»Gut, dass du nicht sensibel bist«, lachte Jasmin und hätte sich beinahe verschluckt. »Gibt's auch irgendwas zu berichten, was mit unserem Fall zu tun hat?«

»Schon möglich«, nickte Berbakowski. Er teilte Jasmin seinen Gedankengang hinsichtlich der Betäubungsmittel mit, dass sie durchaus von jedem hätten beschafft werden können. Außerdem berichtete er Jasmin, so wie von Fletcher erfahren, über diejenigen, deren nächtliche Einsätze nicht überschaubar waren. Er beendete seinen Bericht mit den Worten: »Du könntest mit deiner Vermutung Recht haben, dass da außer den Nachtschichtlern noch andere nachts mit dem Taxi herumgeistern.«

Entscheidungen

Berbakowskis zweite Nachtschicht brach an. Wieder waren es anfangs hauptsächlich Fahrten von den Einkaufsmärkten nachhause, damit die Versorgung der Familie fürs restliche Wochenende gewährleistet war. Neben ihm, Fletcher und Vollmund waren Carnello und der Afghane unterwegs.

»Viel mehr werden heute nicht kommen«, prophezeite Fletcher, der zusammen mit Jan auf der Bank vor der Zentrale saß. Gerade gesellte sich Vollmund mit einer brennenden Zigarette dazu. Fletchers Blick wanderte kurze die Reihe der Taxen entlang. Die, die heute Nachtdienst machten, standen da und warteten auf den nächsten Anruf. »Es gibt keine größeren Events, bei denen erhöhter Taxibedarf anfallen könnte, also gönnen sich viele von uns ein freies Wochenende.«

»Na, hoffentlich versauern wir hier nicht.«

»Ach wo, irgendwas geht immer«, meinte Fletcher zuversichtlich. »Bei dem nasskalten Wetter nehmen die Leute eher mal ein Taxi, bevor sie laufen ...«

»... oder bleiben gleich mit dem A... zuhause«, brummte Vollmund etwas missmutig. Demonstrativ schlug er den Kragen seiner Jacke hoch.

Wie zur Bestätigung von Fletchers Aussage kam der nächste Fahrauftrag. Über Funk gab die Dame in der Zentrale durch, dass in Marktsteft an der Sparkasse eine Frau stünde, die nach Kitzingen wollte. Carnello, der Erster am Stand war, bekam den Auftrag und machte sich auf den Weg.

»Dass es derzeit immer noch Frauen gibt, die alleine unterwegs sind, nach dem Ereignis mit der Toten in Hohenfeld«, schnitt Jan vorsichtig das Thema an, weswegen er hier im Einsatz war.

»Warum denn nicht?«, wunderte sich Vollmund großspurig. »Sollen die jetzt alle zuhause bleiben und sich hinter dem Ofen verstecken?«

»Wäre ich eine junge Frau, würde ich es mir im Moment zumindest zweimal überlegen, ob ich alleine auf die Piste gehe, solange der Täter nicht gefunden ist. Wer weiß, wann der Verrückte wieder zuschlägt.«

»Ja eben, wer weiß, ob und wann er wieder zuschlägt. Das ist doch völlig übertriebene Hysterie«, winkte Vollmund ab.

»Jan hat Recht. Wenn ich eine Frau wäre, würde mir auch wohler sein, wenn man den Kerl schon geschnappt hätte«, mischte sich Fletcher ein und sah dabei forschend hinüber zu Berbakowski.

»Auf jeden Fall finde ich es unverschämt, dass wir Taxifahrer jetzt in Verdacht geraten«, empörte sich Vollmund.

»Wer sagt denn das?«, fragte Fletcher.

Vollmund tippte sich mit dem Finger an die Stirn. »Ich bin doch nicht blöd. Diese Fragerei der Polizei ist nicht nur eine Suche nach Zeugen. Wenn die drei Frauen tatsächlich mit dem Taxi gefahren sind, dann sind wir auch verdächtig. Wenn man sich hinter unserem Rücken über uns erkundigt – und ich weiß aus sicher Quelle, dass es so war –, dann steckt da mehr dahinter.«

Fletcher wollte etwas entgegnen, aber Vollmunds Dienste wurden benötigt und so stoppte die Unterhaltung. Kaum dass Vollmund den Taxistand verlassen hatte, drehte sich Fletcher zu Berbakowski hin. »Weißt du was? Ich habe eine verdammt gute Menschenkenntnis, bilde ich mir ein. Darum habe ich mir so meine Gedanken gemacht. Du bist kein Taxifahrer. Weswegen bist du wirklich hier? Geht es um die toten Frauen?«

Jan war überrascht und fühlte sich ein bisschen überrumpelt. Blitzschnell entschied er sich, Fletcher, obwohl zum Kreis der Verdächtigen gehörend, ins Vertrauen zu ziehen. Er glaubte sowieso nicht mehr so richtig an den Verdacht gegen die fünf auf der Liste. Inzwischen war bei ihm eine eigene Theorie entstanden.

»Wenn du die Klappe halten kannst, verrate ich dir etwas.«

»Na klar, mach's nicht so spannend.«

»Es stimmt, ich bin Ermittler. Inzwischen ist es ziemlich eindeutig, dass es ein Taxi war, dass das letzte Opfer, Tanja Böhmert, abgeholt hat.«

Hörbar schnaufte Fletcher aus. »Verdammt, ich habe es geahnt. Du hast mir schon gestern ein bisschen zu viele Fragen gestellt. Habt ihr schon einen Verdacht?«

»Sorry, im Moment kann ich dir nicht mehr sagen. Eigentlich war es schon zu viel, dass ich mich zu erkennen gegeben habe. Also sei so gut und halt deinen Mund den anderen gegenüber.«

»Kann ich irgendwie helfen?«

»Augen und Ohren offenhalten. Mehr kann ich dazu nicht sagen. Wenn dir etwas komisch vorkommt, dann informiere mich.« Für alle Fälle tauschten Jan und Fletcher ihre Handynummern aus.

Wieder bewies Fletcher, dass er kein Dummer war und kombinieren konnte. »Lass mich mal überlegen. Kann es sein, dass sich dein Augenmerk auf Taxis richtet, die nachts nicht so ganz *offiziell* unterwegs sind?«

Berbakowski entging einer Antwort, da in diesem Moment die Zentrale Aufträge vergab, und er war mit dabei. Während der nächsten Fahrten versuchte Jan sich darüber klar zu werden, ob er sich darüber ärgern sollte, dass Fletcher ihn durchschaut hatte, oder ihm dafür ein Kompliment aussprechen sollte.

Durch ein anderes Ereignis wurde der Mann vom LKA von seinen Überlegungen abgelenkt. Die Dame aus der Taxizentrale schickte ihn nach Schwarzach, wo zwei junge Männer darauf warteten, nach Kitzingen geholt zu werden. Sie kamen scheinbar von einer privaten Party und waren ziemlich angetrunken, verhielten sich aber während der Fahrt relativ friedlich. Am Ziel angekommen hielt Berbakowski bei der angegebenen Adresse in der Tannenbergstraße an, stoppte den Taxameter und nannte den Fahrpreis. Die beiden angetrunkenen Fahrgäste hatten angegeben, hier aussteigen zu wollen. Anstalten zu zahlen machten sie nicht, stattdessen rissen die beiden jungen Kerle plötzlich die Türen auf und stürmten davon, bevor Jan reagieren konnte. »Hey, ihr habt vergessen zu bezahlen, Saubande«, rief er ärgerlich und sprang aus dem Wagen. Die zwei Jungs wählten für ihre Flucht verschiedene Richtungen und Berbakowski hatte die Qual der Wahl, welchem der beiden er hinterherrennen sollte. Denn dass er sich so ohne Weiteres um sein Fahrgeld prellen lassen sollte, ließ sein Ego nicht zu. Einer lief in die Rödelbachstraße, der andere genau entgegengesetzt in die Posener Straße. Der Hauptkommissar entschied sich für die Verfolgung des Jungen, der die Posener Straße entlanglief, sein Kumpane war schon in der Grünanlage des Hochhausbereiches verschwunden. Den würde er so schnell nicht finden, wenn überhaupt. Jan schwang sich wieder auf den Fahrersitz und gab Gas. Mit quietschenden Reifen bog er in die Posener Straße ein. Im Licht der Straßenlaternen sah er den Jungen laufen. Seine Bewegungen wirkten etwas schwerfällig, was vermutlich am Alkoholkonsum lag, denn die beiden hatten eine gewaltige alkoholische Dunstwolke im Taxi verbreitet. Trotzdem schien der flüchtende junge Mann noch klar genug zu sein, um wahrzunehmen, dass ihm das Taxi folgte. Kaum hatte er den Verfolger bemerkt, öffnete er ein Gartentor und schlüpfte aufs Grundstück. Da war Berbakowski aber schon herangebraust. Die Vollbremsung und der anschließende Sprung aus dem Auto erfolgten in Sekundenbruchteilen. Bevor der junge Kerl in der Dunkelheit des Gartens verschwinden konnte, war der Hauptkommissar hinter ihm und gab einen Stoß zwischen die Schulterblätter, sodass er das Übergewicht bekam. Mit den Armen rudernd fiel er auf die Knie. Der Fall wurde von Gesicht und Nase abgebremst, da die Motorik der Hände nicht mehr ganz zu funktionieren schien. Der Sturz ins feuchte Gras glich dem ersten missratenen Landemanöver eines Jungvogels, der seinen Schnabel zu Hilfe nehmen muss. Sofort zerrte Berbakowski ihn in die Höhe und nahm ihn in den Polizeigriff. »So nicht, Bürschchen«, knurrte Jan leicht verärgert. Was tat er überhaupt hier? Anstatt einen Serienmörder zu finden, fing er besoffene Partygänger, die gaunerhafte Triebe entwickelten und, statt zu bezahlen, lieber Fersengeld gaben. Am Fahrzeug stellte er den jungen Mann zur Rede. Statt Einsicht und Reue musste er einen Schwall Flüche über sich ergehen lassen. Liebend gerne hätte er die antiautoritäre oder fehlende Erziehung der Eltern nachgeholt und dem Jungen einige ordentliche Ohrfeigen verpasst. Stattdessen rief er mit dem Handy seine uniformierten Kollegen. An Stelle eines Bettes, in dem man seinen Rausch ausschlafen konnte, landete der uneinsichtige junge Mann erst einmal auf der Polizeiwache. Jan verabredete mit den uniformierten Kollegen, später auf der Wache vorbeizukommen, um seine Aussage zu machen.

Abgesehen von dem Zwischenfall war die Nacht bisher ruhig verlaufen. Eine halbe Stunde vor Mitternacht hatten sie doch noch Verstärkung bekommen. Tami war wieder aufgetaucht und hatte sich über Funk gemeldet. Etwa eine halbe Stunde nach Mitternacht wirkte Jan plötzlich wie elektrisiert. Gerade war er mit einem Fahrgast auf dem Weg nach Mainbernheim, als die Zentrale eine Fahrt herausgab, die ihn aufhorchen ließ. Von der Thomas-Ehemann-Straße aus wollte eine Frau nach Würzburg. So zumindest lautete der Funkspruch der Taxizentrale. Vollmund, der sich als Erster frei gemeldet hatte, bekam die Tour. Es waren mindestens drei Minuten vergangen, Jan hatte seinen Fahrgast abgesetzt und machte sich auf den Rückweg, als er über Funk mitbekam, dass Vollmund meldete, an der angegebenen Adresse befinde sich niemand. »Das gibt es doch nicht, die Frau hat gesagt, sie stünde schon draußen, sie müsse nach Würzburg zum Bahnhof«, hörte Jan die Zentrale sagen. »Ich bin die Straße abgefahren, hier ist niemand«, kam Vollmunds genervte Stimme durch den Funk. Jans Anspannung wuchs. Sollte soeben die nächste Frau verschwunden sein? Berbakowski gab Gas, um zurück nach Kitzingen zu kommen. Am Kreisverkehr in der Siedlung klingelte plötzlich sein Handy. Jan nahm ab. Die aufgeregte Stimme Fletchers ertönte.

»Ich glaube, ich hab ihn.«

»Wen hast du?«

»Den, der die Frauen entführt.«

»Wie kommst du darauf?«

»Ich bin gerade von Sulzfeld gekommen und in die Innere Sulzfelder eingebogen, da an der Bahnunterführung, als ein unbeleuchtetes Taxi aus der Thomas-Ehemann-Straße kam und Richtung Innenstadt fuhr. Das Taxi kam von da, wo Paul seinen Fahrgast gesucht hat«, erklärte er Jan.

»Markus, wer ist es?«

»Das konnte ich nicht erkennen, dazu war der Wagen zu weit weg, aber es ist eine Mercedes-Limousine.«

»Und jetzt?«

»Ich habe gleich mein Taxischild ausgemacht und bin hinterher.«

»Wo bist du jetzt?«

»Wir fahren über den Bahnhof und durch die Friedenstraße Richtung B 8.«

»Okay, ich komme auch. Bin in der Siedlung, zwischen den beiden Ampelkreuzungen. Halt mich auf dem Laufenden und unternimm nichts alleine. Wenn es unser Mann ist, dann sei vorsichtig, er ist gefährlich«, mahnte Berbakowski.

»Oh, diese Scheißampeln«, hörte Jan seinen Kollegen übers Telefon fluchen. »Er ist mir entwischt. Ist noch bei Gelb über die Kreuzung, da bei der Eisenbahnbrücke an der B 8, und ich habe Rot. Ich konnte nichts riskieren, weil andere Fahrzeuge an der Ampel standen. Werde weiter Richtung Würzburg fahren und mein Glück probieren, melde mich wieder.« Bevor der Hauptkommissar noch etwas sagen konnte, hatte Fletcher aufgelegt.

Die Unruhe des Mannes war greifbar. Trotz laufenden Fernsehers warf er ständig einen Blick auf sein Handy. Im nächsten Moment stand er auf, ging in die Küche und öffnete den Kühlschrank. Er nahm einen Schluck Cola und schloss die Kühlschranktür wieder. Sein nächster Weg führte ihn zum Küchenfenster, von wo aus er in die Dunkelheit starrte. Wieder zurück im Wohnzimmer fiel sein Blick auf die Armbanduhr. Es war fünf Minuten nach Mitternacht. Sollte er oder sollte er nicht? Er setzte sich, starrte eine Zeitlang auf den flimmernden Bildschirm. Wieder wanderte sein Blick zur Uhr, inzwischen war es zehn Minuten nach Mitternacht. Dann hatte er sich entschieden. Mit der Fernbedienung schaltete er den Fernseher aus, nahm sein Handy vom Tisch und ging aus dem Haus. Nur Augenblicke später saß er im Taxi. Sein erster Griff war der zum Funkgerät, um es einzuschalten. Erst dann schien er äußerlich etwas ruhiger zu werden. Das leichte Trommeln mit den Fingerkuppen auf dem Lenkrad zeugte aber vom Gegenteil. Interessiert lauschte er dem Funkverkehr, während er Richtung Innenstadt fuhr. Sein Ziel war der Bahnhof, wo bald der letzte Zug aus Würzburg kommen musste, dann würde dort für Stunden erst mal Ruhe herrschen, bevor in der Früh die ersten Züge eintrafen. Der Mann hatte den Weg Richtung Bahnhof über die Südtangente eingeschlagen und war gerade im Holländer Weg, als der Funkspruch kam, der sein Herz höherschlagen ließ. In der Thomas-Ehemann-Straße wurde ein Taxi für einen weiblichen Fahrgast gebraucht. Er drückte den rechten Fuß nach unten und sein Wagen beschleunigte. Es war einen Versuch wert. Das Taxi, das den Auftrag bekommen hatte würde noch zwei oder drei Minuten bis zur angegebenen Adresse brauchen. Da war er schon längst zur Stelle. Schwungvoll bog er in die Zielstraße ein und sah auch sofort eine Frau – aparte Erscheinung zirka Mitte dreißig – mit ihrem Koffer am Straßenrand stehen. Er stoppte bei ihr, stieg aus dem Wagen und verfrachtete das Gepäckstück in den Kofferraum, während sein Fahrgast einstieg. Sie gab Würzburg Hauptbahnhof als Fahrziel an. Sofort wendete der Mann, schaltete den Taxameter ein und gab Gas, bevor womöglich noch das offizielle Taxi erschien. Damit kein Misstrauen bei seinem Fahrgast aufkam, schlug er vorerst den Weg Richtung Würzburg ein. Fieberhaft überlegte er, wo auf der Strecke die günstigste Stelle war, um seine bewährte Methode der Überwältigung anwenden zu können. Am Ortsausgang von Kitzingen kam ihm die Idee: der Parkplatz, genauer der Pendlerparkplatz bei der Gebietswinzergenossenschaft. Es war zwar nicht ideal, da er dicht an der B 8 lag, aber es war um diese Zeit wenig Verkehr und er hoffte, es würde ihm niemand Beachtung schenken.

In Höhe der zweiten Repperndorfer Ausfahrt begann der Mann mit seiner Inszenierung und murmelte plötzlich halblaut: »Ach herrje, nicht schon wieder.« Auf den fragenden Blick seiner Beifahrerin meinte er genervt: »Der Wagen meldet mir gerade, dass Öl fehlt. Das ist nicht gut für den Motor, ich muss mal schnell anhalten und etwas auffüllen.«

Besorgt fragte die Frau: »Schaffen wir es dann noch rechtzeitig zum Bahnhof? ich muss meinen Zug bekommen«

»Kein Problem, das geht ganz schnell«, beruhigte sie der Fahrer. Hinter der GWF bog er auf den Parkplatz und hatte Glück, dass an der Front zur Straße ein LKW abgestellt war. Ein prima Sichtschutz zur Bundesstraße hin, war sofort sein erster Eindruck. Das Taxi hielt dahinter und der Mann stoppte den Taxameter. »Ich halte das Gerät an, dass Ihnen durch den kurzen Stopp kein finanzieller Nachteil entsteht«, sagte er freundlich lächelnd und stieg aus.

Auf die Show mit der geöffneten Motorhaube verzichtete der Mann dieses Mal und machte sich gleich im Kofferraum zu schaffen. Das Radio spielte leise und der Blick der Frau war auf die Zeitanzeige im Fahrzeug gerichtet, als die Beifahrertür geöffnet wurde. »Wenn Sie mir vielleicht freundlicherweise die Taschenlampe halten könnten, dann geht es noch ein bisschen schneller.«

Natürlich wollte sie helfen, sie wollte ja schließlich rechtzeitig am Bahnhof sein. Ohne zu zögern, erklärte sie sich bereit und schwang die Füße aus dem Wagen. Sie hatte sich gerade aus dem Sitz erhoben und hielt sich noch mit einer Hand an der Wagentür fest, als sich eine behandschuhte Hand mit einem chloroformgetränkten Tuch auf Mund und Nase legte. Mit der anderen Hand umklammerte sie der Mann von hinten und hielt sie fest. Durch den kräftigen Druck fühlte sie sich wie in einem Schraubstock. Sie bekam keine Luft mehr und versuchte tief einzuatmen, dann wurde ihr schwindelig, die Knie wurden weich und schließlich schwanden ihr die Sinne. In Windeseile legte er die Frau in den Kofferraum neben ihr Gepäckstück. Mit Kabelbinder fesselte er ihr Hände und Füße, über den Mund klebte er ein Stück Paketband. Während er sich der Handschuhe entledigte, blickte er sich um. Kein Mensch schien etwas mitbekommen zu haben. Wie schon die Male zuvor klopfte sein Herz schneller, in freudiger Erregung, es wieder geschafft zu haben. Noch zwei tiefe Atemzüge der kühlen Nachtluft, dann stieg er in den Wagen. Kaum dass er saß, bemerkte er die ersten Regentropfen auf der Scheibe. Für einige Sekunden blieb er sitzen und wurde ruhiger, bevor er das Fahrzeug startete. Die Tropfen auf der Scheibe wurden mehr. Schließlich machte er den Wischer an und fuhr los.

Fletcher gab Vollgas, als die Ampel auf Grün sprang. Die nächste Ampel an der Kreuzung Siegfried-Wilke- und Jahnstraße hinderte ihn Gott sei Dank nicht am Weiterfahren. Mit 100 Stundenkilometer preschte er aus der Stadt. Jetzt konnte er keine Polizeistreife gebrauchen, die auf die nächtliche Geschwindigkeit achtete. Diese Kontrollen gab es leider oft genug, da immer wieder ein paar Spinner mit ihren aufgemotzten Karren meinten auch innerorts mal so richtig Gas geben zu müssen. Den Repperndorfer Berg hinauf sah er keinen einzigen Rückscheinwerfer vor sich. Das bedeutete, dass das andere Taxi schon weiter weg war oder irgendwo nach Repperndorf abgebogen war. Fletcher glaubte aber an die zweite Variante, da der Fahrgast nach Würzburg wollte. Mit überhöhter Geschwindigkeit – erlaubt waren auf der Strecke nur 80 Stundenkilometer – schoss er am Pendlerparkplatz vorbei, unter der Autobahn durch und weiter in Richtung des zweispurigen Teilstücks. Soweit er sehen konnte, war immer noch kein anderes Fahrzeug vor ihm. »Das kann nicht sein, so schnell war der nicht. Der ist irgendwo abgebogen oder hat angehalten«, brummte er vor sich hin. Bei der zweiten Einfahrt nach Biebelried drehte er um und fuhr in gemäßigterem Tempo zurück. Er richtete sein Augenmerk nach links und rechts in der Hoffnung, den Gesuchten zu finden. In Höhe der Autobahnauffahrt begann es zu regnen. »Das auch noch«, meinte er mürrisch, »jetzt sieht man noch schlechter, weil sich alles spiegelt.«

Genau in dem Moment, als er auf die große beleuchtete Lichtreklame der Gebietswinzergenossenschaft zufuhr, bemerkte er den Wagen, der sich vom Pendlerparkplatz aus in Richtung Buchbrunn und Mainstockheim entfernte. Trotz feuchter werdender Straße ging er scharf auf die Bremse, kam etwas ins Rutschen, schaffte es aber noch, die Abbiegung zu nehmen. Im Schein der Reklametafel war er sich sicher ein elfenbeinfarbenes Auto mit einem unbeleuchteten Taxischild gesehen zu haben.

»Ha, ich hab dich wieder«, frohlockte er und wählte Berbakowskis Nummer.

Jan hob sofort ab. »Mensch, Markus, wo bist du denn?«

»Ich habe ihn wieder gefunden«, freute sich Fletcher wie ein Kind. Dann teilte er dem Hauptkommissar mit, wo er war.

»Ach verflucht, ich bin gerade bei der unteren Repperndorfer Einfahrt vorbei. Da kann ich wieder umdrehen. Wo will der Kerl hin? Was ist mit seinem Fahrgast?«

»Keine Ahnung, ich versuche dranzubleiben.«

»Sei bloß vorsichtig. Am besten, wir lassen die Handys an. Dann kannst du mich informieren, was er vorhat.«

Keine Minute später war die Verbindung unterbrochen. Jan wählte, kam aber nicht durch und Fletcher meldete sich nicht mehr. Den hatte das Jagdfieber gepackt: Über Mainstockheim fuhr das Taxi vor ihm zurück nach Kitzingen. Um nicht bemerkt zu werden, ließ er sich so weit wie möglich zurückfallen. In der Stadt verringerte er seinen Abstand und endlich konnte er das Nummernschild erkennen. »Sapperlot, es ist tatsächlich eines unserer Taxis«, entfuhr es Fletcher. Vor lauter Aufregung vergaß er Berbakowski. Voll konzentriert verfolgte er das Fahrzeug vor sich, immer mit dem mulmigen Gefühl bemerkt, oder abgeschüttelt zu werden. Der Weg, den der Wagen vor ihm nahm – über die Schrannen- und Glauberstraße zur Südbrücke –, war, so vermutete Fletcher, der Heimweg des Fahrers. An der Ampelkreuzung nach der Brücke verpasste Fletcher die Grünphase für die Linksabbieger und das Taxi vor ihm entwischte erneut. Dieses Mal blieb er aber entspannter, da er das Ziel des Vordermannes erahnte.

Mit ausgeschalteten Lichtern näherte sich Fletcher dem Anwesen von Segert. Vorsichtshalber blieb er draußen auf der Straße stehen. Geräuschlos öffnete er die Fahrertür, stieg aus und schloss sie genauso leise wieder. Es regnete immer noch leicht und so schloss er seine Jacke bis hoch zum Kragen. Dann schlich er in den Hof, was bei Fletchers Statur nicht ganz einfach war. Der korpulente Kettenraucher schnaufte hörbar und die Stille rundherum ließ alles nur noch lauter erscheinen. Der Mercedes stand mitten im Hof, quer vor ein paar Fahrzeugen, die auf ihre Reparatur warteten. Er näherte sich dem Wagen im Zeitlupentempo von der Seite, um den Bewegungsmelder im Hof nicht zu aktivieren. Sein Blick ins Innere sagte ihm, dass der Wagen leer war. Dann ging er nach hinten und machte sich am Kofferraum zu schaffen, aber das Fahrzeug war verriegelt. Gerade wollte er seine nächsten Schritte überdenken, als ihn ein Schlag am Hinterkopf traf. Ein Schmerz schoss durch sein Gehirn und es dröhnte in seinen Ohren, aber Fletchers Schädel konnte einiges aushalten. Halb benommen wandte er sich seinem Angreifer zu und ging in Abwehrhaltung, als ihn ein weiterer Schlag mit einem Eisenrohr traf. Der zweite Hieb streifte den Kopf nur leicht an der Schläfe und am Ohr. Fletcher hatte den Arm hochgerissen und damit die meiste Wucht aufgefangen. Dafür raste jetzt ein wahnsinniger Schmerz durch seinen Arm. Er taumelte rückwärts und schlug mit dem Oberkörper auf die Motorhaube eines Kundenfahrzeuges, das dicht neben dem Geschehen stand. Durch den Schwung, die Abwehrreaktion Fletchers und die Feuchtigkeit rutschte dem Angreifer das Eisen, mit dem er zugeschlagen hatte, aus der Hand. Scheppernd knallte es neben Fletcher auf die Motorhaube und polterte dann zu Boden. Der Lärm war nicht zu überhören. Nur Sekunden danach gingen im Haus Lichter an. Der Angreifer ließ von Fletcher ab, schwang sich in den Mercedes und fuhr mit hohem Tempo rückwärts aus der Hofeinfahrt.

»Was ist denn da unten los?« rief eine Stimme aus einem der Fenster.

Benommen rappelte Fletcher sich auf. »Ich wurde überfallen«, antwortete er stöhnend.

»Fletcher, bist du das?«

»Ja, verdammt noch mal. Ich brauch Hilfe.« Er spürte, wie ihm schwindelig wurde. Nur mit Mühe blieb er auf den Beinen, während er sich mit einer Hand an einem Wagen festhielt. Sein anderer Arm war momentan vor lauter Schmerzen nicht zu gebrauchen.

Die Haustür ging auf und eine noch korpulentere Gestalt wälzte sich ächzend und schnaufend auf Fletcher zu. Dieses Mal sprang der Bewegungsmelder an und beleuchtete einen Teil des Hofes. Hätte Fletcher nicht solche Schmerzen, hätte er jetzt laut gelacht. Die Gestalt – es war Alfred Wissmann –

steckte barfuß in Crocs und einer Jogginghose und hatte sich über das Schlafanzugoberteil eine Regenweste gestreift, die offen stand.

»Mensch, Fletcher, was ist denn passiert?«, fragte er atemlos, als er bei dem Verletzten angekommen war.

»Später, später! Hast du die Handynummer unseres neuen Fahrers?«, fragte Fletcher mit schmerzverzerrtem Gesicht.

»Ja natürlich! Was willst du damit?«

»Ruf ihn einfach an, er soll sofort herkommen.«

Aus seiner Regenjacke zauberte Wissmann ein Handy und suchte die Nummer. Für den Notfall waren dort alle Fahrer und Aushilfsfahrer gespeichert. Während es klingelte, nahm er Fletcher näher in Augenschein.

»Hey, du blutest ja …«

»Wer blutet?«, kam die Frage vom anderen Ende der Leitung. Jan hatte abgehoben und die Worte mitbekommen.

»Äh, nichts, nichts. Hier ist Wissmann. Fletcher ist bei mir auf dem Hof und hat mir aufgetragen Sie anzurufen. Sie sollen sofort kommen.«

»Ist alles in Ordnung?«, erkundigte sich Berbakowski.

»Na ja, Fletcher wurde überfallen …«

»Bin schon unterwegs«, tönte es aus dem Handy, dann wurde aufgelegt.

»Komm mal mit, Hannelore soll sich deine Verletzung am Kopf mal anschauen«, sagte Wissmann fürsorglich und packte Fletcher am Arm, um ihn ins Haus zu führen. Sofort schrie Fletcher vor Schmerzen auf. »Auweh, das scheint was Ernsteres zu sein«, diagnostizierte Wissmann beflissen.

Wie ein dunkler Vollmond prangte Hannelore Wissmanns rundes Gesicht in einem erleuchteten Fenster. »Alfred, was ist los? Wer schreit denn da?«

»Ich glaube, es ist besser, wir rufen einen Arzt, der sich

das anschaut«, meinte er besorgt zu Fletcher und seiner Frau rief er zu: »Ruf mal den Notarzt, Fletcher ist verletzt.« Sofort verschwand der Vollmond im Fensterrahmen. Der Verletzte wollte zwar widersprechen, aber Wissmann schob ihn mit den Worten »Keine Widerrede. Du hast ganz schön was abbekommen, außerdem fängt es wider stärker zu regnen an« in Richtung Haustür.

»Wo ist eigentlich der Chef?«, erkundigte sich Fletcher, immer noch benommen.

»Nicht da.«

»Und Damian?«

»Der scheint auch nicht da zu sein. Warum, brauchst du die Jungen?«, fragte Wissmann.

Fletcher konnte nicht antworten, ihm war übel geworden und er musste sich zwischen zwei Fahrzeugen übergeben.

Keine drei Minuten später stand Berbakowski auf dem Hof und sprang aus dem Taxi. Inzwischen hatten die Wissmanns den großen und kräftigen Fletcher in die Stube aufs Sofa bugsiert.

»Hast du gesehen, wer es war? Wo könnte er jetzt hin sein? Weißt du was von der Frau?«, bestürmte Berbakowski Fletcher.

»Nein, nein und nochmal nein«, antwortete Fletcher mit schwacher Stimme. Man merkte, dass es ihm nicht gut ging. »So flink, wie der war, kann es nur ein jüngerer Mensch gewesen sein«, rang sich Fletcher mühsam die Worte ab.

»Verflucht, was ist denn hier los? Kann mich mal jemand aufklären? Nachts so ein Theater hier auf dem Hof und ich weiß nicht warum«, platzte Wissmann jetzt los.

Sein Emotionsausbruch wurde durch die Sirene des Krankenwagens und Notarztes gestört. Hannelore Wissmann war schon zur Tür geeilt, um den Männern den Weg zu weisen. Gleich darauf stürmten drei Mann in leuchtend gelb-roter

Kleidung in den Raum und kümmerten sich um den Verletzten. Berbakowski nahm Wissmann beiseite.

»Hören Sie, ich habe keine Zeit für großartige Erklärungen, ich bin von der Polizei«, eröffnete Berbakowski dem erstaunt dreinblickenden Mann und hielt ihm zur Bestätigung den Dienstausweis unter die Nase. »Es geht um das Leben einer Frau.«

»Was ... was wollen Sie? Was ... was soll ich tun?«, stotterte Wissmann irritiert.

»Ich brauche die Handynummern von Bertram und Damian Segert sowie von Vollmer, dem Mechaniker. Und das Ganze möglichst schnell.«

Während er die Anweisungen gab, rief er mit seinem Handy Jasmin an. Nach dem zweiten Klingeln hob sie ab. »Jan, was gibt es.«

»Ich brauche die Handyortung von drei Nummern.« In kurzen Worten schilderte er ihr den Sachverhalt.

»Soll ich Habich informieren?«

»Das überlasse ich dir. Sag zumindest Rautner Bescheid und macht euch auf den Weg hierher. Wenn die Ortungen etwas ergeben haben, hören wir uns wieder.« Inzwischen hatte Wissmann die drei Nummern aufgeschrieben und Berbakowski den Zettel gereicht. »Ich schicke dir die Nummern per SMS und mach bitte Druck. Die sollen sich beeilen.«

Jan ließ Wissmann einfach stehen und ging zu dem Notarzt. »Wissen Sie schon, was mit ihm ist?«

Der Arzt schaute ihn von unten herauf an. »Wer will das wissen?«

»Polizei!« Ein zweites Mal zückte er seinen Ausweis. »Ich würde ihm gerne noch ein paar Fragen stellen.«

»Hmm! Das halte ich für keine gute Idee. Der Patient hat mindestens eine Gehirnerschütterung und sein Unterarm ist definitiv gebrochen. In seinem Zustand kann er sowieso keinen klaren Gedanken mehr fassen. Wir haben ihm starke Medikamente verabreicht. Er muss zur weiteren Untersuchung sofort ins Krankenhaus.«

Wie auf ein Zauberwort kamen die beiden Sanitäter mit einer Trage herein und legten Fletcher darauf. Schnell und professionell verfrachteten sie den Patienten in den Krankenwagen und fuhren davon. Die Aktion mit Sirene und Blaulicht hatte natürlich die nächsten Nachbarn der Segerts aufgeschreckt. Einige standen noch frierend und diskutierend auf der Straße, als Krankenwagen und Notarzt sich wieder auf den Heimweg machten. Erst Minuten später, nachdem niemand aus dem Anwesen kam und die Sache aufklärte, verlief sich die kleine Gruppe wieder. Inzwischen hatte Berbakowski um eine Tasse Kaffee gebeten, da er bis zu einem Ortungsergebnis zur Untätigkeit verdammt war. Hannelore stellte die Tasse vor ihm auf den Tisch und blickte ihn demonstrativ fragend an.

Berbakowski sah sich genötigt wenigstens einige Details preiszugeben. »Sie wissen von der toten jungen Frau aus Hohenfeld?« Die beiden Wissmanns nickten. »Sie wissen auch, dass ihr Aushilfsfahrer Lackner umgebracht wurde?« Wieder ein gemeinsames Nicken. »Eines Ihrer Fahrzeuge ist darin verwickelt und es gibt mittlerweile auch gewisse Verdachtsmomente gegen bestimmte Personen.«

»Etwa Bertram … Damian … Kaspar?«, fragte Hannelore Wissmann ungläubig.

»Tut mir leid, mehr kann ich im Moment nicht sagen«, blockte der Hauptkommissar weitere Fragen ab.

Den beiden Wissmanns blieb nichts weiter übrig, als sich gegenseitig verwundert anzuschauen. Jan überlegte derweil, wo der Täter mit seinem Opfer hinflüchten könnte, nachdem hier etwas schiefgegangen war. Würde er an seinem ursprünglichen Plan festhalten? Was hatte er hier im Anwesen überhaupt gewollt? Jan war sich sicher, dass er die Frau nicht hierlassen wollte. Er brauchte einen abgeschiedenen Ort. Wenn er nach dem früheren Schema verfuhr, so waren die Frauen allesamt mindestens eine Woche in seiner Gewalt gewesen, bevor er sie tötete. Darum hoffte Berbakowski diesmal die Frau lebend zu finden. Es sei denn, der Mann würde eine Kurzschlussreaktion begehen.

Sein Handy riss ihn aus seinen Gedanken. »Wir sind gleich da«, hörte er Jasmins Stimme.

»Hast du schon ein Ergebnis?«, fragte Jan ungeduldig.

»Also Vollmer ist zuhause und Bertram Segerts Handy in der Nähe von Wiesentheid eingeloggt. Die beiden scheiden aus. Damians Handy muss irgendwo außerhalb von Hohenfeld, aber nicht weit weg sein.«

»Moment mal«, sagte der Mann vom LKA und nahm das Handy vom Ohr. Er wandte sich an die Wissmanns, die ihm gegenübersaßen. »Gibt es hier noch ein Anwesen nicht weit weg, das den Segerts gehört?«

Die zwei sahen sich an und überlegten kurz. Dann nickte Alfred. »Ja, die alte Feldscheune am Waldrand. Die hat sich Damian als Erbe von seiner Mutter erbeten.«

Jan nahm das Telefon wieder ans Ohr. »Ich glaube, ich weiß, wo unser Opfer ist.« Er trank seinen Kaffee aus und stürmte aus dem Haus, nicht ohne den Wissmanns die strenge Anweisung zu geben, nichts, aber auch gar nichts zu unternehmen. Im gleichen Moment tauchten die Kommissare Blume und Rautner auf. »Habt ihr eurem Chef Bescheid gegeben?«

»Ich habe ihn angerufen. Er kommt nach. Wir haben aber freie Hand unter deiner Leitung, hat er entschieden.«

»Dann los«, nickte Berbakowski und stieg zu den beiden

in den BMW. »Ich habe dir deine Dienstwaffe mitgebracht.«
Jasmin reichte die Waffe samt Halfter nach hinten.

»Braves Mädchen«, lobte er Jasmin und befestigte die Waffe an seinem Gürtel.

Das Signal leitete die drei Kommissare auf einen unbefestigten Weg weg von Hohenfeld. Der Regen hatte aufgehört und der Himmel hatte aufgeklart. Dafür waren die Temperaturen empfindlich gefallen. Ein Vorteil hatte der Wetterumschwung. Die Sichel des zunehmenden Mondes verbreitete eine Spur von Helligkeit. Man sah schon von weitem schemenhaft den Waldrand. Rautner wurde langsamer, blieb gleich darauf stehen und schaltete das Licht aus. Es dauerte einen kleinen Moment, bis sich die Augen an die Dunkelheit gewöhnt hatten.

»Wie weit ist es noch?«, erkundigte sich Berbakowski vom Rücksitz.

»Es kann nicht mehr weit sein«, entgegnete Jasmin, die das Signal auf ihrem Bildschirm hatte.

»Okay! Dann lassen wir den Wagen jetzt stehen und gehen den Rest zu Fuß«, entschied Jan. »Ist die Innenbeleuchtung abgeschaltet?«

»Natürlich«, kam es ein bisschen vorwurfsvoll von Rautner. Was bildete sich dieser Kasper vom LKA eigentlich ein? dachte Chris. Jetzt müssen wir auch noch nach seiner Pfeife tanzen. Er spürte selbst, dass da ein klein wenig Eifersucht in seine Laune mit hineinspielte. Schon seit längerem hatte er sich eingestanden, auch einige Gefühle für Jasmin zu haben. Aber der Schnösel vom LKA war ihm zuvorgekommen. Um seine Stimmung perfekt zu machen, trat Rautner beim Aussteigen in eine Wasserpfütze, die so tief war, dass ihm die Feuchtigkeit in den Schuh lief. »Oh Scheiße, das auch noch«, knurrte er gereizt, aber so, dass es keiner der beiden Kollegen mitbekam.

Durch die Dunkelheit stolpernd legten sie noch drei- bis vierhundert Meter zurück, dann begann rechter Hand ein mannshoher Maschendrahtzaun und man sah rechts zwischen Bäumen die schwachen Umrisse einer größeren Scheune. Sie verlangsamten ihre Schritte. Ein offenes Tor kam ins Blickfeld, durch das sie das Grundstück betraten.

»Wir teilen uns auf«, flüsterte Berbakowski. »Ihr geht links und rechts herum zur Rückseite und seht dort gründlich nach, ob es einen Hinterausgang gibt, ich behalte das Scheunentor im Auge. Wenn hinten alles sauber ist, kommt ihr wieder zurück. Wir treffen uns bei dem Baum dort.« Er zeigte auf einen Stamm in der Nähe der Scheune.

Während die beiden jungen Kommissare davonhuschten, steuerte Jan auf die Vorderfront zu. Hinter dem besagten Baum hielt er an und lauschte. So stand er minutenlang regungslos. Es herrschte Totenstille, selbst der Wind, der die Regenwolken vertrieben hatte, war zur Ruhe gekommen. Kein Lüftchen regte sich, kein einziger Laut drang aus dem hölzernen Gebäude. War hier überhaupt jemand? Berbakowski kamen Zweifel, aber die Ortung hatte sie hierhergeführt. Gebannt starrte er auf die dunkle Front. Er kniff die Augen zusammen und versuchte seinen Blick irgendwie zu schärfen. Ihm war es, als wenn das Scheunentor einen Spaltbreit offen stand und er ein Geräusch gehört hätte. Sollte er es alleine riskieren, sich der Scheune noch weiter zu nähern? Mal an der Holzwand zu horchen konnte nicht schaden. Nein, er entschloss sich auf die beiden Kollegen zu warten. Wieder drang ein kaum wahrnehmbarer Laut an sein Ohr.

Jasmin hatte ihren Teil der Aufgabe erfüllt. Auf ihrer Seite gab es keine noch so kleine Hintertür. In der Mitte der Rückseite war sie auf Rautner gestoßen, der ebenfalls nichts gefunden hatte. Beide hatten sich wieder getrennt und waren den Weg zurückgeschlichen, den sie gekommen waren. Vorsichtig bog Jasmin um die Ecke zur Vorderfront, als sie glaubte eine Bewegung vor sich bemerkt zu haben. Drei, vier Schritte weiter kam ihr Treffpunkt, der Baum in Sicht. Noch zwei Schritte später erkannte sie die Gestalt am Stamm. Das musste Berbakowski sein. Sie wollte schon weitergehen, als eine zweite Gestalt hinter der ersten auftauchte. War das Rautner, der sich da näherte? Die zweite Gestalt blieb stehen und nun sah Jasmin, wie sie langsam den Arm hob, in der Hand einen größeren Gegenstand. Sofort war ihr klar, das konnte nicht Chris sein. Mit einer fließenden Bewegung zog sie ihre Dienstwaffe, eine Heckler & Koch P7, aus dem Halfter und ging in den Combat-Anschlag. Als der Arm des vermeintlichen Angreifers fast erhoben war, durchschnitt ihre Stimme die kalte Nacht. Der Hauch ihres Atems entwich ihrem Mund, als sie rief. »Keine Bewegung oder ich schieße.«

Die Gestalt mit dem erhobenen Arm erstarrte und Berbakowski fuhr herum. Mit einem blitzschnellen Griff wurde der Angreifer von ihm entwaffnet und überwältigt. Aus den Augenwinkeln hatte Jasmin mitbekommen, dass Rautner die ganze Zeit über die Aktion regungslos verfolgt hatte. Er war gleich nach dem Angreifer aufgetaucht, hatte aber nicht eingegriffen. Jasmin steckte ihre Waffe weg und lief auf den Baum zu. Sie bekam gerade noch mit, wie die Handschellen klickten. Ihre Taschenlampe, die sie aus der Hosentasche zog, beleuchtete gleich darauf das kalte und regungslose Gesicht von Damian Segert. Jetzt erst bewegte sich auch Rautner wieder. Er holte ebenfalls eine Taschenlampe hervor und schritt auf das Scheunentor zu. Gleich darauf war er in der Scheune verschwunden und wenige Sekunden später flammte drinnen Licht auf. Berbakowski zerrte den Überwältigten in die Höhe und blickte Jasmin in die Augen. Sein »Danke« kam aus tiefstem Herzen, mehr Worte waren nicht nötig.

Mit dem Gefangenen in der Mitte gingen sie auf die Scheune zu und zogen das Tor weiter auf. Ins Blickfeld kam ein Taxi mit offenem Kofferraum, über den sich Rautner gerade beugte.

»Kann mal jemand einen Krankenwagen rufen, ich habe die Frau gefunden, sie lebt«, sagte er aus den Tiefen des Kofferraumes heraus.

Jasmin nahm sofort ihr Handy heraus und telefonierte. Zuerst mit dem Rettungsdienst und gleich darauf mit Habich, der gerade bei den Segerts eingetroffen war.

Zehn Minuten später wimmelte es an der einsamen Feldscheune vor Blaulichtern. Uniformierte Kollegen riegelten den Bereich ab und regelten den Verkehr auf dem schmalen Feldweg. Krankenwagen und Notarzt waren eingetroffen. Man wartete auf die Spurensicherung, um das Innere der Scheune in Augenschein nehmen zu können.

Als Berbakowski zu der befreiten Frau trat, die im Krankenwagen betreut wurde, drehte sich der Notarzt um und sagte: »Wir sehen uns heute schon zum zweiten Mal. Überall wo Sie sind, gibt es Verletzte. Spielen Sie jetzt etwa den Unglücksengel?«

»Nein, er ist einer meiner Rettungsengel. Er hat mich befreit«, mischte sich das Entführungsopfer ein.

»Aber leider bekommen Sie Ihren Zug nicht mehr, der ist schon abgefahren«, versuchte Berbakowski zu scherzen.

»Das ist das kleinere Übel, das kann ich verschmerzen«, lächelte die Frau unter Tränen. Dann schlossen sich die Türen des Krankenwagens und er fuhr davon.

Nachwort

Einige Untersuchungsergebnisse kamen zu spät. So die Auswertung der Bewegungsprofile der fünf verdächtigen Taxifahrer. Sie bescheinigte nur, dass außer Fletcher keiner derfünf in der Tatnacht in der Nähe der Ernst-Reuter-Straße gewesen war. Auch die Analyse der Holzsplitter aus Lackners Kopf hatten keinerlei Bedeutung mehr. Es wurde dadurch nur bestätigt, dass er bei der Feldscheune niedergeschlagen wurde und dabei sehr wahrscheinlich mit dem Kopf an das Scheunentor knallte, was zu der Wunde führte.

»Warum?« Bertram blickte den Hauptkommissar an. »Warum sollte mein Bruder solche Dinge getan haben?« Mit dem Kopfschütteln wollte er sein Unverständnis ausdrücken. »Warum haben wir so lange nichts bemerkt?«

Hauptkommissar Habich und der junge Segert saßen sich nach dem ereignisreichen Wochenende am Montag spätnachmittags in einem Raum in der Dienststelle in Würzburg gegenüber. Man hatte Bertram Segert einbestellt, um die letzten Details zu klären.

»Tja, wir haben auf jeden Fall mittlerweile sein Geständnis. Neben dem Mord an Tanja Böhmert hat Ihr Bruder auch im Fall der Toten von Würzburg und Repperndorf zugegeben der Mörder zu sein, und auch im Fall Ihres Aushilfsfahrers Lackner.«

»Verdammt noch mal, warum hat dieser Idiot das bloß getan?« Es war kein Wutausbruch, der Bertram Segert veranlasste zu fluchen, es war mehr ein Akt der Hilflosigkeit.

»Wir haben eine Psychologin hinzugezogen und ...«

»Psychologin? Damian ist doch nicht meschugge, oder?«

»Ich würde sagen, er hat einen psychischen Knacks bekommen, wie unsere Expertin sich ausdrückte.«

»Wann und wodurch?«

»Vermutlich durch das Verschwinden Ihrer Mutter. Er hat bis zum Auffinden ihrer sterblichen Überreste geglaubt, sie hätte ihn beziehungsweise die Familie verlassen. Dazu kamen die problematischen Verhältnisse zu Frauen schlechthin. Immer wieder gingen seine Beziehungen in die Brüche. Dafür hatte er stets seine Partnerinnen verantwortlich gemacht. Trotzdem konnte er ihnen nicht wehtun. Dafür mussten andere, fremde Frauen herhalten, zu denen er keine emotionale Bindung hatte. Das heißt im Klartext, mit seinem Verhalten hat er willkürlich Frauen für seine Beziehungsunfähigkeit bestraft und dafür, dass seine Freundinnen ihn, genau wie seine Mutter, verlassen haben. Zum Schluss hat ihn das Töten auch zusätzlich dazu angeturnt, Macht über Frauen zu haben, über ihr Leben und ihren Tod entscheiden zu können. Die Psychologin hat gesagt, er hätte in Zukunft nicht damit aufgehört. Im Gegenteil. Der Drang wäre immer stärker geworden.«

»Und welchen Grund gab es bei Lackner?«

»Lackner hat Ihren Bruder an dem Samstag, als er Tanja Böhmert entführte, bis zur Feldscheune verfolgt. Damians Geheimnis war in Gefahr und so hat er Lackner überwältigt und getötet. Wir vermuten, Lackner hat seine Ex-Freundin Tanja doch noch ab und zu gestalkt und dabei mitbekommen, wie sie ins Taxi zu Ihrem Bruder gestiegen ist. Dann ist er dem Wagen gefolgt und fuhr damit in sein Verderben.«

»Was hat mein Bruder in der Feldscheune mit den Frauen angestellt?«

»Leider gibt er keine Details preis. Wir wissen nur, dass er sie dort in einem gemauerten Bereich innerhalb der Scheune festgehalten hat.«

»Ah, ja, Sie meinen sicherlich die zwei alten Lagerräume.«

»Genau!«

»Warum eigentlich diese Aktion bei uns auf dem Hof, wo er doch die Frau sicherlich wieder in die Scheune bringen wollte?«

»Er hatte den Schlüssel vergessen. Und dann kam ihm Fletcher in die Quere.«

»Das war Fletchers Pech.«

»Oh, ich würde sagen, er hatte verdammtes Glück. Hätte er nicht so einen harten Schädel, hätte es anders ausgehen können. Dadurch, dass er sich zur Wehr setzen konnte, und durch den Krach wurde dein Onkel aufmerksam. Damian musste von Fletcher ablassen und fliehen. Erneut zum Glück für ihren Fahrer. Wäre das Ganze bei der Scheune passiert, könnte man nicht sagen, wie es ausgegangen wäre. Auf jeden Fall hätte so schnell keiner Fletcher zu Hilfe kommen können.«

»Grotesk! Was für eine Familie, finden Sie nicht?«, meinte Bertram zynisch. »Mein Onkel bringt seine Schwester um, meine Tante deckt ihn, mein Vater wird zum Alkoholiker und mein Bruder mordet junge Frauen. Ich scheine der einzig Normale zu sein.«

»Ach ja, Ihr Bruder hat Ihren Mechaniker Vollmer bedroht.«

»Warum das?«

»Vollmer hat mitbekommen, dass Ihr Bruder einen Teil der Schichten von Lackner übernommen hatte und die Abrechnungszettel fälschte.«

»Ist das ein Grund, jemandem zu drohen?«

»Das haben wir uns auch gefragt. Wir glauben, da gibt es

noch einen anderen Grund, aber beide Beteiligten, sowohl Ihr Bruder als auch Vollmer, schweigen darüber.«

»Spielt das überhaupt noch eine Rolle?«

»Das können wir nur sagen, wenn wir es wüssten. Aber Sie haben Recht, eigentlich ist es nicht mehr von Bedeutung. Ich denke, wir können den Fall abschließen.«

Mit dem Ende des Falles kam auch das Ende von Berbakowskis Einsatz. Jan machte zusammen mit Jasmin einen Krankenbesuch bei Fletcher. Die junge Kommissarin kam in offizieller Mission. Sie wollte sich erkundigen, wann Fletcher wieder aussagefähig war. Berbakowskis Besuch war dagegen mehr privater Natur. Er wollte sich für Fletchers Hilfe bedanken.

Als die beiden ins Zimmer kamen, lag der Patient zwar mit einem weißen Turban auf dem Kopf, aber putzmunter im Bett. Er grinste wie ein Hühnerdieb, der erfolgreich Beute gemacht hatte. »Na, wie haben wir das gemacht, Jan? Könnt ihr keinen wie mich gebrauchen? Ich würde mich glatt bewerben.«

»Also professionell geht anders. Dein Verhalten war schon recht laienhaft. Sonst wärest du ja nicht hier«, scherzte der Mann vom LKA. »Werde erst mal wieder gesund, dann sehen wir weiter. Ich befürchte nur, du entsprichst nicht so ganz den Anforderungen«, lachte Jan.

»Mensch, schade! Verletzung im Einsatz. Die Krankenschwestern sind ganz scharf auf meine Geschichte. Ich muss sie immer wieder erzählen. Das kann noch ein bisschen dauern, bis ich wieder gesund bin«, zwinkerte Fletcher Berbakowski verschwörerisch zu.

Nach einer Viertelstunde und einem Gespräch mit dem behandelnden Arzt, der meinte, Fletcher könne morgen oder spätestens übermorgen wieder entlassen werden, verließen die beiden das Krankenhaus. Jeder war mit seinem eigenen Auto gekommen, da Berbakowski sich schon auf dem Heimweg nach Nürnberg befand. Auf dem Parkplatz hieß es Abschied nehmen.

»Was ist jetzt mit der Einladung zur Hochzeit? Hast du schon darüber nachgedacht?«

Jasmin lächelte glücklich. »Wenn du wirklich willst, dass ich dich begleiten soll, dann mach ich das gerne.«

Jan nahm sie stürmisch in die Arme und küsste sie. »Super, dann sehen wir uns nächstes Wochenende in Nürnberg zum Shoppen. Du sollst neben der Braut die Hübscheste auf der Feier sein.« Jasmin wollte etwas entgegnen, aber Berbakowski kam ihr zuvor. »Keine Widerrede, ich zahle.«